나는 환생을 믿지 않았다

Many Lives, Many Masters:
The True Story of a Prominent Psychiatrist, His Young Patient,
and the Past-Life Therapy That Changed Both Their Lives
by Brian L. Weiss

나는 환생을 믿지 않았다

1판 1쇄 발행 2019. 2. 20.
1판 5쇄 발행 2023. 8. 10.

지은이 브라이언 와이스
옮긴이 김철호

발행인 고세규
편집 사공영 | 디자인 조은아
발행처 김영사
등록 1979년 5월 17일 (제406−2003−036호)
주소 경기도 파주시 문발로 197(문발동) 우편번호 10881
전화 마케팅부 031)955−3100, 편집부 031)955−3200 | 팩스 031)955−3111

값은 뒤표지에 있습니다.
ISBN 978−89−349−8526−6 03840

홈페이지 www.gimmyoung.com   블로그 blog.naver.com/gybook
인스타그램 instagram.com/gimmyoung   이메일 bestbook@gimmyoung.com

좋은 독자가 좋은 책을 만듭니다.
김영사는 독자 여러분의 의견에 항상 귀 기울이고 있습니다.

이 도서의 국립중앙도서관 출판시도서목록(CIP)은 서지정보유통지원시스템 홈페이지
(http://seoji.nl.go.kr)와 국가자료공동목록시스템(http://www.nl.go.kr/kolisnet)에서
이용하실 수 있습니다.(CIP제어번호 : CIP2019003437)

Many Lives, Many Masters

나는 환생을 믿지 않았다

브라이언 와이스

김철호 옮김

김영사

내 기억 이상으로
나에게 사랑을 베풀고 힘이 되어준
나의 아내 캐롤에게 이 책을 바친다

우리는 언제까지나 함께할 것이다

모든 일에는 이유가 있다. 어떤 사건이 일어난 순간에는 우리에게 통찰력이나 예지가 없어 그 이유를 이해하지 못하더라도, 인내하고 기다리다 보면 이유는 드러나게 되어 있다.

　캐서린의 경우도 그랬다. 우리가 처음 만난 것은 캐서린이 스물일곱 살이던 1980년이었다. 캐서린은 불안과 공황, 공포증을 치료하기 위해 내 진찰실을 찾아왔다. 어린 시절부터 겪어온 그런 증상들이 그 무렵 더욱 악화되어, 하루가 다르게 정서적 마비와 무기력감이 심해졌다. 캐서린은 겁에 질렸고, 눈에 띄게 침울해졌다.

　혼돈에 처한 캐서린의 상황과는 반대로, 당시 내 생활은 순조롭게 흘러가고 있었다. 나에게는 안정된 결혼 생활, 두 아이,

화려한 경력이 있었다. 내 인생은 처음부터 탄탄대로를 걸어온 셈이었다. 화목한 가정에서 자라났고, 공부는 늘 우등이었다. 대학교 2학년 시절, 나는 정신과 의사가 되기로 결심했다.

1966년에는 뉴욕의 컬럼비아대학교를 우등으로 졸업하면서 전국우등학생친목회 회원이 되었고, 그 뒤 예일대학교 의학부에서 학위를 받았다. 뉴욕대학교 부설 벨뷰Bellevue의료센터에서 인턴 과정을 마치고 예일대학교로 돌아와 정신과 레지던트 과정을 이수한 뒤에 피츠버그대학교 교수가 되었다. 그리고 2년 뒤, 정신약리학 분야를 선도하던 마이애미대학교의 교수가 되었다. 그곳에서 나는 생물학적 정신의학biological psychiatry과 약물 남용에 대한 연구로 전국적인 명성을 얻었다. 그로부터 4년 뒤, 종신교수가 되면서 마이애미대학교 부속병원의 정신과 과장을 맡게 되었다. 이때까지 나는 서른일곱 편의 논문과 책자를 펴냈다.

오랜 기간 연구 생활을 하며 나는 의사이자 동시에 학자가 되었고, 내 분야에 관한 한 보수주의라는 좁은 길에 들어서게 되었다. 나는 전통적인 과학적 방법에 의해 증명되지 않은 것은 무엇이든 부정했다. 몇몇 큰 대학교에서 초심리학parapsychology을 연구하고 있다는 사실을 알고 있었지만, 관심도 두지 않았다. 모두 억지로 갖다 붙인 이야기로밖에 보이지 않았기 때문이다.

그러다가 캐서린을 만났다. 나는 캐서린의 증상을 치유하기 위해 18개월에 걸쳐 거의 모든 전통적인 치료 방법을 동원했다. 그러나 아무런 효과가 없었다. 그래서 결국 최면요법을 사용하기로 했다. 캐서린은 반복되는 최면 상태를 겪으며 자신의 증상을 일으킨 결정적인 요인이 된 전생에 대한 기억들을 떠올리기 시작했다. 그러면서 고도로 진화한 영적 존재spirit entity들이 전해주는 정보의 메신저 역할을 해주었고, 그 존재들을 통해 삶과 죽음에 관한 수많은 비밀을 밝혀주었다. 불과 몇 달 만에 증상이 사라졌고, 캐서린은 이전보다 훨씬 행복하고 평화로운 삶을 누리게 되었다.

이 과정에서 나의 경험이나 지식은 전혀 힘을 쓰지 못했다. 내 눈앞에서 사건이 벌어지기 시작했을 때, 나는 경악으로 입을 다물 수가 없었다.

나는 이 사건을 과학적으로 설명할 능력이 없다. 그곳은 우리의 이해를 벗어난, 저 먼 인간 정신의 세계이다. 캐서린은 최면 상태를 통해 전생의 기억이 담긴 잠재의식의 한 부분을 떠올릴 수 있었는지도 모르며, 아니면 카를 융이 말한 집단무의식, 즉 우리를 감싸고 있으면서 모든 인류의 기억을 담고 있는 에너지 원 속으로 걸어 들어간 것인지도 모른다.

이제 과학자들은 해답을 찾기 위한 노력을 시작했다. 정신의 신비, 영혼, 윤회, 전생의 경험이 현재의 행동에 미치는 영향 등을 규명해낼 수만 있다면 인류는 많은 것을 얻게 될 것이다. 그 부산물은 엄청날 것이며, 특히 의학, 심리학, 신학, 철학 분야는 더욱 그러할 것이다.

그러나 이에 대한 과학적 연구는 아직 걸음마 단계이다. 이러한 정보들을 해독하기 위한 발걸음은 내딛고 있으나 그 진행은 매우 느리며, 과학자들과 대중의 격렬한 저항에 부딪히고 있다.

역사를 통틀어 인류는 언제나 변화에 저항했고, 새로운 사고의 수용을 거부해왔다. 그 예는 많다. 갈릴레오가 목성에 딸린 위성들을 발견했을 때, 당시의 천문학자들은 이런 위성의 존재가 자신들의 평소 믿음과 배치된다는 이유로 그 사실을 받아들이지 않았으며, 심지어는 한 번쯤 관찰해보려고도 하지 않았다. 오늘날 정신과 의사들이 육체의 죽음 이후에도 삶이 계속된다는 사실을 보여주는 중요한 사례들을 살펴보거나 제대로 평가하려고 하지 않는 것도 그와 똑같은 경우이다. 그들은 굳게 눈을 감고 있다.

나는 이 책이 초심리학, 특히 탄생 이전과 사망 이후의 경험을 다루는 분야에 작으나마 기여하기를 기대한다. 이 책에서 여러분이 읽게 될 내용은 모두 사실이다. 중복되는 부분은 삭제했지만, 덧붙인 것은 아무것도 없다. 사생활 보호를 위해 캐서린의 인적 사항만은 조금 고쳤다.

이 책을 쓰게 되기까지 4년이 걸렸다. 이런 비정통적인 이야기를 공개하는 데 따르는 직업상 위험을 감수할 만큼의 용기를 축적하는 데 걸린 시간이 그만큼이었다. 어느 날 밤, 샤워를 하다가 문득 나의 경험을 글로 옮겨야겠다는 충동을 느꼈다. 이제 때가 되었다, 더는 이 이야기를 숨겨서는 안 된다, 하는 느낌이 강렬하게 나를 사로잡았다. 내가 얻은 가르침들은 혼자 간직하라는 것이 아니라 사람들과 함께 나누라는 것이었다. 캐서린을 통해 나에게 온 지식은 이제 나를 통해 나가야 했다. 앞으로 나에게 닥칠 많은 일 가운데, 내가 영혼의 불멸과 인생의 참의미에 관해 얻은 지식을 나누지 않는 것보다 더 끔찍한 일은 없을 것이라는 생각이 들었다.

욕실을 뛰쳐나와 캐서린의 치료 과정을 녹음한 테이프를 잔뜩 챙겨 들고 책상 앞에 앉았다. 날이 밝아올 무렵에는 돌아가신 할아버지 생각이 났다(할아버지는 헝가리계였는데, 내가 10대 때 돌아가셨다). 할아버지는 내가 무슨 일을 앞에 두고 용기가 없어 망설일 때면, 늘 이 말씀을 되풀이하시며 사랑으로 용기로 북돋아주시곤 했다.

"해치워, 해치워!"

01

첫 만남이 이루어지다

모든 일에는 이유가 있다. 어떤 사건이
일어난 순간에는 우리에게 통찰력이나
예지가 없어 그 이유를 이해하지
못하더라도, 인내하고 기다리다 보면
이유는 드러나게 되어 있다.

처음 만나던 날, 캐서린은 진홍색 드레스를 입고 초조한 표정으로 대기실에 앉아 잡지를 뒤적이고 있었다. 호흡이 매우 거칠었다. 캐서린은 이미 20분 전부터 정신과 병동의 복도를 왔다 갔다 하면서 나와 만나기로 한 약속을 되새기며 달아나고 싶은 충동을 억누르고 있었다.

나는 대기실로 나가 캐서린을 맞았고, 우리는 악수를 했다. 불안 때문인지 손이 차갑고 축축했다. 캐서린이 신뢰하던 의사 두 사람이 나를 만나보라고 두 달 전부터 적극적으로 권했었는데, 이제야 용기를 낸 것이다. 마침내 우리는 만났다.

적당하게 자른 금발에 담갈색 눈을 지닌 캐서린은 매력 만점의 아가씨였다. 당시 캐서린은 내가 과장으로 있는 정신과의 실험실 기술 요원으로 일하고 있었고, 수영복 디자인을 해서 부수입도 올리고 있었다.

나는 캐서린을 진찰실에 있는 커다란 가죽 소파로 안내했고, 우리는 반원형 탁자를 사이에 놓고 마주 앉았다. 캐서린은 무슨 말부터 꺼내야 할지 모르겠던지 조용히 등받이에 몸을 기댔다. 나는 몇 분을 기다리다가 캐서린의 과거에 대해 묻기 시작했다. 이 첫 만남에서부터 캐서린이 어떤 사람이며 왜 나를 만나러 왔는지가 차근차근 밝혀지기 시작했다.

캐서린은 이제까지 자신이 살아온 이야기를 들려주었다. 캐서린은 매사추세츠주의 작은 마을에서 보수적인 가톨릭 집안의 둘째로 태어나 성장했다. 세 살 위인 오빠는 매우 활동적인 성격이었고 캐서린으로서는 맛볼 수 없었던 자유를 맘껏 누리고 있었다. 캐서린은 부모의 사랑을 독차지했다.

증세에 대한 이야기가 시작되자, 캐서린은 눈에 띄게 긴장하며 초조해하는 빛을 보였다. 말이 빨라졌고, 탁자에 팔꿈치를 기대며 몸을 앞으로 숙였다. 캐서린의 삶은 늘 공포에 짓눌려 있었다. 캐서린은 물을 무서워했고, 알약 하나도 삼키지 못할 정도로 질식에 대한 공포증이 있었으며, 비행기를 무서워했고, 어둠을 두려워했으며, 죽음에 대해 극도의 공포심을 느끼고 있었다. 최근 들어 이런 증세는 한층 더 심해졌다. 안정감을 얻기 위해 벽장 속에서 잠을 자는 날도 있었다. 두세 시간을 불면증에 시달려야 잠이 들 수 있었다. 잠이 들어도 깊지 못해 자주 깨어났다. 어린 시절 캐서린을 괴롭혔던 악몽과 몽유병이 다시 살아났다. 공포감을 비롯한 여러 증세가 점점 압도해 오면서 캐서린은 생기를 잃어갔다.

이야기를 들으면서, 나는 캐서린의 고통이 얼마나 깊은 것인지 느낄 수 있었다. 그리고 캐서린처럼 공포감으로 괴로워하는 환자들을 십수 년 동안 치료해왔기 때문에, 캐서린에게도 도움을 줄 수 있으리라고 확신했다. 우선 어린 시절을 캐물어 문제의 근원을 찾아내기로 했다. 이런 식의 접근은 대개 불안증세를 가라앉히는 데 도움을 준다. 만약 필요하다면, 그리고 캐서린이 질식에 대한 두려움을 이기고 알약을 삼킬 수만 있다면, 안정제도 처방해주려고 했다. 이러한 것들이 캐서린이 보인 증세를 치료하는 교과서적인 방법이었고, 나는 만성적이고 심각한 공포증세와 불안증을 치료하기 위해 진정제나 항우울제를 투여하는 데 망설인 적이 없었다.

요즈음 나는 이런 약물치료를 매우 절제하고 있다. 어떠한 약물도 이러한 증세의 근본 원인을 치료해주지 못하기 때문이다. 캐서린을 비롯한 여러 환자들을 치료한 내 경험이 그것을 증명한다. 이제 나는 증상을 억제하거나 잠시 가리는 데 그치지 않고 완전히 치료할 수 있는 방법이 있다는 것을 안다.

치료가 시작되었다. 나는 캐서린이 어린 시절로 돌아갈 수 있도록 부드럽게 유도했다. 그러나 캐서린은 어린 시절에 대해 기억하고 있는 것이 거의 없었다. 나는 이러한 억압을 단기간 내에 극복하기 위해서는 최면요법hypnotherapy을 고려해봄직하다고 진료기록에 썼다. 캐서린은 공포증세를 설명해줄 만한 어린 시절의 사건을 전혀 기억해내지 못했다.

캐서린은 간신히 과거를 더듬어나가 기억의 파편을 몇 개 주워 올렸다. 다섯 살 때 수영장 다이빙대에서 밀려 떨어져 큰 충격을 받은 적이 있었다. 그러나 그 전부터도 물만 보면 마음이 불안했다. 열한 살 때는 어머니가 심한 우울증세를 보인 일이 있었다. 가정에서마저 고립된 생활을 하던 어머니는 정신과 의사를 찾아가 전기충격 치료를 받았고, 이후 기억상실증세를 보였다. 이 일로 캐서린은 크게 겁에 질렸지만, 어머니의 상태가 점차 호전되면서 공포증세도 곧 사라졌다. 캐서린의 아버지는 오빠가 몇 번이나 술집에서 모셔왔을 정도로 알코올에 중독된 사람이었는데, 술이 자꾸 늘면서 어머니와 다투는 일이 잦아졌고 어머니는 그럴 때마다 우울해져 식구들과 대화를 끊었다. 당시 캐서린은 이런 일이 어느 집에나 흔히 있을 거라고 생각했다.

집 밖의 생활은 좀더 나았다. 고등학생이 되어서는 데이트도 했고 친구들과도 잘 어울렸다. 그러나 캐서린은 친구를 제외하고는 사람들을 믿지 못했다.

캐서린의 신앙은 매우 단순하고 확고했다. 전통적인 가톨릭 교리와 의식을 따르는 가정에서 자라난 캐서린은 자신이 지닌 믿음의 진실성이나 타당성에 대해 의심해본 적이 없었다. 믿음을 지키고 경건한 예배를 드리면 천국에 가게 되고, 그러지 않으면 지옥에 떨어져 벌을 받게 되며, 하느님과 그의 아들이 이러한 것을 결정한다는 것이 캐서린의 믿음이었다. 나는 캐서린이 '환생reincarnation'을 믿지 않는다는 것을 알게 되었다. 몇 권 되지는 않았지만 인도인에 관한 서적을 읽어본 적이 있었는데도, 캐서린은 환생이라는 개념을 제대로 이해하지 못하고 있었다. 환생은 캐서린이 받아온 교육 내용에 지극히 상반되는 개념이었다. 캐서린은 형이상학이나 신비학 서적을 읽어본 적이 없었을 뿐만 아니라 그런 것에 관심도 없었다. 캐서린의 신앙은 확고했다.

캐서린은 고등학교를 졸업하고 2년 과정의 기술교육 프로그램을 수료한 뒤 한 연구소의 기술 요원이 되었다. 전문성을 갖추게 된 캐서린은 오빠가 탬파Tampa(플로리다주 서부의 항구도시)로 이사 갈 무렵 마이애미로 건너와 마이애미대학교 부속병원에 자리를 얻었다. 이것이 1974년 봄, 캐서린이 스물한 살 때의 일이다.

마이애미는 작은 고향 마을보다는 살기 힘든 곳이었지만, 캐서린은 집안 문제에서 벗어났다는 사실에 일단 만족했다.

마이애미로 옮겨온 첫해에 캐서린은 스튜어트라는 남자를 만났는데, 아내에 두 아이까지 딸린 이 유태인은 캐서린이 만났던 다른 남자들과 전혀 달랐다. 성공한 의사였고, 강하고 적극적인 성격의 소유자였다. 둘 사이에 저항할 수 없는 불길이 일었지만, 연애는 순탄치만은 못했다. 캐서린을 끌어당긴 그의 알 수 없는 힘은 결국 다시 캐서린의 열정을 식혀버렸고, 캐서린은 냉정을 되찾았다.

치료가 시작되던 당시 캐서린은 스튜어트와 6년째 만나고 있었는데, 여전히 순탄치 못하면서도 관계는 유지되고 있었다. 스튜어트는 캐서린을 소홀히 대했고, 캐서린은 그의 거짓말과 변명 따위에 화가 나면서도 끝내 그를 거부할 수가 없었다.

캐서린은 나를 만나기 몇 달 전 성대에 생긴 종양을 제거하는 수술을 받았다. 캐서린은 수술 전부터 불안을 느꼈고, 그 불안은 회복실에서 깨어나면서 극도의 공포증세로 치달아 간호진이 진정시키느라 몇 시간 동안 땀을 흘렸다. 퇴원 후 캐서린은 에드워드 풀 박사를 찾아갔다. 에드워드는 캐서린이 병원에서 일하면서 알게 된 소아과 의사로, 인정이 많은 사람이었다. 둘은 처음 만났을 때부터 서로 마음이 통했고, 이내 친밀한 사이가 되었다. 캐서린은 에드워드에게 자신을 괴롭히는 공포증, 스튜어트와의 관계, 자신이 통제력을 잃어가고 있다는 사실 들을 털어놓았다. 에드워드는 캐서린이 나를 만날 수 있도록 주선하려고 무척 애를 썼다. 나에게 전화를 걸어 캐서린에 대한 이야기를 들려주면서, 몇 가지 이유를 들어 캐서린이 다른 정신과 의사보다도 반드시 나를 만나보아야 한다고 했다. 그러나 캐서린은 내 앞에 나타나지 않았다.

두 달이 지났다. 나는 정신과 과장으로서 감당해야 하는 과중한 업무 속에서 캐서린의 일을 까맣게 잊고 있었다. 그러는 사이에 캐서린의 공포증과 공황증세는 더욱 심해졌다. 외과 과장이었던 프랭크 애커 박사는 캐서린과 허물없는 사이로 가끔 캐서린이 일하는 실험실에 들러 악의 없는 농담을 주고받곤 했는데, 그가 캐서린의 우울증과 정신적 긴장을 알아차렸다. 프랭크는 캐서린에게 이유를 물어보려다가 번번이 망설임 끝에 단념했다. 그러던 어느 날 오후, 강연차 조그만 병원으로 차를 몰고 가다가 역시 차를 몰고 집에 가던 캐서린을 발견했고, 순간 손을 마구 흔들어 차를 세우고는 소리를 질렀다.

"당장 와이스 박사를 만나봐요! 지금 당장!"

외과 의사들이 종종 충동적인 행동을 하는 경우가 있다고는 하지만, 그날은 프랭크도 자신의 감정적인 행동에 스스로 놀랐다고 했다.

캐서린의 발작적 공포증과 불안증세의 횟수와 지속 시간은 점점 늘었고, 두 가지 악몽을 반복해서 꾸기 시작했다. 하나는 차를 몰고 강을 건너가는데 갑자기 다리가 무너져 강물로 곤두박질쳐서 차에서 빠져나오지 못해 쩔쩔매는 꿈이었고, 또 하나는 캄캄한 방에 갇혀 출구를 찾아 헤매다가 여기저기 걸려 넘어지곤 하는 꿈이었다. 마침내 캐서린은 나를 찾아왔다.

캐서린을 처음 만났던 순간에는 내 삶이 완전히 뒤집히리라는 것을 꿈에도 몰랐고, 탁자 건너에서 나를 바라보고 있는 이 아가씨가 나를 감화시키고 변화시키리라는 것 역시 전혀 예감하지 못하고 있었다.

02

전생의 기억을 말하다

최면요법은 오랫동안 묻혀온 환자의
기억을 되살리는 데 훌륭한 도구가
된다. 최면에는 신비스러운 구석이 전혀
없다. 최면이란 일종의 정신집중 상태를
만들어내는 것이다.

캐서린은 18개월에 걸쳐 일주일에 한두 번 꼴로 나를 찾아와 집중적인 정신치료를 받았다. 캐서린은 통찰력이 뛰어나고 자신의 증세를 치유하고자 하는 욕구가 강한 훌륭한 환자였다.

이 기간 동안 우리(나와 캐서린)는 캐서린의 감정과 사고와 꿈을 천착했다. 캐서린은 자신의 반복적인 행동 양태를 인식하게 되면서 통찰력이 깊어졌고, 이해력이 넓어졌다. 캐서린은 해상무역상이었던 아버지가 집을 자주 비웠으며 종종 술에 취해 폭력을 휘두르는 일이 있었다는 등의 세부적인 사실들을 기억해냈다. 혼란스럽게만 느껴졌던 스튜어트와의 관계를 제대로 바라볼 수 있게 되면서 스튜어트에게 분노의 감정을 적절히 표현할 줄도 알게 되었다. 그러나 나의 기대와는 달리 증세는 전혀 호전되지 않았다. 환자가 숨어 있던 과거의 불쾌한 기억을 떠올리게 되거나, 비정상적인 행동 양태를 인식하고 교정하게 되거나, 아니면 자신의 문제를 좀더 객관적이고 폭넓은 관점에서 바라볼 수 있는 통찰력을 얻게 되면 증세가 가라앉기 마련이다. 그러나 캐서린의 경우에는 아무런 성과가 없었다.

불안과 공황 발작은 여전히 그녀를 괴롭혔다. 악몽은 생생한 장면으로 반복되었고, 어둠, 물, 폐소閉所에 대한 공포도 전혀 사라지지 않았다. 얕은 잠은 늘 불쾌한 여운을 남겼고, 동계動悸(심장박동이 심하게 빨라지는 증세)가 따라다녔다. 캐서린은 기도 폐쇄에 의한 질식을 두려워해서 어떠한 약제 처방도 거부했다. 나는 넘지 못할 벽에 부딪힌 느낌이었다. 그러나 좌절감은 곧 단호한 결심을 불러왔다. 어찌되었든 나는 캐서린을 돕도록 되어 있었던 것이다.

그러다가 이상한 일이 일어났다. 술을 여러 잔 들이켜고 나서야 겨우 탑승할 수 있을 정도로 비행기를 무서워하던 캐서린이, 회의차 시카고로 향하던 스튜어트와 동행하게 되었다. 1982년 봄의 일이었다. 시카고에 도착한 캐서린은 스튜어트를 졸라 이집트 유물을 전시하고 있던 박물관을 찾아가게 되었다.

캐서린은 이전부터 이집트의 유물과 유적 모형에 관심이 많았다. 학구적인 성향과는 거리가 멀고 이집트의 역사에 대해 공부한 적도 없었지만, 어쩐지 그 유물과 유적들이 친숙하게 느껴졌다.

그런데 이날 전시해설가를 따라 유물을 둘러보던 캐서린은 자신도 모르는 사이에 설명 중에 잘못된 부분을 지적하고 있었다. 더구나 그 지적은 모두 옳았다! 해설가는 놀랐고, 캐서린은 망연자실했다. 내가 어떻게 이런 것을 알고 있을까? 어떻게 이 많은 사람들 앞에서 전문 해설가의 설명을 고쳐줄 만큼 내가 옳다는 것을 확신할 수 있었을까? 묻혀 있던 어린 시절의 기억이 되살아난 걸까?

캐서린은 시카고에서 있었던 일을 나에게 들려주었다. 한 달 전에 내가 최면요법을 써보자고 권유했을 때 겁을 집어먹고 거부했던 캐서린은 이집트 유물 전시회를 다녀오고 나서야 마지못해 최면요법 사용에 동의했다.

최면요법은 오랫동안 묻혀온 환자의 기억을 되살리는 데 훌륭한 도구가 된다. 최면에는 신비스러운 구석이 전혀 없다. 최면은 일종의 정신집중 상태를 만들어내는 것이다. 시술자의 숙련된 지시에 따라 환자는 긴장을 풀고 기억을 더듬어 가게 된다. 그때까지 내가 최면요법을 시술한 환자는 수백 명을 헤아리는데, 환자의 긴장을 풀어주고 공포증을 누그러뜨리며 바람직하지 못한 습관을 고치고 억압된 기억을 되살리는 데 큰 효과가 있었다. 가끔은 유아기의 기억까지 되살아나는 경우도 있었고, 심지어는 두세 살 적까지 거슬러 올라가 마음에 상처를 남긴 사건들을 회상해낸 환자도 있었다.

　나는 캐서린을 소파에 눕히고 눈을 살며시 감으라고 한 다음 머리 밑에 작은 베개를 받쳐주었다. 먼저 호흡에 정신을 집중하라고 했다. 캐서린이 숨을 내쉴 때마다 쌓여 있던 긴장과 불안이 조금씩 사라졌고, 숨을 들이쉴 때마다 점차 안정감이 밀려왔다. 몇 분을 그러고 나서, 나는 얼굴과 턱, 목과 어깨, 팔, 등과 배, 다리 순서로 몸의 근육이 조금씩 풀려가고 있는 것을 상상하라고 했다. 캐서린은 자신의 몸이 점점 소파 밑으로 가라앉고 있다고 느꼈다.

　그런 다음 머리 쪽에 밝고 하얀 빛이 있다고 상상하라고 했다. 그리고 그 빛은 몸 아래로 퍼지면서 모든 근육, 모든 신경, 모든 신체기관을 이완시키는 빛이라고 말했다. 캐서린은 깊은 안정과 평화의 세계로 빠져들고 있었다. 달콤한 졸음이 밀려오면서, 평화와 적막에 싸인 세계가 다가오고 있었다. 마침내 나의 지시에 따라 빛이 캐서린의 몸을 채우고 주위를 감쌌다.

나는 천천히 열부터 하나까지 거꾸로 세어나갔다. 숫자를 하나씩 셀 때마다 캐서린은 더욱더 깊은 휴식으로 들어갔다. 최면 상태가 더욱 깊어졌다. 캐서린은 모든 소음을 잊고 내 목소리에만 집중할 수 있게 되었다. 마지막으로 '하나'를 세었을 때, 마침내 온전한 최면 상태에 들어갔다. 모든 과정에 얼추 20분이 걸렸다.

잠시 후 캐서린의 기억을 점차 후퇴시키면서 어린 시절의 기억을 불러내도록 유도했다. 캐서린은 깊은 최면 상태에서 말을 하고 질문에 대답할 수 있었다. 캐서린은 여섯 살 때 치과치료를 받으면서 아파했던 기억을 떠올렸다. 그리고 다섯 살 때 다이빙대에서 떨어진 끔찍한 일을 생생하게 되살려냈다. 물에 빠져 숨도 못 쉬고 물을 꿀꺽꿀꺽 삼켰다고 하면서, 실제로 숨을 제대로 쉬지 못하고 헉헉댔다. 나는 그 일은 이미 지나갔으며 여기는 물 밖이라는 사실을 깨우쳐주었다. 캐서린은 다시 정상적인 호흡을 시작했고, 여전히 깊은 최면 상태에 있었다.

가장 끔찍한 일은 세 살 때 일어났다. 어두운 방에서 잠이 깬 캐서린은 방에 아버지가 들어와 있다는 것을 알았다. 지독한 술 냄새가 끼쳐왔고, 캐서린은 지금도 그 냄새를 맡고 있는 듯했다. 아버지는 캐서린의 몸을 여기저기 쓰다듬었고, '아래쪽'

까지 더듬었다. 캐서린이 겁에 질려 울음을 터뜨리자 아버지는 거친 손으로 캐서린의 입을 틀어막았다. 캐서린은 숨을 쉴 수가 없었다. 25년이 지난 지금, 진찰실 소파 위에서 캐서린은 흐느끼기 시작했다. 나는 드디어 문제의 열쇠가 되는 중요한 단서를 얻었다고 생각했다. 캐서린은 이제 빠르게, 그리고 극적으로 회복될 것이다. 나는 캐서린에게, 그 일은 이미 지나갔고 여기는 옛날의 그 방이 아니라고 부드럽게 말해주었다. 흐느낌이 그쳤다. 나는 캐서린을 다시 현재로 데려왔다. 깨어난 뒤에도 최면 상태에서 있었던 모든 일을 기억하도록 지시한 다음 캐서린을 깨웠다.

그 뒤로 우리는 아버지와 관련된 그 아픈 기억에 대해 많은 이야기를 나누었다. 나는 캐서린이 '새로' 알게 된 사실들을 받아들이고 삶의 한 부분으로 자연스럽게 통합할 수 있도록 도와주었다. 이제 캐서린은 아버지와의 관계, 자신에 대한 아버지의 반응, 아버지가 딸인 자신에게 보여왔던 서름한 태도, 자신이 아버지에 대해 느껴온 두려움 따위를 이해할 수 있었다. 캐서린은 진찰실을 나갈 때까지도 떨고 있었지만, 나는 오늘 캐서린이 얻어낸 것이 잠시의 마음고생을 충분히 보상하리라고 믿었다.

캐서린을 깊이 억압하고 있던 고통스러운 기억들을 찾아내는 극적인 과정에 도취되어, 나는 캐서린의 어린 시절과 이집트 유물에 대한 지식의 관계를 점검해보는 일은 까맣게 잊어버렸다. 어쨌든 캐서린은 자신의 과거에 대한 이해를 넓혀가고 있었다. 몇 가지 끔찍한 기억을 되살려냈고, 나는 이제 치료에 중대한 진전이 있으리라 기대했다.

그런데 일주일 뒤에 다시 찾아온 캐서린은 증세가 전혀 호전되지 않았다고 했다. 나는 놀랐다. 도대체 무엇이 잘못되었는지 알 수 없었다. 세 살 이전에도 무슨 일이 있을 수 있단 말인가? 질식에 대한 공포, 물, 어둠, 폐소에 대한 두려움의 원인을 충분하고도 남을 만큼 밝혀냈지만, 여전히 혹독한 공포와 통제할 수 없는 불안증세가 깨어 있는 캐서린을 매순간 괴롭혔고, 잠이 들면 전과 똑같은 악몽에 시달렸다. 나는 기억을 더 거슬러 올라가보기로 했다.

캐서린은 최면 상태에서 느리고 침착한 목소리로 속삭였다. 덕분에 나는 한 마디도 빠뜨리지 않고 또박또박 받아 적을 수 있었고, 그것을 여기에 직접 인용할 수도 있게 됐다(말줄임표는 낱말의 삭제나 문구의 생략을 의미하는 것이 아니라 잠시 말을 멈추었다는 것을 표시한다. 다만 내용이 반복되는 몇몇 부분은 수록하지 않았다).

나는 캐서린을 두 살 때의 기억으로 거슬러 올라가게 했다. 하지만 특별한 사건을 떠올리지는 못했다. 나는 분명한 어조로 말했다.

"지금 캐서린이 겪고 있는 증상을 처음 일으켰던 때로 가보세요."

이어서 벌어진 일은 나의 예측을 완전히 벗어난 것이었다.

"건물 위쪽으로 올라가는 하얀 계단이 보여요. 기둥이 많은 건물인데, 앞이 트여 있어요. 문 같은 건 없어요. 저는 긴 드레스를 입고 있는데… 헐렁하고 촉감이 거칠어요. 전 머리를 땋았어요. 긴 금발이에요."

나는 당황했다. 지금 무슨 일이 일어나고 있는 것인가? 나는 지금이 몇 년이며 이름이 뭐냐고 물었다.

"아론다… 열여덟 살이에요. 건물 앞에 시장이 보여요. 바구니… 양쪽 어깨로 지는 바구니예요. 우리는 골짜기에 살아요… 물이 없어요. 지금은 기원전 1863년이에요. 여기는 풀도 없고, 아주 덥고, 모래투성이예요. 강은 없고, 우물이 하나 있어요. 물은 산에서 이 골짜기로 내려오는 거예요."

지형에 대한 설명이 끝난 뒤, 나는 캐서린에게 몇 년 뒤로 가서 눈에 보이는 것을 이야기해달라고 했다.

"나무들이 있고 돌을 깐 길이 있어요. 누가 불을 피워서 요리를 하고 있어요. 저는 금발이에요. 길고 허름한 갈색 드레스를 입고 샌들을 신었어요. 스물다섯 살이에요. 딸이 하나 있는데 이름이 클리스트라… 이 아이는 레이첼이에요(레이첼은 현재 캐서린의 조카딸로, 둘은 매우 친밀한 사이다). 여긴 너무 더워요."

나는 경악했다. 뱃속이 불편해지면서 추위가 느껴졌다. 캐서린이 이야기한 영상들은 너무도 뚜렷했다. 그 설명에는 막힘이 없었다. 인명, 연대, 입고 있는 옷, 나무, 모든 것이 더없이 생생했다! 도대체 지금 여기서 무슨 일이 일어나고 있는 것인가? 딸이었던 아이가 어떻게 지금의 조카가 될 수 있단 말인가? 나는 걷잡을 수 없는 혼란에 빠졌다. 수천 명의 환자를 다루어오면서 수많은 환자에게 최면요법을 써보았지만, 꿈속에서조차 이런 종류의 환상을 맞닥뜨린 적은 없었다. 나는 캐서린에게 좀 더 시간이 흘러 죽음을 맞던 순간을 기억해보라고 했다. 나는 이토록 뚜렷한 환상(아니면 기억?) 속에 있는 환자의 면담을 어떻게 진행해야 하는지 전혀 몰랐지만, 캐서린이 겪고 있는 증상들의 배후가 되는 결정적인 사건들을 찾아가는 길목에 있

전생의 기억을 말하다

35

었던 것이다. 특히 죽음의 순간을 둘러싼 사건들이 중요할 수가 있었다.

홍수인지 조수潮水인지가 마을을 뒤덮고 있었다.

"커다란 물살에 나무들이 쓰러지고 있어요. 달아날 곳이 없어요. 추워요. 물이 차가워요. 아이를 살려야 되는데, 그럴 수가 없어요… 그냥 꼭 안고 있어야 돼요. 물이 차올라 와요. 숨이 막혀요. 숨을 쉴 수가 없어요. 물이 짜서… 삼킬 수가 없어요. 아이가 팔에서 떨어졌어요."

캐서린이 숨을 가쁘게 몰아쉬고 있었다. 그러다 갑자기 몸이 축 늘어지더니 호흡이 정상으로 돌아왔다.

"구름이 보여요… 내 옆에 아이가 있어요. 마을 사람들도 보여요. 오빠도 있어요."

캐서린은 쉬고 있었다. 삶이 끝난 것이다. 캐서린은 여전히 깊은 최면 상태에 있었다. 나는 전율했다. 전생? 환생? 나의 임상적 경험은 캐서린이 이런 환상을 꾸며내고 있는 것이 아니라고 말하고 있었다. 그 생각, 그 표현, 정황에 대한 세세한 묘사, 모든 것이 캐서린의 일상적 의식 상태와는 달랐다. 정신의학에 관해 내가 알고 있는 모든 지식이 머릿속을 흘러가고 있었다. 그러나 캐서린의 정신의학적 상태나 인격구조를 가지고는 지금의 사태를 설명할 수 없었다. 정신분열증? 아니다. 캐서린은 결코 인식이나 사고 장애의 징후를 보이지 않았다. 캐서린은 깨어 있는 동안에 환청이나 환시를 경험한 적이 한 번도 없었고, 그와 유사한 분열증적 증상을 보인 적도 없었다. 망상에 빠진 적도 없었으며, 현실감각을 잃은 적도 없었다. 다상성인격多相性人格이나 분리성성격分離性性格도 아니었다. 오직 한 명의 캐서린이 존재했고, 캐서린의 일상적 의식은 그 사실을 온전히 알고 있었다. 사회일탈적이거나 반사회적인 경향도 없었다. 캐서린은 배우가 아니었다. 마약이나 환각제 따위를 복용한 적도 없었다. 술은 거의 마시지도 못했다. 캐서린이 최면 상태에서 겪은 생생하고도 직접적인 사건들을 설명해줄 만한 신경학적 혹은 심리학적 질환도 없었다.

그렇다면 그것은 기억 활동의 일종이었다는 결론인데, 도대체 이런 기억들은 어디서 튀어나온 것이란 말인가? 환생과 전생에 대한 기억이라는, 아는 것이라곤 거의 없는 낯선 대상과 맞닥뜨린 나는 배짱이 생겼다. '있을 수 없어.' 과학으로 단련된 나의 마음이 저항했다. 하지만 일은 눈앞에서 일어나고 있었다. 나는 그 현상을 설명할 수도 없었지만, 실재를 부정할 수도 없었다.

"계속하세요. 다른 건 기억나는 게 없나요?"

나는 당황스러우면서도 한편 호기심이 일었다.

캐서린은 또 다른 두 생애의 마당에서 기억의 파편을 주워 모으고 있었다.

"저는 검은 레이스가 달린 드레스를 입고 있어요. 머리에도 검은 레이스를 둘렀어요. 머리는 검은데, 흰 머리가 섞였어요. 지금은 1756년이에요. 나는 스페인 사람이에요. 이름은 루이사, 쉰여섯 살이에요. 지금 전 춤을 춰요. 다른 사람들하고 함께요. (한참 말이 없다가) 내가 병이 들었어요. 열이 나고 식은땀을 흘려요… 병든 사람이 많아요. 죽어가고 있어요. 의사들은 그게 물 때문이라는 걸 몰라요."

나는 캐서린을 좀더 뒤의 시간으로 데려갔다.

"나아지고 있지만 아직 머리가 아파요. 열이 있어서 눈하고 머리가 아파요. 물 때문이에요… 사람들이 죽어가요."

나중에 캐서린은 자신이 그 생애에서 창녀였다고 말해주면서, 처음에는 그 사실이 당혹스러워 숨겼다고 했다. 이런 식으로 캐서린은 최면 상태에서 여러 가지 기억을 끄집어냈다.

캐서린이 고대의 생애에서 지금의 조카를 보았기 때문에, 나는 충동적으로 내가 캐서린의 전생에 함께 있었던 적이 있는지 물어보았다. 만일 그랬다면 내가 담당했던 역할이 궁금했다. 이전의 느리고 진중했던 말투와 달리 이번에는 대답이 즉각 튀어나왔다.

"박사님은 제 선생님이에요. 바위턱에 책을 들고 앉아서 우리한테 설명을 해주고 계세요. 금 장식이 달린 하얀 옷(토가toga)을 입으셨어요. 선생님 이름은 디오게네스예요. 삼각형이나 여러 가지 기호에 대해 설명해주고 계세요. 선생님은 아주 박식하신데, 저는 하나도 이해를 못 해요. 지금은 기원전 1568년이에요(그리스의 유명한 견유철학자 디오게네스가 태어나기 1,200년 전쯤의 이야기였다. 디오게네스는 흔한 이름이었다)."

첫 사건은 이렇게 끝났다. 그러나 더욱 놀라운 사건들이 두 사람을 기다리고 있었다.

캐서린을 보내고 나서 나는 일주일 남짓 동안 이번 최면치료 과정을 꼼꼼히 되짚어보았다. 그것은 당연히 심사숙고해야 할 문제였다. '정상적'인 치료 과정에서 나의 집요한 정신분석을 벗어나는 일이 일어난 적은 거의 없었는데, 이번 치료 과정은 거의 '정상적'이지가 않았다. 게다가 나는 사후의 삶이라든

지 환생, 유체이탈幽體離脫(영혼이 육체에서 일시적으로 분리되는 일), 또 그와 관련된 현상 따위에 대해 회의적이었다. 마침내 나의 논리적인 머리는 모든 것이 캐서린의 환상일 것이라고 결론지었다. 나는 도저히 캐서린의 이야기와 환상적 체험을 증명할 수 없었다. 그러나 한편 희미하게나마 더 깊고 덜 감정적인 생각이 일었다. '마음을 열어라.' 생각이 이렇게 말하고 있었다. 진정한 과학은 관찰에서 시작되지 않는가. 캐서린의 '기억들'은 환상이나 상상이 아닐지도 모른다. 우리 눈이 보는 것, 그리고 다른 모든 감각기관이 느끼는 것 말고도 또 다른 어떤 것이 있을지도 모른다. 마음을 열어라. 더 많은 자료를 모아라.

또 다른 생각이 머릿속을 맴돌았다. 아직도 불안증과 공포증세에 시달리고 있는 캐서린에게 다시 최면 상태에 들어가자고 하면 겁을 집어먹지 않을까? 나는 캐서린에게 전화를 하지 않기로 했다. '정리할 시간을 주자.' 나는 다음 주까지 기다리기로 했다.

03

사후의 경험을 말하다

"우리의 임무는 지식을 통해 신과 같이
되는 법을 배워가는 것입니다. 우리가 아는
것은 적고 저는 배워야 할 것이 많습니다.
우리는 지식을 통해 신에게 다가가고,
그러고 나서야 쉴 수 있습니다."

일주일 뒤에 캐서린이 다시 최면치료를 받기 위해 진찰실을 찾아왔다. 다행히도 표정이 전에 없이 밝았다. 캐서린은 평생 자신을 괴롭혀오던 물에 대한 공포증이 사라졌다며 기쁜 얼굴로 말했다. 질식에 대한 두려움도 어느 정도 누그러졌다고 했다. 다리가 무너져 내리는 꿈으로 잠을 설치는 일도 없어졌다. 캐서린은 전생의 사건들을 상세하게 기억해내기는 했지만, 아직 그것을 삶 속에 자연스럽게 동화시키지는 못하고 있었다.

전생이나 환생은 캐서린의 세계관에서는 생소한 개념이었다. 그러나 그 기억들이 너무도 뚜렷하고 풍경과 소리와 냄새가 너무도 생생했으며 자신이 그 일을 겪었다는 느낌이 너무도 강렬하고 직접적이었기에, 자신이 틀림없이 실제로 그곳에 있었다고 믿었고, 그 진위를 의심하지 않았다. 그 경험은 캐서린을 압도했다. 캐서린은 이 사실이 자신이 받아온 교육과 간직해온 신앙에 어떻게 조화될 수 있을지 걱정하고 있었다.

그전 일주일 동안 나는 컬럼비아대학교 1학년 시절에 수강했던 비교종교학의 교과서들을 다시 훑어보았다. 원래의 구약과 신약에는 분명히 환생에 대한 언급이 실려 있었다. 서기 325년 로마의 콘스탄티누스 대제와 그의 어머니는 신약에 실려 있던 환생에 대한 언급을 삭제해버렸다. 서기 553년 콘스탄티노플에서 두 번째로 열렸던 공의회는 이 조치를 승인하고 환생이라는 개념을 이단으로 규정했다. 당시의 교회 지도자들은 이 개념이 인간에게 구원의 기회를 여러 번 부여함으로써 교회의 권위를 약화시킬지도 모른다고 판단한 것이 분명했다. 그러나 그 이전에는 분명히 환생에 대한 언급이 실린 성서 원본이 있었다. 초기의 교회 지도자들은 환생이라는 개념을 인정했다. 초기 영지주의자들Gnostics(알렉산드리아의 클레멘스, 오리게네스, 성 히에로니무스를 비롯한 여러 기독교인들)은 자신들에게 전생이 있었으며 후생도 있을 것이라고 믿었다.

그러나 나는 환생을 결코 믿지 않았고, 실제로 그런 것에 대해 깊이 생각해본 적도 없었다. 어릴 때 받은 종교적 훈련은 사후 '영혼'의 존재에 대해 희미하게나마 가르쳐주었지만, 나는 확신하지 못했다.

나는 모두 세 살 터울인 네 형제 가운데 장남이었다. 우리는 뉴저지 해안에서 가까운 레드뱅크라는 작은 마을의 유태교 회당에 다녔다. 나는 식구들 사이를 조정하고 중재하는 존재였다. 아버지는 우리 식구 가운데 종교에 가장 열심이었다. 종교를 매우 중요시했고, 인생을 종교에 거신 분이었다. 아버지는 또 공부 잘하는 자식들 보는 것을 최대의 낙으로 삼으셨다. 집안에 불화가 생기면 쉽게 달아올랐다가도 한발 물러서서 나에게 중재자 역할을 맡기시곤 했다. 결국 이러한 경험이 뒷날 정신과 의사가 되는 데 훌륭한 준비 단계 역할을 하긴 했지만, 돌이켜보면 어린 시절 나는 스스로 바랐던 것보다 훨씬 무거운 책임을 떠안고 있었다. 이런 생활을 통해 나는 과중한 책임을 짊어지는 데 익숙한 매우 진지한 성격의 젊은이로 자라나게 되었다.

어머니는 애정을 표시하는 데 주저함이 없는 분이었다. 그분의 애정 표현 방식에는 한계가 없었다. 아버지에 비해 단순했던 어머니는 자식들에게 자책, 희생, 극단적 당혹감, 대리 수난 같은 방법을 깊은 생각 없이 능수능란하게 구사했다. 어머니는 항상 밝게 사셨고, 우리는 언제나 그분의 사랑과 보호에 의지할 수 있었다.

아버지는 산업사진기사라는 훌륭한 직업을 가지고 있었고, 우리 집은 먹는 일에 구애를 받지는 않았지만 돈에 매우 쪼들렸다. 내가 아홉 살 때 막내 피터가 태어났고, 우리 식구는 침실 두 개짜리 아파트에서 비비적대며 살아야 했다.

좁은 아파트 생활은 답답하고 소란스러웠고, 나는 책에서 피난처를 찾았다. 야구나 농구를 할 때만 빼고 끊임없이 책을 읽었다. 동생들은 야구와 농구에 빠져 있었다. 나는 독서가 나를 작은 촌구석에서 벗어나게 해줄 것이라는 생각에 흡족해했고, 그 결과 반에서 1, 2등을 놓치지 않았다.

나는 진지하고 학구적인 젊은이가 되었고, 마침내 컬럼비아대학교에 전액 장학생으로 입학했다. 학문적인 성공이 어렵지 않게 뒤따랐다. 나는 화학을 전공했고, 우등으로 졸업했다. 그리고 과학에 대한 나의 관심과 정신의 작용에 대한 호기심을 함께 충족하기 위해 정신과 의사가 되기로 결심했다. 의사가 되면 다른 사람들에 대한 나의 관심과 연민을 표현할 수 있게 될 것이라는 생각도 있었다. 그러던 중 어느 여름방학에 캐츠킬마운틴호텔 식당에서 아르바이트를 하다가 그곳에 손님으로 온 캐롤을 만났다. 우리는 첫눈에 서로 끌렸고, 친숙함과 위안의 감정을 느꼈다. 편지를 나누고, 데이트를 하고, 사랑에 빠졌다. 내가 컬럼비아대학교 3학년이 되었을 때 우리는 약혼을 했다. 캐롤은 밝고 아름다웠다. 모든 일이 순조롭게 풀려나가고 있었다. 젊은 사람이 죽음이나 죽음 이후에 대해 걱정하는 일은 잘 없는 법이고, 특히나 모든 일이 술술 풀려나갈 때는 더욱 그러할 것이다. 나 또한 예외가 아니었다. 나는 과학자가 되어가고 있었으며, 논리적이고 냉철하며 실증적인 사고방식을 체득해가고 있었다.

예일대학교에서 보낸 학부 생활과 레지던트 과정은 나의 이러한 과학적 사고를 더욱 굳혀주었다. 나의 연구 주제는 뇌화학과 신경전달물질이었다.

나는 전통적인 정신분석학의 이론과 기술을 뇌화학이라는 새로운 분야에 접목시킨 생물학적 정신의학이라는 신흥 학문에 몰두했다. 많은 논문을 썼고, 전국 규모와 지방 단위의 수많은 학술회의에서 강연을 했으며, 꽤 인정받는 학자가 되었다. 나는 조금은 강박스럽고 열정적이며 경직되기는 했지만, 이러한 성격은 의사로서 마땅히 갖추어야 할 것이었다. 나는 어떤 환자라도 치료할 자신이 있었다. 그런데 캐서린이 기원전

1863년에 살았던 아론다라는 소녀가 되었다. 내가 모르는 다른 길이 있었단 말인가?

캐서린이 다시 나타났다. 그 어느 때보다도 행복한 표정을 하고서. 나는 캐서린이 최면을 거부하면 어쩌나 하는 걱정이 다시 들었다. 그러나 캐서린은 오히려 최면치료를 기다리고 있었고, 급속히 최면 상태에 빠져들었다.

"제가 꽃다발을 물속으로 던지고 있어요. 의식을 진행하고 있는 거예요. 제 머리는 금발인데, 곱게 땋았어요. 금이 박힌 드레스를 입고 샌들을 신었어요. 누가 죽었어요, 왕궁에서 누가…왕의 어머니예요. 저는 왕궁의 하녀인데, 음식 만드는 게 제 일이에요. 시체는 소금물에 30일 동안 담가돼요. 다 마르면 내장을 꺼내요. 냄새가 나요, 시체 냄새요."

캐서린은 내 지시가 없었는데도 아론다의 생애로 가 있었다. 그러나 지난번과는 다른 시기였고, 지금의 임무는 시신을 염하는 일이었다.

"외따로 떨어진 건물에 시체들이 보여요. 우리는 시체를 싸고 있어요. 영혼이 떠나가요. 다음에 올 더 고귀한 삶을 준비하려고, 쓰던 물건들을 가져가요."

캐서린은 오늘날 우리 믿음과는 다른, 죽음과 사후세계에 대한 고대 이집트인들의 관념을 표현하고 있었다. 이러한 믿음 체계에서는 죽을 때 자신이 쓰던 물건을 가지고 가는 일이 가능했다.

캐서린은 삶을 떠나 휴식에 들어갔다. 그렇게 7, 8분을 쉬다가 훨씬 과거의 시대로 들어갔다.

"동굴 속에 얼음이 달려 있어요… 바위…"

캐서린은 어둡고 초라한 장소에 대해 흐릿하게 이야기를 하다가 몹시 불쾌한 기색을 보였다. 나중에 캐서린은 그때 본 자신의 모습이 어떠했는지 이야기해주었다.

"추하고 지저분하고 냄새가 났어요."

캐서린은 다른 시대로 건너갔다.

"건물들이 있고, 돌바퀴가 달린 마차가 보여요. 내 머리는 갈색인데, 천을 둘렀어요. 마차에 짚단이 실려 있어요. 나는 행복해요. 아빠가 와요… 나를 꼭 껴안아줘요. 이 사람은… 이 사람은 에드워드예요(에드워드는 캐서린에게 나를 찾아가보라고 권유한 소아과 의사다). 에드워드가 우리 아빠예요. 우리는 나무가 많은 골짜기에 살아요. 마당에 올리브나무하고 무화과나무가 있어요. 사람들이 종이에 뭘 적어요. 글자 같은데, 재미있게 생겼어요. 사람들이 하루 종일 쓰면서 도서관을 만들고 있어요. 지금은 기원전 1536년이에요. 아빠 이름은 페르세우스예요."

연대는 조금 달랐지만, 캐서린이 지난주에 이야기했던 그 생애로 들어와 있다는 것을 확실히 알 수 있었다. 나는 캐서린에게 그 생애의 좀더 뒷부분으로 가보라고 했다.

"아버지는 박사님을 알아요. 아버지가 박사님하고 농사, 법, 정부에 대해 이야기를 나누고 있어요. 아버지는 박사님이 아주 명석하신 분이기 때문에 저한테 박사님 말씀을 귀담아 들으라고 하세요."

나는 캐서린을 좀더 뒤의 시간으로 데려갔다.

"아버지가 어두운 방에 누워 계세요. 나이가 드신 데다가 병까지 얻으셨어요. 추워요… 너무 허전해요."

캐서린은 죽음의 순간으로 넘어갔다.

"전 이제 늙어서 기력을 잃었어요. 딸이 침대 곁에 와 있어요. 남편은 벌써 죽었어요. 사위도 와 있고, 외손주들도 있어요. 주위에 사람들이 많아요."

이번에는 평화로운 죽음이었다. 캐서린은 떠다니고 있었다. 떠다닌다? 죽었다가 살아난 사람들의 사례를 연구한 레이먼드 무디Raymond Moody 박사의 책《다시 산다는 것Life After Life》이 생각났다. 몇 년 전에 읽은 그 책에도 영혼이 떠다니다가 다시 몸속으로 빨려 들어간다는 이야기가 나왔다. 그 책을 다시 읽어보아야겠다는 생각이 들었다.

나는 사후에 대해 기억나는 것이 좀더 있지 않을까 기대했지만 캐서린의 대답은 간단했다.

"그냥 떠다니고 있어요."

캐서린을 깨우고 치료를 마쳤다.

나는 의학 도서관들을 돌아다니며 환생에 관한 논문들을 미친 듯이 찾아 읽었다. 우선 버지니아대학교의 저명한 정신의학자 이안 스티븐슨Ian Stevenson 박사의 방대한 저술을 탐독했다. 스티븐슨 박사는 환생과 관련된 기억이나 경험을 가진 어린이들의 사례를 2천 건도 넘게 수집해놓고 있었다. 전혀 배운 적이 없는 언어를 구사하는 능력을 보인 어린이들도 많았다. 그의 사례 연구는 빈틈없고 정확했으며, 진실로 탁월한 것이었다.

에드가 미첼Edgar Mitchell의 뛰어난 개괄서도 읽어보았다. 듀크대학교에서 수집한 ESP(extra-sensory perception, 초감각적 지각) 자료들은 대단히 흥미로웠으며, 마틴 에번Martin Ebon, 헬렌 웜바크Helen Wambach, 거트루드 슈마이들러Gertrude Schmeidler, 프레드릭 렌츠Frederick Lenz, 에디스 피오레Edith Fiore 등의 연구서들을 찬찬히 읽어나갔다. 읽을수록 더 읽고 싶어졌다. 정신의 모든 측면에 대해 충분히 배웠다고 생각했었는데, 내가 받은 교육이 매우 한정적이었다는 느낌이 들기 시작했다. 모든 도서관의 서가에는 이 분야의 연구물과 관련 저술들이 꽂혀 있었지만, 그 사실을 아는 사람은 거의 없었다. 이러한 연구의 대부분은 명망 있는 임상의학자와 과학자들이 수행하고 검증한 것들이었다. 이들이 모두 실수를 했거나 속았다고 할 수 있을까? 나는 여전히 회의하고 있었지만, 증거는 압도적으로 강력했다. 압도적이었든 어쨌든, 나는 믿기가 어려웠다.

캐서린과 나는 이미 이러한 경험에 나름대로 깊이 영향을 받고 있었다. 캐서린은 정서적으로 호전되고 있었고, 나는 내 정신의 지평을 넓혀가고 있었다. 여러 해를 공포증에 시달려왔던 캐서린은 마침내 어느 정도 안식을 누리게 되었다. 실제의 기억을 통한 것이었든 아니면 생생한 환상을 통한 것이었든 나는 캐서린을 도울 수 있는 길을 찾았고, 거기서 그치고 싶지 않았다.

이 모든 것이 다음번 치료가 시작되면서 캐서린이 최면 상태로 빠져드는 동안 내 머릿속을 흘러간 생각들이었다. 치료가 시작되기 전에 캐서린은 꿈 이야기를 했다. 사람들이 낡은 돌계단에 앉아 구멍이 여러 개 뚫린 장기판을 가지고 게임을 하고 있었다고 했다. 꿈이 너무도 생생했다고 했다. 나는 캐서린에게, 정상적인 공간과 시간의 한계를 넘어 과거로 돌아가서 그 꿈이 전생과 관련이 있는지 알아보라고 했다.

"탑으로 올라가는 계단이 보여요… 탑 꼭대기에서는 산도 보이고 바다도 보여요. 나는 남자아이예요… 머리는 금발인데… 좀 이상한 머리예요. 짤막한 옷을 입었는데, 갈색하고 흰색이 섞여 있고 가죽으로 만들었어요. 탑 꼭대기에서 사람들이 밖을 내다보고 있어요… 보초들이에요. 지저분해요. 그 사람들이 게임을 하고 있어요. 장기 같은데, 아니에요. 판이 네모나지가 않고 둥글어요. 단검처럼 뾰족하게 생긴 말들을 구멍에 꽂아서 게임을 해요. 말 꼭대기에는 동물들의 머리 모양이 새겨져 있어요. 키루스탄주Kirustan Territory(소리나는 대로)? 네덜란드 땅이고, 1473년쯤이에요."

마지막 대목은 내가 장소와 연도를 알 수 있겠느냐고 물은데 대한 대답이었다.

"저는 항구에 살아요. 바다가 보여요. 요새가 있어요… 물도 있고. 오두막집이 보여요. 어머니가 도기 그릇에다 음식을 만들고 계세요. 제 이름은 요한이에요."

캐서린은 죽음의 순간으로 갔다. 여전히 나는 캐서린이 겪고 있던 증세의 원인이 될만한 유일하고도 대단히 충격적인 사건을 찾고 있었다. 지금 캐서린이 더없이 생생하게 설명해주고 있는 모든 것이 내가 의심하고 있듯이 설사 환상이라 해도, 캐서린이 믿고 생각한 내용은 증세의 원인이 될 수가 있었다. 실제로 나는 꿈 때문에 정서에 손상을 받은 사람들을 보아왔다. 어린 시절의 충격적 사건이 실제로 일어났었는지 아니면 꿈속의 일이었는지 명확히 기억하지 못하는 경우에도, 그러한 사건이 현재의 삶을 괴롭히는 것이다.

내가 그때까지도 이해하기 힘들었던 것은, 부모의 호된 꾸지람과 같이 반복적으로 진행되는 일상의 침식적인 영향이 단 한 번의 충격적 사건보다 더 심각한 정신장애를 초래할 수도 있다는 점이었다. 이러한 영향은 일상생활의 배경 속으로 섞여 들어가 버리기 때문에 기억으로 끌어올려서 퇴치하기가 매우 어렵다. 끊임없이 잔소리를 들으며 자란 어린이는 단 한 번의 굴욕적인 경험을 평생 잊지 못하는 사람과 똑같이 자신감과 자존심을 잃게 된다. 끼니를 제대로 때우지 못할 정도로 가난한 집안에서 자라난 사람은, 어린 시절 우연한 사고로 아사餓死 직전까지 가보았던 사람과 똑같은 정신적 장애를 갖게 된다. 나는 한 번의 충격적 사건뿐만 아니라 일상적으로 진행되는 부정적인 영향의 축적 또한 찾아내서 분석해야 한다는 것을 알게 되었다.

캐서린이 기억을 쏟아내기 시작했다.

"카누처럼 생긴 밝은 색 배가 몇 척 있어요. 프로비던스(미국 로드아일랜드 동북부의 해안) 지역이에요. 우리는 무기, 창, 투석기, 활과 화살을 갖고 있는데, 굉장히 커요. 배에 이상하게 생긴 큰 노가 달려 있어요… 모두 노를 저어야 해요. 길을 잃을지도 몰라요. 어두워요. 불빛이라곤 없어요. 무서워요. 옆에 다른 배들도 있어요(함께 공격에 나선 듯하다). 저는 짐승을 무서워해요. 우리는 지저분하고 냄새가 나는 짐승 가죽을 깔고 자요. 지금은 정찰 중이에요. 신발이 재미있게 생겼어요. 주머니처럼 생긴 가죽신인데… 발목 부분을 묶었어요. (오랫동안 말을 끊었다가) 불기운 때문에 얼굴이 뜨거워요. 우리 편이 사람들을 죽이고 있는데, 저는 안 그래요. 사람을 죽이기 싫어요. 제가 칼을 쥐고 있어요."

갑자기 캐서린이 목이 눌린 것처럼 숨을 제대로 쉬지 못하고 고로록거렸다. 적의 팔이 뒤에서 목을 감쌌고, 칼이 캐서린의 목을 그었다고 했다. 캐서린은 죽어가면서 적의 얼굴을 보았다. 스튜어트였다. 모습이 조금 달랐지만, 캐서린은 그 얼굴이 스튜어트임을 알아볼 수 있었다. 요한은 스물한 살에 죽었다.

캐서린은 자신의 시신 위에 떠서 아래쪽을 내려다보고 있었다. 그러다가 당황과 혼란 속에서 구름 위로 끌려올라갔다. 그리고 곧 '좁고 따뜻한' 공간으로 이끌려가고 있음을 느꼈다. 막 태어나려 하고 있었던 것이다.

캐서린이 꿈꾸듯 천천히 속삭였다.

"누가 나를 잡고 있어요. 내가 나오는 걸 도와주는 거예요. 하얀 앞자락을 댄 녹색 드레스를 입었어요. 하얀 모자를 썼는데, 끝을 모두 접었어요. 방에는 재미있게 생긴… 조각조각 칸을 나눠놓은 유리창들이 있어요. 건물은 돌로 지었어요. 엄마는 머리가 길고 까매요. 나를 안고 싶어 하세요. 재미있게 생긴… 올이 거친 잠옷을 입고 계세요. 잠옷에 닿으면 따가워요. 다시 햇빛을 보고 따뜻해져서 기분이 너무 좋아요… 이분은… 이분은 지금 엄마하고 똑같은 분이에요!"

전번 치료 과정에서 나는 전생의 중요한 인물 가운데 현재의 캐서린에게 중요한 인물이 있는지 잘 살펴보라고 했었다. 영혼들이 집단을 이루어 그들의 카르마karma(다른 이들과 자신에 대한 빚, 깨달아야 할 가르침)에 따라 여러 대에 걸쳐 반복해서 환생한다는 이야기를 여러 책에서 읽었기 때문이다.

희미한 불빛이 비치는 조용한 진찰실 안에서 펼쳐지고 있는, 세상에 알려지지 않은 이 이상하면서도 장대한 드라마를 이해하기 위해 나는 그러한 이야기를 확인해보고 싶었다. 나는 캐서린의 입에서 흘러나오는 지극히 비일상적인 내용들을 평가하기 위해, 내가 15년 동안 줄기차게 사용해온 과학적 방법을 적용해야 할 필요성을 느꼈다.

치료가 거듭되면서 캐서린은 더욱더 영적인 사람이 되어갔다. 인물과 사건들에 대해 보인 직관은 모두 사실로 증명되었다. 최면 상태에서는 내가 미처 말을 꺼내기도 전에 내 질문을 예상해내기 시작했다. 캐서린이 꾸는 많은 꿈이 예지적이고 예언적인 능력을 보여주었다.

한번은 캐서린의 부모님이 캐서린을 보러 왔다가 이러한 이야기를 듣고 강한 의구심을 보인 일이 있었다. 캐서린은 자신의 예지력을 증명하기 위해 아버지를 경마장으로 모시고 갔다. 그리고 바로 아버지가 보는 앞에서, 모든 경주의 우승마를 알아맞혔다. 아버지는 경악했다. 목적을 이룬 캐서린은 돌아오다가 처음으로 만난 걸인에게 그날 딴 돈을 모두 주었다. 캐서린은 자신에게 생긴 영적 능력을 경제적인 보상을 위해 사용해서는 안 된다는 것을 직감적으로 느끼고 있었다. 그것은 캐서린에게 훨씬 더 높은 차원의 의미를 지니고 있었던 것이다. 캐서린은 나에게, 새로운 경험에 스스로 놀라기도 했지만 자신이 이룩한 진전에 매우 흡족해하고 있으며 과거를 향한 여행을 계속하고 싶다고 했다. 나 또한 캐서린의 영적인 능력, 특히 경마장에서의 일에 충격을 받고 큰 흥미를 느꼈다. 반박할 수 없는 증거였기 때문이다. 캐서린은 모든 경주의 우승표를 갖고 있었다. 그것은 결코 우연의 일치가 아니었다. 지난 몇 주 동안 매우 이상한 일들이 일어났고, 나는 내 관점을 유지하기 위해 무진 애를 썼다. 그럼에도 캐서린의 영적인 능력을 부인할 수가 없었다. 캐서린이 이러한 능력을 지녔다는 것이 사실이고 구체적인 증거들까지 뒷받침되고 있다면, 캐서린이 말하는 전생의 사건들 또한 진실이 아닐까?

캐서린은 조금 전 막 태어나고 있었다던 생으로 들어가 있었다. 이번 생애는 비교적 최근으로 보였는데, 정확한 연도는 알아내지 못했다. 캐서린의 이름은 엘리자베스였다.

"지금은 나이를 더 먹었고, 오빠 하나하고 언니 둘이 있어요. 저녁 식탁이 보여요… 아빠가 앉아 있어요… 에드워드예요(앞서 말한 소아과 의사. 아버지 역할로 앙코르 무대에 섰다). 엄마 아빠가 또 싸워요. 감자하고 콩을 먹고 있는데, 아빠가 음식이

식었다고 화를 내요. 엄마 아빠는 맨날 싸워요. 아빠는 맨날 술만 마셔요… 아빠가 엄마를 때려요(캐서린의 목소리가 겁에 질려 있었고, 몸을 떨고 있었다). 아빠가 애들을 밀었어요. 아빠가 옛날하곤 달라요. 다른 사람이 됐어요. 아빠가 싫어요. 아빠가 없어졌으면 좋겠어요."

캐서린은 어린아이처럼 말하고 있었다.

내가 캐서린을 치료하는 과정에서 던진 질문들은 이전의 통상적인 정신치료 때 했던 것과는 전혀 성격이 달랐다. 캐서린이 겪고 있는 증상들을 설명해줄 수 있는 충격적 사건이나 어두운 기억을 찾아내기 위해, 나는 마치 안내자와 같은 역할을 하며 한두 시간에 걸쳐 한 생애를 죽 훑어보았다. 통상적인 치료에서는 한 사건을 훨씬 더 구체적으로 파고들어가게 되며, 진행 속도도 현저히 느리다. 환자가 뱉은 모든 단어를 철저히 분석해서 그 뉘앙스와 숨은 의미를 파악하고 모든 표정, 모든 몸짓, 모든 어조를 하나하나 음미하고 평가하고, 모든 정서적 반응을 주의 깊게 분석하고 조각난 행동 양태들을 조심스럽게 짜 맞춘다. 그러나 캐서린의 경우에는, 수십 년의 세월이 단 몇 분 사이에 흘러갔다. 캐서린의 치료 과정은 전속력으로 질주하는 경주차 안에 앉아 바깥의 군중 속에서 아는 얼굴을 찾기 위해 애쓰는 것과도 같았다.

나는 주의를 다시 캐서린에게 돌려 좀더 뒤의 시간으로 가보라고 했다.

"전 이제 결혼을 했어요. 우리 집에는 큰 방이 하나 있어요. 남편은 머리가 금발이에요. 모르는 사람이에요(현생의 관점에서). 우린 아직 애가 없어요… 남편은 저한테 아주 잘해줘요. 우린 서로 사랑해요. 아주 행복해요."

이제는 부모와 함께 살면서 느꼈던 억압에서 탈출하는 데 성공한 듯했다. 나는 지금 그곳이 어디인지 알 수 있겠느냐고 물었다.

캐서린이 머뭇거리며 대답했다.

"브레닝턴Brennington? 낡은 책들이 보여요. 표지가 재미있게 생겼어요. 큰 책에는 끈이 달려 있어요. 성경이에요. 큰 장식문자들이 적혀 있는데… 게일어(고대 아일랜드 언어와 여러 파생 방언)예요."

캐서린은 내가 알아듣지 못한 말을 몇 마디 중얼거렸는데, 그것이 게일어였는지는 알 수 없었다.

"우리는 바다에서 먼 뭍에 살아요. 무슨 지방인지… 브레닝턴? 돼지하고 양을 키우는 목장이 보여요. 우리 목장이에요."

캐서린은 시간을 건너뛰었다.

"우린 아들 둘이 있어요… 아주 오래된 석조건물이 보여요."

갑자기 캐서린이 머리에 통증을 느꼈고, 왼쪽 관자놀이 부근을 감싸 쥐면서 고통스러워했다. 캐서린은 자신이 돌계단에서 굴러 떨어졌고, 결국 회복되었다고 했다. 캐서린은 늙어서 가족들이 지켜보는 가운데 침대에 누워 숨을 거두었다.

캐서린은 다시 죽은 뒤에 몸을 떠나 떠다니는 상태가 되었는데, 이번에는 당황하거나 혼란스러워하지 않았다.

"밝은 빛이 느껴져요. 굉장해요. 이 빛에서 에너지를 얻는 거예요."

캐서린은 생애와 생애의 중간에서 쉬고 있었다. 침묵 속에 몇 분이 흘러갔다. 갑자기 캐서린이 말하기 시작했다. 그러나 이전의 그 느린 속삭임이 아니었다. 캐서린은 크고 껄껄한 목소리로 주저함 없이 말하고 있었다.

"우리의 임무는 앎knowledge을 통해 신과 같이 되는 법을 배워가는 것입니다. 우리가 아는 것은 적습니다. 박사님은 저의 스승이 되기 위해 여기 계신 겁니다. 저는 배워야 할 것이 많습니다. 우리는 앎을 통해 신에게 다가가고, 그리고 나서야 쉴 수 있습니다. 그런 다음에 우리는 다른 이들을 가르치고 돕기 위해 다시 옵니다."

나는 할 말을 잃었다. 그것은 캐서린이 죽은 뒤, 생애와 생애의 중간 상태에서 들려오는 가르침이었다. 이 내용의 출처는 도대체 어디란 말인가? 그것은 결단코 캐서린의 말이 아니었다. 캐서린은 결코 이런 식으로, 이런 낱말들을 써가며, 이런 수사법을 구사한 적이 없었다. 목소리도 이전과 완전히 달랐다.

그 순간, 나는 비록 캐서린의 입에서 나온 말이지만 그것이 캐서린의 생각들이 아니었음을 알아차렸다. 뒤에 캐서린은 그 출처가 마스터Master라는, 고도로 진화한 영혼이면서 지금은 육체에 머물지 않는 존재들이라고 말해주었다. 그들은 캐서린을 통해 나에게 말을 할 수 있었다. 캐서린은 전생으로 거슬러 올라갈 수 있을 뿐만 아니라 이제는 피안에서 오는 지식을 전달할 수 있게까지 되었다. 그것은 아름다운 지식이었다. 나는 객관성을 유지하기 위해 애쓰고 있었다.

이제 새로운 차원이 개입했다. 캐서린은 사후의 경험에 대해 기술한 엘리자베스 퀴블러로스Elisabeth Kübler-Ross 박사나 레이먼드 무디Raymond Moody 박사의 책을 결코 읽은 적이 없었다. 캐서린은 《티베트 사자의 서 *The Tibetan Book of the Death*》라는 책에 대해 들어본 적도 없었다. 그러나 캐서린은 이러한 책들이 기술하고 있는 것과 유사한 경험을 이야기하고 있었다. 그것은 하나의 증명이었다. 여기에 몇 가지 사실, 몇 가지 구체적인 사례만 추가된다면, 나는 확신할 수 있을 것 같았다. 회의하는 마음이 요동치면서도 여전히 자리를 뜨지 않고 있었다. 캐서린이 잡지 기사에서 사후와 관련한 내용을 읽었을지도 모르고, 텔레비전 대담 프로그램을 보았을지도 모른다. 캐서린 자신은 그런 기억을 부정한다 해도, 잠재의식이 기억하고 있었을지 모른다. 그러나 캐서린은 기존 저술들을 뛰어넘어 생과 생의 중간에서 보내오는 메시지를 전달하고 있었다. 아, 사례만 더 있다면….

캐서린은 늘 그랬던 것처럼 최면에서 깨어난 뒤에도 전생의 구체적인 사실들을 기억하고 있었다. 그런데 엘리자베스였던 캐서린이 죽고 난 다음에 일어났던 일에 대해서는 전혀 기억하지 못했다. 캐서린은 이후에도 생과 생 사이에 대해서는 아무것도 기억하지 못했다. 오로지 살아 있는 동안만을 기억했다.

'앎을 통해 신에게 다가간다.'

우리는 그 길을 가고 있었다.

04

나의 과거를 말하다

이곳, 어둡고 조용한 나의 진찰실에서, 숨겨져 왔던 내밀한 사실들이 엄청난 폭포수가 되어 내 머리 위로 쏟아지고 있었다. 나는 영혼의 바다를 헤엄치고 있었고, 그 물을 사랑했다. 팔에 소름이 돋았다. 도대체 어떻게 해서 이러한 사실들을 알아낼 수 있었단 말인가?

이제 나의 삶은 결코 이전과 같지 않을 것이다. 어떤 손길이 내려와 내 인생의 방향을 돌이킬 수 없도록 바꾸어놓았다. 내가 지금까지 읽어온 것들, 그토록 조심스럽게 따지고 끊임없이 회의하며 읽어온 모든 책이 휴지 조각이 되어버렸다.

"앞으로 모랫길이 난 네모나고 하얀 집이 보여요. 사람들이 말을 타고 왔다 갔다 해요."

캐서린이 예의 꿈꾸는 듯한 목소리로 속삭였다.

"나무가 있어요… 농장이에요. 큰 집이 한 채 있고 그 옆에 작은 집들이 딸려 있는데, 노예들이 사는 집 같아요. 굉장히 더워요. 여기는 남부… 버지니아?"

1873년이라고 했다. 캐서린은 어린아이였다.

"말이 몇 마리 있고 여러 가지 곡식이… 옥수수하고 담배도 있어요."

캐서린과 다른 노예들은 캐서린이 말한 큰 집 부엌에서 밥을 먹었다. 캐서린은 흑인이었고, 이름은 애비였다. 갑자기 불길한 예감을 느꼈는지, 캐서린이 잔뜩 긴장했다. 본채에 불이 난 것이었다. 캐서린은 집이 잿더미로 변하는 광경을 바라보고 있었다.

나는 캐서린을 15년 뒤인 1888년으로 데려갔다.

"저는 낡은 옷을 입고 2층에 걸린 거울을 닦고 있어요. 창이 여러 개 달린 벽돌집이에요… 유리창이 아주 많아요. 거울이 평평하지가 않고 굽었는데, 끝에 둥근 장식이 달려 있어요. 주인님 이름은 제임스 맨슨이에요. 주인님 외투는 단추가 세 개에다 검은 깃이 달려 있는데, 아주 재미있게 생겼어요. 얼굴에 턱수염이 있는데… 누군지 모르겠어요(현생의 캐서린으로서). 저를 잘 대해줘요. 저는 그분 땅에서 살고 있어요. 방을 청소하고 버터를 만들어요. 그분 땅에 학교가 있는데, 저는 못 들어가요."

캐서린은 단순한 어휘로 상황을 세세하게 설명해나갔다. 여전히 느린 속삭임이었다. 이후 5분 동안은 내게 버터 만드는 법을 가르쳤다. 버터 제조 과정은 캐서린에게도 새로운 내용이었다. 나는 캐서린을 다시 뒤의 시간으로 데려갔다.

"제가 어떤 남자하고 같이 있는데, 결혼한 사이 같지는 않아요. 잠은 같이 자는데… 같이 살지는 않아요. 괜찮은 사람인 것 같지만, 특별한 느낌은 없어요. 아이들은 안 보여요. 사과나무하고 오리들이 있어요. 멀리 사람들이 보여요. 전 사과를 따고 있어요. 눈이 매워요."

캐서린이 얼굴을 찌푸렸다.

"연기예요. 바람 때문에 연기가 이쪽으로 날아와요… 나무가 타면서 연기가 나는 거예요. 사람들이 술통을 태우고 있어요."

캐서린이 기침을 하기 시작했다.

"자주 이래요. 술통 안쪽을 검게 만들고 있는 거예요… 타르… 술이 새지 않게 하려고요."

지난번 치료에서 흥분을 경험한 뒤로 나는 캐서린을 생과 생의 중간 상태로 데려가고 싶은 욕구를 억누르지 못하고 있었다. 이미 애비의 노예 생활을 답사하는 데 한 시간 반을 보내면서 침대보와 버터, 술통에 대해 배웠다. 나는 더 많은 영적 가르침을 받고 싶었다. 결국 더 참지 못하고 캐서린을 죽음의 순간으로 데려갔다.

"숨 쉬기가 힘들어요. 가슴이 너무 아파요."

캐서린이 숨을 몰아쉬면서 고통스러워했다.

"심장이 아파요. 마구 뛰어요. 무척 추워요. 떨려요."

캐서린이 몸을 떨기 시작했다.

"방안에 있는 사람들이 찻잎을 주었어요. 야릇한 냄새가 나

요. 사람들이 제 가슴에 약을 발라주고 있어요. 몸에 열이 나
요… 너무 추워요."

애비는 조용히 숨을 거두었다. 천장 쪽으로 떠오른 캐서린은
조그맣게 오그라들어 침대에 누워 있는 60대 노파를 바라보았
다. 자신을 도와줄 누군가를 기다리며 그렇게 그냥 떠 있었다.
이윽고 빛을 느꼈고, 그쪽을 향해 이끌려 가고 있는 자신을 보
았다. 빛은 더욱 밝아져 현란한 광채를 내뿜었다.

몇 분이 천천히 흘러갔고, 우리는 침묵 속에 기다렸다. 갑자
기 캐서린이 또 다른 생애로 들어갔다. 애비의 삶보다 수천 년
앞선 시대였다.

캐서린이 부드럽게 속삭였다.

"방문이 열려 있고 마늘이 많이 걸려 있어요. 냄새가 나요.
마늘이 피 속의 악성惡性을 죽이고 몸을 깨끗하게 해준대요. 매
일 이렇게 해야 돼요. 마늘이 바깥쪽, 마당 끝에도 있어요. 다른
약초들도 있어요… 무화과, 대추야자, 그런 것들이에요. 다 몸
에 좋은 거예요. 집에 아픈 사람이 있어요. 어머니가 마늘하고
다른 약초들을 사 와요. 이상하게 생긴 뿌리도 있어요. 이런 걸
입이나 귀에다 넣기도 해요. 그냥 그렇게 넣고 있는 거예요.

턱수염을 기른 할아버지가 보여요. 우리 마을 치료사healer예

요. 사람들한테 어떻게 해야 하는지 가르쳐주고 있어요. 무슨…
전염병이 돌고 있어요… 사람들이 죽어가요. 산 사람들은 병이
옮을까 봐 시체를 썩지 않게 하는 향유를 발라주지도 않고 그
냥 묻어버려요. 죽은 사람들이 비참해져요. 그러면 영혼이 떠나
지 못한대요(이전에 캐서린이 들려준 사후세계에 대한 이야기
와는 상반되는 말이다). 사람이… 너무 많이 죽었어요. 소들도
죽어가요. 물… 홍수… 사람들이 아픈 건 홍수 때문이에요(전
염병의 원인을 막 깨달은 듯했다). 저도 물 때문에 병에 걸렸어
요. 배가 아픈 병이에요. 창자하고 위가 아파요. 몸에서 물이 많
이 빠져나가요. 물을 더 떠오려고 우물가에 갔는데, 바로 그 물
때문에 사람들이 죽는 거예요. 물을 떠 왔어요. 어머니하고 오
빠들이 보여요. 아버지는 벌써 돌아가셨어요. 오빠들이 많이 아
파요."

캐서린을 더 뒤의 시간으로 데려가기 전에 잠시 한숨을 돌렸
다. 나는 죽음과 사후에 대한 개념이 생애마다 천차만별로 변
하는 것을 보며 큰 흥미를 느꼈다. 그러나 죽음 자체에 대한 경
험은 한결같았다. 의식은 육체를 떠나 흘러 다니다가 놀라운
빛의 힘에 이끌려 간다. 그리고는 자신을 도와줄 누군가를 기
다린다. 영혼은 자동으로 빠져나온다. 방부처리, 장례의식, 그

밖의 어떤 행위와도 관계가 없다. 그것은 막 열린 문으로 걸어 들어가는 것과 같이 자동적이고, 아무런 준비도 필요 없는 과정이었다.

"땅이 메마르고 황량해요… 산은 전혀 보이지 않고, 땅만, 평탄하고 메마른 땅만 있어요. 오빠 하나가 죽었어요. 전 좀 나아졌지만, 아직도 통증이 있어요."

그러나 캐서린은 그리 오래 살지 못했다.

"제가 뭔가를 덮고 짚자리에 누워 있어요."

병세는 심각했고, 마늘이나 다른 약초로도 죽음을 막을 수 없었다. 캐서린은 이내 육신 위를 떠다니다가 낯익은 빛에 이끌려 갔다. 그리고 참을성 있게 누군가 나타나기를 기다렸다.

캐서린이 마치 주위를 둘러보듯이 머리를 천천히 좌우로 돌리기 시작했다. 또다시 껄껄한 목소리가 울려나왔다.

"그분들 말씀이, 신은 우리 모두의 안에 존재하기 때문에 여럿이라고 합니다."

나는 그 어조에 실린 단호함과 경건함, 그리고 껄껄한 목소리로 미루어 그것이 중간 상태에서 들려오는 소리임을 알 수 있었다. 캐서린이 이어서 한 말은 나를 숨도 못 쉬게 만들었다.

"박사님의 아버님과, 박사님의 어린 아드님이 여기 계십니다. 아버님은 자신의 이름이 에이브럼이고 자신의 이름을 따서 손녀의 이름을 지었다고 하면 박사님이 아버님을 알아보실 거라고 하십니다. 그리고 자신이 심장 때문에 돌아가셨다고 합니다. 박사님 아드님의 심장도 중요한데, 닭 심장처럼 뒤집혀 있었다고 하십니다. 아드님은 자신의 사랑으로 박사님에게 커다란 희생을 했습니다. 아드님의 영혼은 매우 진보했습니다… 아드님은 자신의 죽음으로 부모의 빚을 갚았습니다. 아드님은, 의학이 시야가 너무 좁았기 때문에 거기까지밖에 살 수 없었다는 말씀을 박사님께 해드리고 싶어 했습니다."

캐서린이 말을 멈추었고, 나는 충격에 빠져 마비된 정신으로 사태를 정리해보려 애썼다. 진찰실 안이 얼음장처럼 차갑게 느껴졌다.

캐서린은 나의 사생활에 대해 아는 것이 거의 없었다. 내 책상 위에는 젖니 두 개를 드러내며 웃고 있는 딸의 어릴 적 사진이 놓여 있었다. 그리고 아들 사진이 그 옆에 있었다. 이 두 장의 사진 말고는 캐서린이 나의 가족사나 개인사에 대해 알아낼 수 있는 자료가 없었다. 나는 전통적인 정신치료 기술로 훌륭하게 단련되어왔다. 정신과 의사는 스스로 백지 상태가 되어 그 위에 환자가 자신의 느낌과 생각, 태도를 투영할 수 있도록 해야 한다. 그런 다음 이러한 것들을 분석하면서 환자의 정신의 영역을 확장시켜 나가야 한다. 나는 이전까지 캐서린과 이런 식으로 의사와 환자 사이에 필요한 거리를 유지해왔다. 캐서린은 나를 오로지 한 사람의 의사로만 알아왔을 뿐, 내 과거나 사생활에 대해 전혀 아는 것이 없었다. 나는 진찰실 안에 졸업장 하나 걸어놓은 적이 없었다.

내 삶에서 가장 큰 비극은 첫아들 애덤의 죽음이었다. 애덤은 1971년 초, 난 지 23일 만에 죽었다. 병원 신생아실을 떠나 집으로 데려온 뒤 열흘쯤 지난 어느 날, 애덤은 호흡에 곤란을 일으키며 구토증세를 보이기 시작했다. 어렵게 진단이 내려졌다.

"심방중격결손心房中隔缺損을 동반한 전면적 이상폐정맥배액異狀肺靜脈排液이라는 병입니다. 천만 명 중에 한 명 꼴로 나타나는 선천성 질환입니다."

산소를 빨아들인 혈액을 심장으로 보내는 역할을 하는 폐정맥이 심장의 엉뚱한 쪽으로 연결되어 있었던 것이다. 그것은 심장이 뒤집혀 있는 것이나 마찬가지였다. 극히 드문 사례였다.

대대적인 심장절개수술의 보람도 없이 결국 애덤은 며칠 뒤에 세상을 떠나고 말았다. 우리 부부는 몇 달을 슬픔 속에 보냈고, 꿈과 희망은 산산이 부서졌다. 이듬해에 태어난 조던이 커다란 위안이 되어주었다.

애덤을 잃던 무렵, 나는 정신과 의사라는 길의 초입에서 서성이고 있었다. 나는 내과 인턴 생활이 즐거웠고, 이미 레지던트 자리를 제의받은 상태였다. 애덤이 세상을 떠나고 나서, 나는 정신과 의사를 직업으로 삼겠다고 굳게 결심했다. 첨단 기술을 발전시킨 현대의학이 그 천진난만한 핏덩이 하나를 살려내지 못했다는 사실에 분노했던 것이다.

아버지는 61세가 되던 1979년 초에 심장발작을 일으키기 전까지는 건강이 매우 좋으신 분이었다. 느닷없이 찾아온 심장발작을 무사히 넘기기는 했지만, 심벽에 치명적인 손상을 입어 사흘 뒤에 돌아가시고 말았다, 캐서린을 만나기 9개월 전의 일이었다.

아버지는 대단히 종교적인 분이었는데, 영적인 면보다는 의식儀式을 중요시하는 쪽이었다. 아버지에게는 영어식 이름 앨빈보다는 히브리식 이름인 에이브럼이 더 잘 어울렸다. 아버지가 돌아가시고 나서 넉 달 뒤에 딸아이가 태어났고, 나는 선친의 이름을 따서 에이미라는 이름을 지어주었다.

1982년, 이곳 어둡고 조용한 나의 진찰실에서, 숨겨져 왔던 내밀한 사실들이 엄청난 폭포수가 되어 내 머리 위로 쏟아지고 있었다. 나는 영혼의 바다를 헤엄치고 있었고, 그 물을 사랑했다. 팔에 소름이 돋았다. 캐서린은 그런 사실들을 알고 있을 수가 없었다. 어떤 장소에서도 볼 수가 없었을 것이다. 선친의 히브리식 이름, 천만 명 중에 한 명 꼴로 걸리는 심장병으로 죽어 간 나의 아들, 내가 의사의 진로를 놓고 고민했던 사실, 선친의 죽음, 딸아이의 이름에 얽힌 내력 등등, 캐서린이 말한 그 많은 사실들은 너무나 구체적이었고 한 치도 틀림이 없었다. 평범한 한 실험실 요원이 초월적인 지식의 전령이 되어 있었다. 도대체 어떻게 이러한 사실들을 알아낼 수 있었단 말인가? 더 알아보아야겠다는 생각이 들었다.

내가 더듬거리며 물었다.

"누, 누굽니까? 누가 캐서린한테 그런 말을 해주고 있죠?"

캐서린이 속삭였다.

"마스터Master, 마스터들이 말을 해줘요. 제가 육체 상태에서 여든여섯 번을 살았대요."

캐서린의 호흡이 느려졌고, 고개를 좌우로 돌리던 것도 멈추었다. 캐서린은 쉬고 있었다. 나는 계속하고 싶었지만, 캐서린의 입에서 튀어나온 말들이 머릿속을 어지럽혔다. 캐서린이 정말 여든여섯 번의 전생을 살았단 말인가? 그리고 '마스터'라니? 이런 일이 있을 수 있단 말인가? 우리의 삶이 위대한 지식을 소유한, 육체가 없는 영혼들의 안내를 받는다는 것이 가능한가? 신에 이르는 길에 거쳐야 할 단계들이 있다고? 이것이 사실일까? 캐서린이 방금 이야기한 내용들에 비추어본다면 그 모든 것을 부인하기 어려웠지만, 나는 여전히 확신할 수가 없었다. 수십 년에 걸쳐 형성된 나의 사고방식은 아직도 나에게 저항하라고 말하고 있었다. 그러나 나의 머리와 가슴, 그리고 용기는 캐서린이 옳다는 것을 알고 있었다. 캐서린은 진실을 말하고 있었다.

또한 돌아가신 아버지와 내 아들은? 어떻게 보면 두 사람은 아직도 살아 있는 셈이었다. 그들은 결코 죽은 것이 아니었다. 두 사람은 땅에 묻힌 지 몇 년이 지난 지금 나에게 말을 걸고 있었으며, 명백한 사실과 내밀한 사연들을 통해 자신들이 죽지 않았다는 것을 방증하고 있었다. 이 모든 것이 사실이라면, 내 아들도 캐서린이 말한 것처럼 영적으로 진보한 존재가 되었단 말인가? 그 아이는 진실로 우리의 업보를 덜어주고, 내게 의학과 인류에 대해 가르쳐주고, 또 나를 정신과 의사의 길로 들어서게 하기 위해 우리 부부 사이에 태어나 기꺼이 23일 만에 죽었단 말인가? 생각이 이에 미치자 크게 용기가 생겼다. 차가웠던 내 마음의 바닥에서 위대한 사랑이 솟는 것을 느꼈다. 존재에 대한 확신과 함께 내가 천지와 연결되어 있다는 강한 연대감을 느꼈다. 그리던 아버지와 내 아들의 목소리를 다시 듣게 되어 행복했다.

이제 나의 삶은 결코 이전과 같지 않을 것이다. 어떤 손길이 내려와 내 인생의 방향을 돌이킬 수 없도록 바꾸어놓았다. 내가 지금까지 읽어온 것들, 그토록 조심스럽게 따지고 끊임없이 회의하며 읽어온 모든 책이 휴지 조각이 되어버렸다. 캐서린의 기억, 캐서린이 전하는 메시지는 모두 사실이었다. 나의 직관은 줄곧 캐서린이 경험하고 있는 사건들 속에 전혀 오류가 없다고 판단해왔고, 그 직관은 옳았다. 내 앞에 사실이 놓여 있었다. 증거가 놓여 있었다.

그런데 바로 이 기쁨과 이해의 순간, 그 신비한 체험의 순간에도, 마음 한구석에 오랜 세월 동안 똬리를 틀고 있던 논리와 회의가 또 텃세를 부렸다.

'이건 ESP이거나 일종의 정신적인 기술일 수도 있어.'

그러나 설사 그렇다 하더라도 환생이나 마스터에 대해서는 설명이 불가능했다. 그제야 나는 깨달았다. 한 번도 들어본 적 없는 외국어를 구사하는 어린이들, 전생에 치명적인 상처를 입은 부위에 나타나는 선천성 모반母斑, 수십 또는 수백 년 전에 수천 마일 떨어진 곳에 묻어놓았던 보물을 찾아내는 어린이들, 문헌에 기록된 수천 건의 이런 사례들이 캐서린의 메시지와 일맥상통했다. 나는 캐서린의 성격과 사고방식을 알고 있었다. 캐서린이 어떤 사람인지 잘 알고 있었다. 이제 더는 나 자신에게 속을 수 없었다. 증거는 너무나 강력했고, 너무나 압도적이었다. 그것은 현실이었다. 치료가 더 진행되면 캐서린은 더욱더 많은 증거를 보여줄 것이다.

그 후 몇 주 동안 나는 이러한 현상들의 힘과 직접성을 종종 망각하곤 했다. 일상의 틀로 돌아가 평범한 일들을 놓고 걱정하기도 했다. 회의가 고개를 쳐들기도 했다. 정신을 집중하고 있지 않으면 내 사고방식이 자꾸만 이전의 생각과 신념, 회의주의로 돌아가려고 하는 것만 같았다. 그럴 때마다 나 자신을 일깨웠다. '그건 분명히 내 눈앞에서 일어난 사건이었어!' 나는 개인적 체험 없이 그러한 개념들을 받아들인다는 것이 얼마나 어려운 일인가를 실감했다. 이성적 이해 위에 감성적인 믿음을 더하려면 체험이 반드시 필요하다. 그러나 체험의 충격도 시간이 지나면 어느 정도 희석되게 마련이다.

처음에는 내가 왜 이토록 변하고 있는지 알 수 없었다. 나는 온화해지고 참을성이 많아졌다. 만나는 사람마다 내가 참으로 온화해 보인다느니, 훨씬 편안하고 행복해 보인다느니 하는 말들을 했다. 삶에서 더 많은 희망과 기쁨, 더 많은 목적, 더 많은 만족을 찾을 수 있었다. 죽음에 대한 두려움이 사라졌다. 더 이상 죽음이나 부재가 두렵지 않았다. 비록 그리워는 하겠지만, 지인知人을 잃는 일이 전처럼 두렵지 않았다. 죽음에 대한 공포란 얼마나 강력한 것인가. 사람들은 그 공포를 이겨보려고 수많은 노력을 한다. 중년의 위기, 젊은 이성과의 연애, 성형수술, 운동에 대한 집착, 부의 축적, 가문을 유지하기 위한 자녀 생산, 좀더 젊어지기 위한 피나는 노력 등등. 때로는 죽음에 대한 공포를 이기지 못해 삶의 진정한 목적을 잊어버리기도 한다.

집착도 버려가고 있었다. 늘 자신을 통제하려고 애쓸 필요가 없었다. 좀 덜 엄숙해지려고도 애썼는데, 이런 변화를 이루기는 쉽지 않았다. 아직도 배워야 할 것이 많았던 것이다.

나는 비로소 캐서린의 이야기가 사실일 수도 있다는 가능성, 나아가 그 개연성에 대해서까지 마음을 열었다. 선친과 나의 아들에 관련된 믿기 힘든 사실들은 일상적인 감각을 통해서는 도저히 얻을 수 없는 것들이었다. 캐서린이 보여준 능력과 지식은 뛰어난 영적 능력임이 분명했다. 그렇게 캐서린을 믿는 것은 당연했으나, 최근에 읽은 몇 권의 대중서에 대해서는 여전히 신중하고 회의적인 태도를 견지하고 있었다. 영적인 현상과 사후의 삶, 그리고 놀라운 비일상적 사건들을 전하고 있는 이 사람들은 도대체 누구인가? 이들은 관찰과 실증이라는 과학적 방법을 익힌 사람들인가? 캐서린을 통해 얻은 압도적이고도 놀라운 경험에도, 나는 나의 생래적인 비판정신이 앞으로 모든 사건, 모든 정보의 조각들을 하나하나 조사하게 되리라는 것을 알고 있었다. 나는 모든 사건에 대해, 앞으로 캐서린을 치료해 나가는 과정을 통해 만들어지게 될 틀에 들어맞는지 점검할 것이다. 나는 모든 사건을 과학자의 현미경을 가지고 모든 각도에서 관찰할 것이다. 그러나 나는 그 틀이 이미 만들어져 있다는 사실을 더는 부인할 수 없었다.

05

메시지를 전하다

사람은 수많은 전생의 행적에 따라
각기 다른 재주와 능력을 지니고
태어난다. 그러나 결국에는 모두가
평등해지는 때가 온다. 나는 그때가
헤아릴 수 없이 많은 생애를 지난
다음에야 찾아오리라는 생각이 들었다.

우리에게는 아직도 많은 과정이 남아 있었다. 캐서린은 잠시 쉬고 나서 사원 정면에 서 있는 녹색 조각상에 대해 이야기하기 시작했다. 잠시 다른 생각에 빠져 있던 나는 다시 캐서린의 말에 귀를 기울였다. 캐서린은 고대 아시아에서 살았던 한 생애에 들어가 있었지만, 내 마음은 여전히 마스터들에게 가 있었다. '믿을 수가 없어.' 캐서린은 전생에 대해서, 또 환생에 대해서 이야기하고 있었는데, 마스터들이 들려준 메시지에 비하면 소소하게 느껴지는 내용이었다. 그러나 나는 캐서린이 육체를 떠나 중간 상태에 도달하려면 반드시 생애를 거쳐 가야 한다는 것을 알고 있었다. 그러한 상태에 직접적으로 이를 수는 없었다. 그리고 캐서린이 마스터들을 만날 수 있는 곳도 오로지 그곳뿐이었다.

캐서린이 부드럽게 속삭였다

"커다란 사원 건물 앞에 녹색 조각상이 몇 개 있어요. 건물에 첨탑도 있고 공처럼 생긴 갈색 지붕도 있어요. 정면에는 열일곱 칸짜리 계단이 있는데, 그 계단을 올라가면 방이 나와요. 향이 타고 있어요. 사람들이 신발을 안 신었어요. 머리는 삭발했어요. 모두 얼굴이 동그랗고 눈이 까매요. 피부도 까매요. 제가 사원에 왔어요. 발을 다쳐서 도움을 받으려고 온 거예요. 발이 부어서 디딜 수가 없어요. 발에 뭔가를 붙였어요. 사람들이 내 발에 무슨 이파리를 붙였어요… 못 보던 잎이에요… 타니스_{tan-}_{nis}? ('타닌_{tannin}'을 말하는 듯하다. 타닌은 여러 가지 식물의 뿌리, 목질부, 껍질, 잎, 열매 따위에서 생성되는 물질로, 지혈과 수렴 효과가 있어서 고대부터 약품으로 쓰였다. 타닌산_{tannin acid} 라고도 한다.) 먼저 발을 씻었어요. 신 앞에서 하는 의식이에요. 발에 독이 들어갔어요. 뭔가를 밟았거든요. 무릎이 부었어요. 다리가 무겁고 줄무늬가 생겼어요. (패혈증?) 사람들이 내 발을 파서 뜨거운 것을 집어넣었어요."

캐서린은 고통으로 신음했다. 그리고 사람들이 준 매우 쓴 약을 마시고 토악질을 했다. 노란 나뭇잎에서 짜낸 약이었다.

결국 낫기는 했지만 발과 다리 뼈가 변형되고 말았다.

나는 캐서린을 좀더 뒤의 시간으로 나아가게 했다. 캐서린은 황량하고 가난에 찌든 삶을 보았다. 식구들은 식탁도 없는 한 칸짜리 오두막에 살고 있었다. 쌀을 죽처럼 만들어 먹었는데, 항상 배가 고팠다. 캐서린은 가난과 굶주림을 끝내 벗어나지 못하고 급속히 늙었고, 끝내 죽었다. 나는 기다렸다. 얼마 뒤 캐서린이 너무 지쳐 보여 그만 깨우려고 했을 때, 갑자기 캐서린이 로버트 재로드에게 내 도움이 필요하다는 말을 했다. 나는 로버트 재로드가 누구인지, 또 내가 그 사람을 어떻게 도울 수 있는지 전혀 알 수 없었다. 그리곤 끝이었다.

최면에서 깨어난 뒤에도 캐서린은 방금 되살렸던 전생의 일들을 상세하게 기억하고 있었다. 그러나 여전히 죽음 이후의 경험, 중간 상태, 마스터들, 그리고 그들이 밝혀준 놀라운 지식에 대해서는 전혀 기억하지 못했다. 내가 물었다.

"캐서린, '마스터Master'가 뭐라고 생각하세요?"

캐서린은 골프대회 이름이 아니냐고 말했다. 캐서린은 급속도로 회복되고 있었지만, 여전히 환생이라는 개념을 자신의 세계관 속에 제대로 녹이지 못하고 있었다. 나는 결국 '마스터'에 대한 질문은 당분간 보류하기로 했다. 캐서린에게 자신이 마스터들이 보내는 황홀하고도 초월적인 지식을 세상에 전할 수 있는 놀라운 능력을 지닌 사람이라는 사실을 알려줄 자신이 없었기 때문이다.

캐서린은 다음 치료에 나의 아내가 입회하는 데 동의해주었다. 캐롤은 훌륭한 교육을 받은 숙련된 정신의학 사회사업가였고, 나는 이 경이로운 사태에 대해 의견을 듣고 싶었다. 캐롤은 캐서린이 선친과 죽은 우리 아들 애덤에 대해 이런저런 말을 했다는 이야기를 듣더니 자신도 꼭 도움을 주고 싶다고 했다. 캐서린이 천천히 속삭이며 들려주는 이야기는 한마디도 빠뜨리지 않고 받아 적을 수 있었지만 마스터들의 말소리는 훨씬 빨랐기 때문에, 우리는 모든 것을 녹음해두기로 했다.

일주일 뒤에 캐서린이 치료를 위해 다시 찾아왔다. 캐서린은 계속 호전되면서 공포와 불안에서 벗어나고 있었다. 캐서린이 임상적으로 호전되고 있는 것은 분명했지만, 나는 아직도 캐서린이 그렇게 좋아지고 있는 이유를 정확히 알 수 없었다. 캐서린은 자신이 아론다였을 때 물에 빠져 죽은 일, 요한이었을 때 목을 베여 죽은 일, 루이사였을 때 수인성水因性 전염병에 희생되었던 일, 그 밖에 끔찍한 여러 사건들을 기억해냈다. 캐서린은 여러 생애에 걸쳐 가난, 종살이, 가족구성원 간 불화로 점철

된 삶을 살았다. 이런 경험들은 우리의 정신에 깊이 뿌리를 박게 되는 일상적인 소규모 정신손상의 예가 된다. 이러한 두 가지 유형의 삶에 대한 기억이 캐서린을 호전시키는 데 도움을 주고 있는지도 몰랐다. 그러나 다른 가능성도 있었다. 정신적 경험이 그 자체만으로도 도움이 되는 것이 아닐까? 죽음이 더는 진짜 죽음이 아니라는 깨달음이 공포를 삭이고 안정감을 얻는 데 도움을 준 것이 아닐까? 과정이, 기억 자체뿐만 아니라 그 모든 과정이 바로 치료의 한 부분 아니었을까?

캐서린의 정신적 능력은 확장되고 있었고, 직관은 훨씬 더 발전하고 있었다. 여전히 스튜어트와의 관계에 문제가 있기는 했지만, 이전보다 효과적으로 대처할 수 있게 되었다. 눈이 빛났고 혈색도 좋아졌다.

진찰실로 들어선 캐서린은, 지난주에 이상한 꿈을 꾸었는데 아주 조금밖에 기억이 나지 않는다는 말을 했다. 꿈속에서 손바닥에 빨간 지느러미가 박혀 있었다고 했다.

캐서린은 몇 분 만에 깊은 최면 상태로 들어갔다.

"벼랑이 보여요. 저는 벼랑 위에서 아래를 내려다보고 있어요. 배들을 찾아야 돼요. 그게 제 임무예요… 파란 바지 같은 걸 입었어요… 짧은 바지에 이상한 신발을 신고 있어요… 까만 신발인데… 꽉 조였어요. 쪔쇠가 달려 있는 신발이에요. 아주 재미있게 생겼어요… 수평선을 바라보고 있는데 배는 하나도 보이지 않아요."

캐서린이 부드럽게 속삭였다. 나는 중요한 사건을 찾아 캐서린을 좀더 먼 과거로 데려갔다.

"우리는 맥주를 마시고 있어요. 독한 맥주예요. 색이 까매요. 술잔이 두꺼워요. 낡은 술잔인데, 쇠받침이 달려 있어요. 여기는 냄새가 아주 지독해요. 사람들이 많아요. 왁자지껄해요. 너도나도 떠들어서, 굉장히 시끄러워요."

나는 누가 이름을 부르는 것이 들리지 않느냐고 물었다.

"크리스천… 크리스천이 제 이름이에요…"

캐서린은 다시 남자가 되어 있었다.

"우리는 그냥 무슨 고기를 먹으면서 맥주를 마시고 있어요. 고기가 시커멓고 맛이 써요. 소금에 절인 거예요."

캐서린은 연도를 알아내지 못했다.

"사람들이 전쟁 얘기를 하고 있어요. 배들이 무슨무슨 항구를 봉쇄했대요! 그게 어딘지는 못 들었어요. 사람들이 좀 조용히 하면 들릴 텐데, 너도나도 떠들어대서 너무 시끄러워요."

나는 그곳이 어디냐고 물었다.

"햄스테드Hamstead… 햄스테드예요(소리나는 대로). 웨일스에 있는 항구예요. 영어가 들려요."

캐서린은 다시 크리스천이 배를 타던 시기로 넘어갔다.

"냄새가 나요. 뭐가 타고 있어요. 정말 역겨운 냄새예요. 나무가 타면서 불이 다른 물건으로 옮겨 붙었어요. 코가 너무 매워요… 저쪽에서 뭐가 타고 있어요. 배 같은데, 범선이에요. 우리가 장전을 하고 있어요! 화약을 장전하고 있어요."

캐서린은 눈에 띄게 동요하고 있었다.

"화약이 든 물건인데, 아주 까매요. 손이 달라붙어요. 빨리빨리 움직여야 돼요. 배에 녹색 깃발이 달려 있어요… 녹색하고 노란색이 섞인 깃발이에요. 점이 세 개 있는 왕관이 그려져 있어요."

갑자기 캐서린의 얼굴이 고통으로 일그러졌다.

"아아, 손이 쓰려요, 손이 쓰려요! 손에 쇠가, 뜨거운 쇠가 달라붙었어요. 살이 타요! 아아! 아아!"

나는 캐서린이 꾸었다던 꿈이 생각났고, 이제 캐서린의 손에 박혀 있었다던 붉은 지느러미의 정체를 알게 되었다. 캐서린의 고통을 멈추게 해주려고 이리저리 애썼는데도 신음은 멈추지 않았다.

"쇠 파편이에요… 우리가 탄 배가 대파됐어요… 좌현 쪽이요. 사람들이 불을 껐어요. 남자들이 많이 죽었어요… 아주 많이요… 저는 살았어요… 손만 다쳤어요. 하지만 시간이 지나면 나을 거예요."

나는 캐서린에게 좀더 과거로 가서 또 중요한 일이 있는지 찾아보라고 했다.

"인쇄소 같은 게 보여요. 판목에 잉크를 발라서 뭔가를 찍어내고 있어요. 인쇄를 해서 책을 엮고 있어요… 표지가 가죽인데, 끈으로 단단히 묶었어요. 가죽 끈으로요. 빨간 책이 보여요… 역사책이에요. 제목은 안 보여요. 인쇄가 아직 안 끝났어요. 책이 너무너무 멋져요. 표지 가죽이 무척 부드러워요. 정말 좋은 책들이에요. 책을 읽으면 배우는 게 많거든요."

크리스천은 확실히 책을 보고 만지며 좋아하고 있었고, 독서의 잠재력을 희미하게나마 인지하고 있었다. 그러나 크리스천은 거의 교육의 혜택을 받지 못한 듯싶었다. 나는 크리스천을 생의 마지막 날로 데려갔다.

"강 위로 다리가 보여요. 나는 노인이에요… 아주 늙었어요. 걷기가 힘들어요. 다리 위를 걸어가고 있어요… 저쪽으로 건너가려고요. 가슴에 통증이 느껴져요. 압박감이, 굉장한 압박감이 와요. 가슴이 아파요! 아아!"

캐서린은 크리스천이 다리 위에서 경험하고 있는 심장발작을 비슷하게 겪으며 쥐어짜는 듯한 소리를 내질렀다. 호흡이 가빠졌고, 얼굴과 목에 땀이 흘렀다. 기침이 시작되더니 이내 헐떡이기 시작했다. 나는 은근히 걱정이 되었다. 전생의 심장발작을 재경험하는 것도 위험할 수 있단 말인가? 그곳은 새로운 영역이었기에, 아무도 그 답을 알 수 없었다. 마침내 크리스천은 죽었다. 소파에 누운 캐서린은 이제 정상적인 호흡을 되찾았다. 나도 모르게 한숨이 새어나왔다.

캐서린이 부드럽게 속삭였다.

"이제 편안해요⋯ 편안해요. 그냥 어둠 속을 떠다니고 있어요⋯ 그냥 떠다녀요. 주위에 빛이 있어요⋯ 그리고 영혼들, 다른 사람들이 있어요."

나는 방금 끝마친 크리스천의 생애에 대해 무슨 생각이 없느냐고 물었다.

"좀더 관대했어야 하는데, 그러질 못했어요. 다른 사람들이 저한테 잘못한 것을 용서하지 않았어요. 그러면 안 되는 거였어요. 저는 잘못을 용서하지 않았어요. 오랫동안 마음속에 넣어두고 있었어요⋯ 눈이 보여요⋯ 눈이."

나는 영혼과 접촉하고 있음을 직감했다.

"눈? 어떤 눈이죠?"

"마스터들의 눈이에요. 하지만 기다려야 돼요. 생각할 게 좀 있어요."

긴장된 침묵 속에서 몇 분이 흘렀다.

내가 기대감을 이기지 못하고 물었다.

"마스터들이 메시지를 들려주려고 한다는 걸 어떻게 알 수 있죠?"

"그분들이 저를 부를 거예요."

다시 몇 분이 흘렀다. 갑자기 캐서린이 머리를 좌우로 돌리기 시작하더니, 예의 그 껄껄하고 단호한 목소리가 흘러나왔다.

"이 차원dimension에는 영혼이 많습니다. 저 혼자가 아닙니다. 저는 참고 기다려야 합니다… 저는 참는 것을 배우지 못했습니다… 많은 차원이 있습니다."

나는 전에 이곳에 와본 적이 있는지, 또 여러 번 환생했었는지 물었다.

"저는 여러 시대, 여러 층plane을 거쳐 왔습니다. 층마다 의식의 수준이 다릅니다. 우리가 어떤 층으로 가느냐는 우리가 얼마나 진보했느냐에 달려 있습니다…"

다시 잠잠해졌다. 나는 진보하려면 어떤 가르침을 얻어야 하는지 물었다. 즉시 대답이 나왔다.

"우리의 앎을 다른 사람들과 나누어야 한다는 가르침입니다. 우리는 지금보다 훨씬 더 많은 능력을 갖고 있다는 가르침입니다. 어떤 사람은 그 가르침을 남들보다 빨리 얻습니다. 그러려면 악습을 끊어버려야 합니다. 그러지 않으면 그것을 또 다른 생애로 짊어지고 가게 됩니다. 우리는 오직 육체 상태에서만… 우리가 쌓아온 악습을 떨쳐버릴 수 있습니다. 악습을 끊는 것은 마스터들이 대신해주지 못합니다. 만약 고집을 부려서 악습을 떨쳐버리지 않으면, 고스란히 다른 생애로 가져가게 됩니다. 그리고 그런 현상계의 문제들을 해결할 만큼 강해져야만 다음 생애에서 그것을 더는 짊어지지 않게 됩니다.

자신과 파동vibration이 똑같은 사람들만 찾아가려고 해서는 안 됩니다. 자신과 수준이 똑같은 사람에게 끌리는 것은 당연하지만, 그것은 잘못된 것입니다. 자신과 다른 파동을 가진 사람들에게도 찾아가야 합니다. 이런 사람들을… 도와주는 일이… 중요합니다.

직관에 따라야지, 저항하면 안 됩니다. 저항하는 사람은 위험에 빠집니다. 우리는 특정한 층에서 똑같은 능력을 가지고 이 세상에 오지 않습니다. 전생에 대한 보상으로 다른 사람보다 월등한 능력을 가지고 태어나는 사람들도 있습니다. 사람은 평등하게 태어나지 않습니다. 그러나 결국 모두가 평등해지는 때가 올 것입니다."

말이 끊어졌다. 이런 생각들은 캐서린의 것이 아니었다. 캐서린은 물리학이나 형이상학을 공부한 적이 없고, 차원dimension이나 층plane(대개는 '평면'의 뜻으로 쓰인다), 파동vibration에 대해 아는 것이 전혀 없었다. 캐서린이 구사한 단어들과 사고의 아름다움, 그 속에 담긴 철학적인 함축, 그 모든 것이 캐서린의 능력을 뛰어넘는 것이었다. 나는 캐서린이 그토록 간결하고 시적인 표현을 구사하는 것을 본 적이 없었다. 나는 그러한 생각들을 내가 이해할 수 있는 쉬운 말로 옮기기 위해 캐서린의 정신과, 또한 캐서린의 성대聲帶와 싸우고 있는 또 다른 고차원의 힘을 느낄 수 있었다. '아니다, 이것은 결코 캐서린이 아니다.'

다시 캐서린의 꿈꾸는 듯한 목소리가 흘러나왔다.

"가사假死에 빠지면… 유예 상태에 있게 돼요. 아직 다른 층으로 건너갈 준비가 안 된 거예요… 건너갈지 말지를 결정하지 않기 때문이에요. 자신만이 그걸 결정할 수 있어요. 만약 육체 상태에서… 더 배울 것이 없다고 생각되면… 건너갈 수 있게 돼요. 배워야 할 게 더 있다면 자기 뜻과 관계없이 돌아가야 돼요. 지금은 휴식하는 기간이에요. 정신이 쉴 수 있는 시간이죠."

따라서 가사 상태에 빠진 사람은 자신이 육체 상태에서 더 배워야 할 것이 얼마나 많으냐에 따라 돌아올지 여부를 결정할 수 있는 셈이다. 만약 더 배울 것이 없다고 느낀다면, 현대의학이 알지 못하는 영적 상태로 곧장 들어가게 된다. 이 이야기는 사후의 경험에 대한 연구서들의 내용에 잘 부합하고, 죽었다가 살아난 사람들에 대해서도 그럴듯한 설명이 된다. 그 사람들에게는 선택의 여지가 없었다. 배워야 할 것이 남았기 때문에 돌아올 수밖에 없었던 것이다. 물론 사후경험담을 털어놓는 사람들은 모두 다시 돌아온 사람들이다. 이들의 이야기 사이에는 뚜렷한 유사성이 있다. 일단 죽으면 자신의 몸에서 빠져 나와 사람들이 자신을 소생시키려고 몸부림치는 광경을 '본다'는 것이다. 그러다가 멀리서 비쳐오는 밝은 빛, 또는 빛나는 '영적' 형상을 느끼게 된다. 그 빛이 터널 끝에서 비쳐오는 경우도 있다. 고통은 느끼지 않는다. 그러다가 세상에서 미처 완수하지 못한 일이 있음을 느껴서 육체로 돌아가야 하는 상황이 되면 즉시 몸과 합쳐지고 또다시 고통을 비롯한 감각들을 느끼게 된다.

나는 이 일이 있은 뒤로 사후를 경험한 환자를 여럿 보았다. 그 가운데 가장 흥미로웠던 경우는, 캐서린의 치료가 끝나고 2년쯤 뒤에 나에게 예닐곱 차례에 걸쳐 통상적인 정신치료를 받았던 남미 출신의 한 성공한 사업가 이야기였다. 제이콥이란 이름의 이 사내는 30대 초반이던 1975년, 네덜란드에서 오토바이에 치여 의식을 잃은 일이 있었다. 그는 자신의 몸에서 빠져나와 사고현장 위에 떠서 구급차와 의사, 몰려드는 구경꾼들을 바라보고 있었다. 그러다가 멀리서 황금빛 광채가 비쳐오는 것을 느꼈다. 제이콥은 그 빛을 따라갔다. 그러다가 갈색 승복을 걸친 수도승을 만났다. 수도승은 제이콥에게 아직 건너갈 때가 아니니 다시 육체로 돌아가야 한다고 했다. 제이콥은 수도승에게서 지혜와 힘을 느꼈다. 수도승은 장차 제이콥의 신상에 일어날 일을 몇 가지 일러주었고, 그 일들은 이후에 모두 실제로 일어났다. 제이콥은 병원에 이송되어 있던 자신의 육신으로 빨려들어가 의식을 되찾았고 이어 일생 최대의 고통을 느꼈다.

그 뒤 1980년, 유태인이었던 제이콥은 이스라엘을 여행하다가 헤브론Hebron(요르단의 도시)에 있는, 유태교도와 이슬람교도가 모두 신성시하는 '태조太祖의 동굴Cave of the Patriarchs'을 순례하게 되었다. 네덜란드에서 그런 일을 겪은 뒤로 신앙이 깊어지고 기도도 더욱 자주 하게 된 제이콥은 근처에 있는 사원을 발견하고는 안으로 들어가 이슬람교도들과 함께 기도를 올렸다. 잠시 후 일어나서 나오려고 하는데, 늙은 이슬람교도 한 사람이 다가와 말을 걸었다.

"선생은 다른 사람들하고 다르시군요. 저는 사람들이 우리와 함께 앉아 기도 드리는 것을 거의 보지 못했습니다."

노인이 잠시 말을 멈추고 제이콥을 유심히 바라보더니 말을 이었다.

"그 수도승을 뵈었군요. 그분께서 하신 말씀을 잊지 마십시오."

사고가 난 지 5년 만에, 수천 마일이나 떨어진 이곳에서, 한 노인이 제이콥이 의식을 잃은 상태에서 수도승을 만난 일을 알고 있었던 것이다.

나는 캐서린이 방금 했던 이야기를 되씹으면서, 미국의 초대헌법을 제정했던 사람들이라면 인간이 평등하지 않다는 이 말을 어떻게 생각할까 하는 생각을 해보았다. 사람은 수많은 전생의 행적에 따라 각기 다른 재주와 능력을 지니고 태어난다. '그러나 결국에는 모두가 평등해지는 때가 온다.' 나는 그때가 헤아릴 수 없이 많은 생애를 지난 다음에야 찾아오리라는 생각이 들었다.

나는 모차르트가 어린 시절에 보여준 놀라운 재능을 생각했다. 그 또한 이전 능력의 전승이었단 말인가? 빚뿐만 아니라 재능도 다음 생애로 이어지는 것인지 모른다.

나는 동질감을 느끼는 사람들끼리만 모이려 하고 그 밖의 사람들은 피하거나 심지어 두려워하는 인간의 경향에 대해 생각해보았다. 이러한 경향은 편견과 집단적 증오의 뿌리가 된다. '우리는 자신과 파동이 같은 사람들만 찾아가려고 해서는 안 된다.' 그렇지 않은 나머지 사람들을 돕기 위해서 그래야 한다. 나는 캐서린의 말에서 영적인 진실을 느꼈다.

캐서린이 다시 입을 열었다.

"전 돌아가야 돼요. 돌아가야 돼요."

하지만 나는 더 듣고 싶었다. 나는 로버트 재로드가 누구냐고 물었다. 지난주에 캐서린이 최면 상태에서 그 인물에게 내 도움이 필요하다고 말한 적이 있었다.

"저도 몰라요… 아마 여기가 아니고 다른 층에 있는 분인가 봐요."

결국 캐서린은 그 인물을 찾아내지 못했다.

"그분이 원할 때만, 그분이 저한테 오셔야겠다고 결정해야만 저한테 메시지를 줄 거예요. 그분한테는 박사님의 도움이 필요해요."

나는 여전히 내가 어떻게 도움을 줄 수 있는지 전혀 알 수 없었다.

"저도 몰라요. 하지만 가르침을 받아야 할 분은 박사님이에요. 제가 아니에요."

흥미로운 이야기였다. 이 모든 일이 나 때문이라고? 아니면 내가 가르침을 받아서 로버트 재로드를 도와주어야 한다고? 나는 그 사람 목소리조차 들어본 일이 없는데?

캐서린이 다시 말했다.

"전 돌아가야 돼요. 우선 빛 쪽으로 가야 돼요."

그리고는 다급해하며 말했다.

"어머, 어머, 제가 너무 오래 지체했어요… 너무 꾸물거려서 다시 기다려야 돼요."

기다리고 있는 캐서린에게 나는 지금 눈에 보이는 것과 느껴지는 것을 이야기해달라고 했다.

"그냥 다른 영혼들이 있어요. 그 사람들도 기다리고 있어요."

나는 기다리는 동안 우리에게 가르쳐줄 것이 없는지 물었다.

"우리가 알아야 할 것이 있으면 이야기해주세요."

"그분들이 여기 없어요."

흥미로운 사실이었다. 마스터들이 곁에서 말을 해주지 않으면 캐서린은 스스로 지식을 이끌어낼 수가 없었다.

"여기 있기가 굉장히 답답해요. 정말 떠나고 싶어요… 때가 되면, 전 떠날 거예요."

다시 침묵 속에 몇 분이 흘렀다. 마침내 때가 되었고, 캐서린은 또 다른 생으로 빨려 들어갔다.

"사과나무들이 보여요… 집도 보여요. 하얀 집이에요. 난 그 집에 살아요. 사과가 썩었어요… 벌레가 들어서, 먹을 수가 없어요. 그네가 있어요. 나무에 그네가 걸려 있어요."

캐서린에게 자신의 모습을 설명해보라고 했다.

"머리가 부드러워요. 금발이에요. 다섯 살이고, 이름은 캐서린이에요."

나는 놀랐다. 캐서린은 현생으로 들어와 있었고, 다섯 살짜리 아이가 되어 있었다. 캐서린이 현생으로 들어온 데에는 뭔가 이유가 있을 것 같았다.

"거기서 무슨 일이 있었죠, 캐서린?"

"아빠가 우리한테 화를 내고 있어요… 밖에 나가지 말라고 했는데 나갔다고요. 아빠가… 아빠가 나를 막대기로 때리고 있어요. 두꺼운 막대기로. 굉장히 아파요… 무서워요."

캐서린은 어린애처럼 징징거렸다.

"아빠 우리가 다칠 때까지 때릴 거예요. 아빠가 우리한테 왜 이래요? 아빠 왜 그렇게 야비해요?"

나는 캐서린에게, 자신의 인생을 좀더 높은 관점에서 바라보면서 방금 한 질문에 스스로 대답해보라고 했다. 그러한 능력을 보인 사람들이 있다는 내용을 최근에 어디선가 읽은 적이 있었기 때문이다. 일부 학자들은 이러한 관점을 상위자아上位自我, Higher Self 또는 대자아大自我, Greater Self라고 불렀다. 만일 그러한 상태가 존재한다면, 캐서린이 거기에 도달할 수 있을지가 궁금했다. 만약 캐서린이 그러한 능력을 보이게 된다면 그것은 통찰과 이해의 지름길을 제공하는 강력한 정신치료 기술이 될 것이었다.

캐서린이 부드럽게 속삭였다.

"아빠는 우리를 좋아해본 적이 없어요. 우리를 성가신 물건이라고 생각해요… 아빠 우리가 필요 없어요."

"오빠도 마찬가지인가요?"

"네. 오빠는 더해요. 아빠 엄마는 오빠를 낳고 싶어서 낳은

게 아니에요. 엄마가 오빠를 가졌을 때… 두 분은 결혼 전이었어요."

그것은 캐서린에게도 놀라운 사실이었다. 캐서린은 어머니의 혼전임신 사실을 전혀 모르고 있었다. 뒤에 캐서린의 어머니는 캐서린의 말을 확인해주었다.

캐서린은 전생에 대해 이야기하는 것을 넘어 이제 자신의 삶과 관련한 지혜와 통찰력을 보여주고 있었다. 이러한 능력은 이전에는 생애와 생애 사이의 영적 상태에서만 가능했던 것이었다. 아무튼 캐서린의 정신 어디엔가 '더 높은' 초의식적super-conscious 부분이 있었다. 그것은 여러 학자들이 언급했던 상위자아인지도 몰랐다. 캐서린은 마스터들이나 그들의 눈부신 지혜에 접하지 않고도 초의식적인 상태에서 어머니의 혼전임신과 같은 정보를 알아낼 수 있을 정도로 깊은 통찰력을 보여주고 있었다. 일상적인 의식 상태의 캐서린은 훨씬 더 불안하고 사고의 폭이 좁았으며, 매우 단순하고 비교적 깊이가 없었다. 평소에는 초의식적인 상태를 보여주지 못했던 것이다. 나는 흔히 '이루었다'고 하는 동서양 종교의 예언자와 현인들이 이러한 초의식적인 상태를 활용해서 지혜와 깨달음을 얻은 것이 아닐까 하는 생각이 들었다. 정녕 그러했다면, 우리 모두가 그러한 능력을 지니고 있다는 말이 된다. 우리는 분명히 초의식을 지니고 있기 때문이다. 정신분석학자 카를 융은 의식에 여러 단계가 있다는 것을 알고 있었다. 그가 말한 집단무의식은 캐서린의 초의식 상태와 유사한 점이 많다.

나는 캐서린의 일상적 의식과 최면 상태의 초의식적인 정신 사이에 놓인 건너지 못할 심연에 점차 좌절해가고 있었다. 캐서린이 최면 상태에 있을 때에는 초의식 수준의 흥미진진한 철학적 대화를 나눌 수 있었다. 그러나 최면에서 깨어난 캐서린은 철학이나 그와 관련된 이야기에는 통 관심이 없었다. 자신의 숨은 능력을 완전히 잊고 잡다한 일상의 세계로 돌아가버리고 말았다.

한편 캐서린의 어린 시절 기억 속에 나타난 아버지는 캐서린을 학대하고 있었고, 그 이유 또한 점차 드러나고 있었다.

"아버님은 배워야 할 게 많으신 분이군요."

내가 묻듯이 말했다.

"네… 맞아요."

나는 그분이 배워야 할 것이 무엇인지 알겠느냐고 물었다.

"그건 제가 알 수 없어요."

초연냉담한 말투였다.

"저는 저한테 중요하거나 저하고 관계있는 것만 알 수 있어요. 사람은 누구나 자신에게… 자신을 완전하게 만드는 일에… 관심을 가져야 해요. 우리 모두에게는 배워야 할 가르침이 있어요… 순서에 따라 한 번에 하나씩 배워나가야 해요… 그러고 나서야 바로 옆 사람한테 뭐가 필요한지, 그 사람한테 뭐가 부족한지, 아니면 자신에게 무엇이 부족한지 알 수 있어요. 그게 우리가 완전해지는 길이에요."

부드럽게 속삭이는 캐서린의 목소리에는 사랑의 초연함이 묻어 있었다.

캐서린이 다시 어린아이 같은 목소리로 말하기 시작했다.

"아빠 때문에 구역질이 나요! 먹기 싫은 걸 먹으래요. 상추, 양파… 다 내가 싫어하는 음식이에요. 그런 걸 자꾸 먹으래요. 먹으면 구역질난다는 걸 알면서도 그래요. 그런 건 상관도 안 해요."

캐서린의 호흡이 매우 거칠어졌다. 나는 또다시 캐서린에게 상황을 좀더 높은 관점에서 바라보고 아버지가 왜 이런 행동을 하는지 이해할 수 있어야 한다고 말해주었다.

캐서린이 화가 난 듯한 목소리로 말했다.

"그렇게 해서 마음속 빈 구석을 채우는 거예요. 자신이 한 일 때문에 나를 미워하는 거예요. 그 일 때문에 나를 미워하고, 자신도 미워해요."

나는 세 살 때의 추행 사건을 떠올렸다.

"그래서 아빠는 나를 혼내야 돼요… 틀림없이 내가 무슨 일을 저질러서 아빠가 이렇게 된 거예요."

당시 캐서린은 고작 세 살이었고, 아버지는 술에 취해 있었다. 그런데도 캐서린은 일생 동안 마음 깊은 곳에 죄의식을 지녀온 것이다. 나는 당시의 상황을 분명하게 설명해주었다.

"캐서린은 그때 어렸어요. 이제는 죄의식을 떨쳐버려야 돼요. 캐서린은 아무 짓도 안 했어요. 세 살배기가 뭘 할 수 있었겠어요? 잘못은 캐서린한테 있는 게 아니라 아버지한테 있었어요."

캐서린이 부드럽게 속삭였다.

"아버지는 틀림없이 그때부터 나를 미워하게 됐어요. 나는 아버지를 이전부터 알고 있었어요. 그런데 그때가 언제였는지 모르겠어요. 그때로 돌아가봐야겠어요."

치료가 시작된 지가 벌써 몇 시간이나 되긴 했지만, 나는 두 사람 사이의 이전 관계를 더 알아보고 싶었다. 내 입에서 세세한 지시가 나가기 시작했다.

"캐서린은 지금 깊은 상태에 있습니다. 조금 뒤에 제가 셋부터 하나까지 거꾸로 세어나가겠습니다. 그러면 좀더 깊은 상태로 들어가고, 지극히 편안한 느낌에 들 겁니다. 마음은 자유로워져서 다시 시간을 거슬러 올라가 지금의 아버지를 처음 만났던 때로 돌아가서, 어린 시절 캐서린과 아버지 사이에 있었던 일과 가장 깊은 관련이 있는 사건을 찾아갑니다. 마지막에 '하나' 하고 세면 그때로 돌아가서 그 일을 기억하게 됩니다. 우리는 지금 캐서린을 치료하기 위해서 매우 중요한 일을 하고 있습니다. 캐서린은 할 수 있습니다. 셋… 둘… 하나."

긴 침묵이 흘렀다.

"아버지는 안 보이고… 사람들이 죽는 게 보여요!"

이어 껄껄한 목소리가 울려나왔다.

"우리는 사람들이 자신의 카르마를 끝내기 전에 그들의 삶을 급작스럽게 중단시킬 권리가 없습니다. 그런데 우리는 그렇게 하고 있습니다. 우리에게는 권리가 없습니다. 이러한 사람들은 살아남더라도 더 큰 응보로 고통받게 됩니다. 이들은 죽어서 다음 차원으로 가게 되면 그곳에서 고통을 받습니다. 그들은 안식의 상태에 들어가지 못합니다. 평안을 얻지 못합니다. 이들은 자신이 악행으로 상처를 입힌 사람들에게 보상을 해야 합니다. 사람들은 이들의 삶을 중단시키고 있으나 그들에게도 그럴 권리는 없습니다. 오직 신만이 이들을 벌할 수 있습니다. 우리는 벌할 수 없습니다. 그들은 결국 벌을 받게 됩니다."

침묵 속에 1분이 흘렀다. 캐서린이 속삭였다.

"그분들이 가버렸어요."

마스터들은 오늘 강렬하고 명료한 메시지 하나를 더 들려주었다. 살인하지 말라. 어떤 상황에서도. 신만이 벌할 수 있다.

캐서린은 탈진했다. 나는 캐서린과 아버지의 전생 관계를 추적하는 일을 연기하기로 하고 캐서린을 최면에서 깨웠다. 캐서린은 크리스천과 어린 캐서린의 삶밖에는 떠올리지 못했다.

캐서린은 고단했지만, 무거운 짐을 벗어버린 사람처럼 평화롭고 편안해 보였다. 우리는 서로 눈을 바라보았다. 둘 다 지쳐 있었다. 우리는 한마디 한마디에 몸을 떨었고, 땀을 흘렸다. 우리는 놀라운 경험을 나누었다.

06

변화가 시작되다

극적인 메시지들은 나의 생활을 깊이
변화시켰다. 아내와 자식들을 보며 나는 우리가
이전에도 생을 함께 살았을까 하고 자문하곤
했다. 우리가 스스로 선택해서 이 생의 시련과
슬픔, 기쁨을 함께 나누기로 했다는 말인가?
우리가 영원한 존재란 말인가? 나는 가족에 대한
사랑과 연민이 샘솟는 것을 느꼈다. 결점이나
잘못은 사소해 보였다. 그런 것은 그리 중요한
것이 아니었다. 정말 중요한 것은 사랑이었다.

치료가 한번 시작되면 대개 몇 시간씩 걸렸기 때문에, 나는 캐서린과의 약속을 오후 늦은 시각으로 잡았다. 일주일 뒤에 나를 다시 찾아왔을 때에도 캐서린의 표정은 여전히 평화로웠다. 캐서린은 나를 찾아오기 전에 아버지와 통화를 했다. 자세한 이야기도 없이, 자신의 방식대로, 캐서린은 아버지를 용서했다. 나는 그토록 평온한 캐서린의 모습을 본 적이 없었다. 증세의 호전 속도는 경이로웠다. 그토록 만성적이고 뿌리 깊은 불안과 공포에 시달리던 환자가 이토록 극적으로 회복된 것은 매우 드문 일이었다. 물론 캐서린을 일반적인 환자라고 보기는 힘들었고 치료 방법 또한 확실히 유별난 것이기는 했다.

캐서린은 급속히 깊은 최면 상태로 빠져들었다.

"벽난로 선반 위에 도자기 인형이 보여요. 벽난로 양쪽으로 책이 꽂혀 있어요. 어떤 집의 방이에요. 인형 옆에 촛대가 여러 개 있어요. 그리고 그림이⋯ 얼굴 그림이 있어요. 남자 얼굴이에요. 그 사람이에요⋯"

캐서린은 방 안을 살펴보았다. 나는 무엇이 보이냐고 물었다.

"바닥에 뭘 깔았어요. 보슬보슬한데⋯ 짐승 가죽이에요⋯ 바닥에 짐승 가죽을 깔았어요. 오른쪽으로 유리문이 두 개 나 있는데⋯ 베란다로 나가는 문이에요. 집 앞쪽에는 기둥이 쭉 서 있고 네 칸짜리 계단이, 내려가는 네 칸짜리 계단이 있어요. 바깥쪽 길로 나가는 계단이에요⋯ 밖에 말이 몇 마리 있어요. 굴레를 씌워서⋯ 말뚝에 묶어 놓았어요."

"거기가 어딘지 알겠어요?"

캐서린이 숨을 깊이 들이쉬었다.

"어디라고 표시된 건 없어요. 하지만 연도는, 연도는 어디 있을 거예요. 18세기예요. 나무하고 노란 꽃들이 있어요. 아주 예쁜 꽃이에요."

캐서린은 꽃에 마음을 빼앗겼다.

"냄새가 아주 좋아요. 향긋한 냄새가 나요. 또 꽃이⋯ 이상한 꽃이, 노란데, 가운데가 까매요."

꽃밭 가운데 선 캐서린은 아무 말도 하지 않고 있었다. 나는 프랑스 남부의 해바라기 꽃밭을 떠올리면서 날씨가 어떠냐고 물었다.

"아주 화창해요. 바람도 없고… 덥지도 않고 춥지도 않아요."

여전히 장소는 오리무중이었다. 나는 캐서린을 아름다운 꽃밭에서 떠나 다시 집으로 가게 했다. 그리고 벽난로 선반 위에 걸린 초상이 누구의 것이냐고 물었다.

"모르겠어요… 아론이라고만 들었어요… 그 사람 이름이 아론이에요."

나는 그 사람이 이 집의 주인이냐고 물었다.

"아니에요. 그 사람 아들 집이에요. 저는 여기서 일해요."

캐서린은 또다시 노예가 되어 있었다. 캐서린은 여태껏 클레오파트라나 나폴레옹은커녕 그 근처에도 가보지 못했다. 두 달 전까지의 나를 포함해서 환생을 의심하는 학자들은, 전생을 경험했다는 사람들이 확률로 보아 역사 속의 유명 인물로 환생하는 빈도가 지나치게 높다는 사실을 지적하고 있었다. 나는 지금 내가 정신과 병동의 진찰실에 앉아서 과학적으로 타당성이 증명되는 중인 한 환생 사례를 기록하고 있는, 매우 진귀한 위치에 있다는 것을 알았다. 나아가 단순한 환생 이상의 사실들이 속속 밝혀지고 있었다.

캐서린이 계속 말했다.

"다리가 무척… 무거워요. 다리가 아파요. 다리가 꼭 없는 것 같아요… 다리를 다쳤어요. 말한테 채였어요."

나는 지금 모습을 설명해 보라고 했다.

"내 머리는 갈색이에요. 갈색 곱슬머리예요. 보닛(머리 위에서 뒷머리에 걸쳐 깊이 쓰고 끈으로 턱에 매는 모자)을 썼어요. 하얀 보닛이에요… 파란 드레스를 입고 그 위에… 에이프런을 둘렀어요. 난 어리지만 아주 꼬마는 아니에요. 그런데 다리가 아파요. 방금 이렇게 됐어요. 너무너무 아파요."

캐서린이 고통스러운 표정을 지었다.

"말굽… 그 자식이 나를 말굽으로 찼어요. 아주아주 나쁜 말이에요."

마침내 고통이 사라지면서 목소리가 부드러워졌다.

"꼴 냄새가 나요. 헛간에 있는 먹이예요. 사람들이 외양간에서 일을 하고 있어요."

나는 캐서린이 하는 일은 뭐냐고 물었다.

"저는 시중을 들어야 돼요… 큰 집에서 시중을 들어요. 우유도 짜고."

주인집 식구들에 대해서도 궁금해졌다.

"마님은 살이 좀 쪘는데, 무척 촌스럽게 생겼어요. 그리고 딸이 둘 있는데… 다 처음 보는 얼굴이에요."

내가 '아는 얼굴들이 아직 안 보이느냐'고 물을 것을 미리 알고 덧붙인 것이었다. 나는 캐서린의 가족에 대해 물었다.

"모르겠어요. 안 보여요. 여긴 아무도 없어요."

캐서린도 여기서 사느냐고 물었다.

"전 여기 살아요. 맞아요. 하지만 주인집은 아니에요. 아주 작은… 우리는 그 집에서 살아요. 암탉이 많아요. 우리는 달걀을 모아요. 갈색 달걀이에요. 제가 사는 집은 아주 조그맣고… 하얗고… 방이 하나예요. 남자가 보여요. 저는 이 남자하고 살아요. 곱슬머리에 눈이 파래요."

나는 결혼한 사이냐고 물었다.

"사람들이 생각하는 결혼은 아니에요."

캐서린이 그곳에서 태어난 것인지도 물어보았다.

"아니에요. 아주 어렸을 때 여기로 왔어요. 집이 너무 가난했거든요."

동거하는 남자는 아는 얼굴이 아닌 듯했다. 나는 캐서린에게 더 먼 과거로 가서 중요한 사건을 찾아보라고 했다.

"하얀 게 보여요… 리본이 많이 달려 있어요. 모자예요. 보닛 같은 건데, 깃털이 꽂혀 있고 하얀 리본이 달렸어요."

"누가 그 모자를 쓰고 있죠? 혹시…"

"물론 마님이죠."

캐서린이 말을 잘랐다. 나는 순간 바보가 된 기분이 들었다.

"주인집 딸 결혼식이 있어요. 하인들도 전부 모였어요. 축하 해주려고."

나는 혹시 신문에 그 결혼식 기사가 나지 않았느냐고 물었다. 났다면 날짜를 알 수 있을 것이었기 때문이다.

"아뇨. 사람들이 신문을 안 갖고 있을 거예요. 신문 같은 건 안 보여요."

이번 생애에서 기록 따위를 구하기는 힘들 것 같았다.

"결혼식장에 캐서린도 있나요?"

내 물음에 캐서린이 빠르고 큰 소리로 대답했다.

"우리는 식장에 없어요. 사람들이 왔다갔다하는 걸 구경만 하고 있어요. 노예는 식장에 들어갈 수 없어요."

"어떤 느낌이 드나요?"

"증오요."

"왜? 푸대접을 받아서?"

"우리가 가난하니까. 또 우리가 저 사람들한테 매여 있으니까. 저 사람들에 비하면 우린 가진 게 너무 없어요."

"뒤에 여기를 떠나게 되지는 않나요? 아니면 끝까지 여기서 사나요?"

대답은 쓸쓸했다.

"여기서 죽을 때까지 살아야 돼요."

나는 그 슬픔에 공감했다. 이번 삶은 가시밭길이었고 앞날에는 희망이 없었다. 나는 캐서린을 죽음의 순간으로 데려갔다.

"집이 보여요. 저는 침대에, 침대 위에 누워 있어요. 사람들이 저한테 마실 것을 줘요. 따뜻해요. 박하 향이 나요. 가슴이 굉장히 답답해요. 숨을 못 쉬겠어요… 가슴하고 등에 통증이 느껴져요… 지독해요… 말하기도 힘들어요."

캐서린은 숨을 가쁘게 몰아쉬며 대단히 고통스러워하고 있었다. 2, 3분에 걸쳐 고통의 밀물이 달려들었고, 마침내 얼굴이 다시 부드러워지면서 썰물처럼 몸에서 긴장이 빠져나갔다. 캐서린은 고요한 바다처럼 숨을 쉬고 있었다.

"전 몸을 떠났어요."

목소리가 다시 크고 껄껄해져 있었다.

"황홀한 빛이 보여요… 사람들이 오고 있어요. 와서 저를 도와주려는 거예요. 놀라운 분들이에요. 이분들은 두려움이 없어요… 몸이 무척 가벼워진 느낌이에요…"

그리고는 한참 동안 입을 닫고 있었다.

"방금 떠나온 생애에 대해서 무슨 생각 같은 건 없나요?"

"그건 나중 일이에요. 지금은, 그저 평화를 느껴요. 평안의 시간이에요. 우리는 평안을 누려야 돼요. 영혼… 영혼은 이곳에서 안식을 찾아요. 육신의 모든 고통을 뒤로 하고 이곳에 와 있는 거예요. 빛이 너무 찬란해요! 모든 것이 이 빛에서 나와요! 이 빛에서 에너지가 나와요. 우리 영혼은 곧바로 그곳으로 가요. 마치 자석이 끌어당기는 것 같아요. 굉장해요. 힘의 원천 같아요. 이 빛이 영혼을 정화해줘요."

"색깔이 있나요?"

"여러 가지 색깔이에요."

캐서린은 말을 멈추었다. 빛 속에서 쉬고 있었다. 내가 용기를 내어 물었다.

"지금 어떤 일이 일어나고 있나요?"

"아무것도요… 그저 평화로워요. 친구들이 있어요. 친구들이 모두 있어요. 사람들이 많이 보여요. 아는 사람도 있고 모르는 사람도 있어요. 우리는 그냥 기다리고 있어요."

캐서린은 계속 기다렸다. 몇 분이 천천히 흘렀다. 나는 좀더 속도를 내기로 했다.

"물어볼 게 있어요."

"누구에 대해서요?"

"캐서린이나 마스터들에 대해서요…"

나는 잠시 머뭇거리다가 말을 이었다.

"그걸 아는 게 우리한테 도움이 될 수 있을 거라고 생각해요. 질문은 이거예요. 우리는 자신의 탄생과 죽음의 시기나 방법을 선택할 수 있나요? 자신의 조건을 선택할 수 있냐는 말이에요. 다시 세상으로 돌아가는 때를 선택할 수 있어요? 캐서린이 이걸 이해하게 되면 지금 느끼고 있는 공포를 많이 덜 수 있을 거예요. 이 질문에 대답해줄 수 있는 분이 지금 거기 있나요?"

진찰실이 춥게 느껴졌다. 캐서린이 다시 말하기 시작했는데, 목소리가 깊고 웅웅 울렸다. 한 번도 들어보지 못한 목소리였다. 그것은 시인의 목소리였다.

"그렇습니다. 우리는 육체 상태로 들어올 때와 떠날 때를 선택할 수 있습니다. 우리는 우리가 내려와서 성취하려고 했던 것들이 다 이루어지는 때를 알 수 있습니다. 그때에 이르렀다는 것을 스스로 알 수 있고, 그러면 죽음을 받아들일 수 있게 됩니다. 이 생애에서 더 얻을 것이 없다는 것을 알기 때문입니다. 시간을, 영혼을 쉬게 하고 재충전하는 시간을 다 보내고 나면, 우리는 육체 상태로 다시 들어가는 선택을 할 수 있습니다. 망설이는 사람들, 세상으로 돌아오기를 망설이는 사람들은 자신에게 주어진 기회를, 육체 상태에서 이루어야 하는 것을 이룰 기회를 잃을 수도 있습니다."

나는 그것이 캐서린의 말이 아니라는 것을 바로 알아차릴 수 있었다.

"누구죠? 누가 말을 하고 있는 겁니까?"

캐서린이 자신의 부드러운 목소리로 속삭였다.

"저도 몰라요. 그분은 아주… 일을 주관하시는 분인데, 누군지는 모르겠어요. 저한테는 그분 목소리만 들리고, 전 그 말씀을 박사님께 전하고 있어요."

캐서린 역시 이러한 내용이 자신의 잠재의식이나 무의식에서 나오는 것이 아니라는 것을 알고 있었다. 초의식에서 나오는 것도 아니었다. 어떤 연유에서인지 '일을 주관하는' 매우 특별한 존재의 말과 생각이 귀에 들려왔고, 그것을 다시 나에게 전달하고 있었다. 이렇게 해서 나는 또 다른 마스터를 만나게 되었다. 그 마스터는 시적이고 안온한 목소리와 말씨를 지닌 새로운 영혼이었다. 그 마스터는 사랑 가득한 목소리와 생각을 지니고 있었으며, 전혀 주저함 없이 죽음에 대해 이야기하고 있었다. 그 사랑은 따뜻하고 실제적이었으며, 한편 초연하고 우주적이었다. 그 사랑이 위압적이거나 감정적이지도 않았고 구속하는 것이 아니었기에, 나는 행복한 감정에 젖어들었다. 그것은 초연한 사랑이었고 관조적인 따뜻함이었으며, 멀리 있지만 친숙하게 느껴지는 그런 사랑이었다.

캐서린의 목소리가 조금 커졌다.

"저는 이분들을 믿지 않아요."

"누구를 믿지 않는다고요?"

"마스터들을요."

"믿지 않는다고요?"

"네. 저는 믿음이 부족해요. 그래서 제 인생이 그렇게 힘들었던 거예요. 저는 살면서 믿음이 없었어요."

캐서린은 조용히 18세기 자신의 삶을 평가했다. 나는 이번 인생에서 어떤 것을 배웠느냐고 물었다.

"분노와 시기, 남에 대해 감정을 품는 것을 배웠어요. 또 제가 제 삶을 지배할 수 없다는 것을 배웠어요. 지배하고 싶었지만, 되지 않았어요. 마스터들을 믿어야 했어요. 마스터들은 처음부터 끝까지 우리를 인도해줘요. 하지만 저는 믿지 않았어요. 시작부터 액운이 따라다녔던 것 같아요. 저는 세상을 한 번도 기쁜 마음으로 바라본 적이 없어요. 믿음을 가져야 돼요… 우린 믿음을 가져야 돼요. 하지만 나는 의심했어요. 나는 믿음 대신 의심을 선택했어요."

캐서린이 말을 멈추었다. 내가 물었다.

"우리 자신을 더 훌륭하게 만들기 위해 캐서린과 내가 해야 할 일은 뭡니까? 우리는 똑같은 길을 가야 하는 건가요?"

대답은, 지난주에 직관적 능력과 가사 상태에 대해 이야기해주던 마스터에게서 흘러나왔다. 목소리와 말씨가 캐서린이나 방금 나타났던 시인 마스터와는 판이했다.

"모든 사람의 길은 기본적으로 같습니다. 우리는 모두 육체 상태에 있는 동안 몇 가지 태도를 배워야 합니다. 이런 태도를 다른 사람보다 빨리 익히는 사람들도 있습니다. 자애, 희망, 믿음, 사랑… 우리는 이러한 것을 모두 알아야 하는데, 잘 알아야 합니다. 하나의 희망, 하나의 믿음, 하나의 사랑을 말하는 것이 아닙니다. 또 다른 수많은 것이 그 안에서 자라고 있는 그러한 것들을 말하는 것입니다. 그것들을 나타낼 수 있는 길은 매우 많습니다. 우리는 그 각각의 것에 대해 아주 작은 부분만을 알고 있습니다…

종교적인 질서 속에 사는 사람들은 이러한 자애와 순종의 서약을 했기 때문에 다른 사람들보다 더 가까이 와 있습니다. 그들은 아무런 대가도 없이 많은 것을 포기했습니다. 그 밖의 사람들은 대가를 요구하고 자신이 한 행동의 정당성을 주장합니다… 대가는, 그들이 바라는 그러한 대가는 없는데도 말입니다… 대가는 행위 속에, 아무것도 바라지 않는 행위 속에… 이기심 없는 행위 속에 이미 들어 있습니다."

"저는 그것을 배우지 못했어요."

캐서린이 부드러운 목소리로 속삭였다

나는 잠시 '자애charity'라는 말에 혼동을 느꼈지만, 곧 그 말이 어원상 단순한 성적 금욕과는 전혀 다른 '순결pure'을 의미한다는 사실을 깨달았다.

캐서린이 말을 이었다.

"탐닉하면 안 돼요. 어떤 것도 지나치게… 과도하게 하면 안돼요. 박사님은 아시게 될 거예요. 박사님은 이미 알고 계세요."

캐서린이 말을 멈추었다. 내가 말을 받았다.

"노력하고는 있죠."

나는 캐서린에게 초점을 맞추기로 했다. 마스터들이 아직 떠

변화가 시작되다
•
125

나지 않았을 것 같았다.

"캐서린이 공포와 불안을 떨쳐내는 데 제가 줄 수 있는 최선의 도움은 무엇입니까? 제가 어떻게 하면 캐서린이 가르침을 얻는 데 도움을 줄 수 있습니까? 지금 이 방법이 최선입니까? 아니면 더 좋은 방법이 있습니까? 그것도 아니면, 어떤 다른 영역으로 파고들어가야 합니까? 어떻게 하면 캐서린을 최선으로 도울 수 있습니까?"

대답은 시인 마스터의 깊은 목소리로 울려나왔다. 나는 의자에 앉은 채 몸을 앞으로 기울였다.

"선생은 옳은 길을 가고 있습니다. 그러나 이것은 선생을 위한 것입니다. 캐서린을 위한 것이 아닙니다."

다시 한 번, 이것이 캐서린을 위해서보다는 나에게 도움을 주기 위한 것이라는 이야기였다.

"저를 위해서라고요?"

"그렇습니다. 우리가 전하는 말들은 모두 선생을 위한 것입니다."

분명히 캐서린을 3인칭으로 지칭했을 뿐만 아니라 '우리'라고까지 했다. 그것은 곧 다른 마스터들이 함께 있다는 말이었다.

"이름을 여쭤도 되겠습니까?"

나는 이렇게 물었는데, 곧 그 질문이 현세에서나 통용되는 것임을 깨닫고는 아차 싶었다. 내가 계속 물었다.

"저는 길잡이가 필요합니다. 저는 알아야 할 것이 너무나 많습니다."

이어진 대답은, 나의 삶과 죽음에 대한 사랑의 시였다. 목소리는 자상하고 부드러웠으며, 나는 우주적인 영혼의 초연한 사랑을 느꼈다. 나는 경외 속에 귀를 기울였다.

"때가 되면 안내자가 나타납니다. 때가 되면… 안내자가 나타날 것입니다. 선생이 세상에 온 목적이 이루어지면 선생의 삶은 끝납니다. 목적을 이루기 전에는 죽지 않습니다. 선생에게는 긴 세월이 남아 있습니다… 긴 세월이."

나는 불안감과 안도감이 뒤범벅되어 느껴졌다. 그 마스터가 더 자세한 이야기를 하지 않은 것이 다행스러웠다. 캐서린이 불안한 목소리로 속삭였다.

"떨어져요, 떨어지고 있어요… 삶을 찾아서… 떨어지고 있어요."

곧 캐서린이 안도의 한숨을 쉬었고, 나도 한숨이 나왔다. 마스터들은 떠났다. 나는 그 경이로운 메시지를, 지극히 영적인 세계에서 나와 관련해 들려오는 메시지를 곰곰이 되씹어보았다. 그 메시지에는 엄청난 의미가 담겨 있었다. 사후의 빛과 사후의 삶, 나고 죽는 때의 선택, 확실하고도 올바른 마스터들의 인도, 단순한 연륜에 의해서가 아니라 얻은 깨달음과 완수한 의무로 평가되는 삶, 자애와 희망과 믿음과 사랑, 대가를 바라지 않는 행위… 그 모든 것은 나를 향한 메시지였다. 한데 어떤 목적으로? 그렇다면 내가 이 땅에서 수행해야 할 임무는?

폭포처럼 쏟아진 이 극적인 메시지들은 나의 개인생활과 가정생활을 깊이 변화시켰다. 나는 서서히 변화를 감지할 수 있었다. 한번은 아들을 차에 태우고 대학야구 경기를 보러 가다가 극심한 교통체증으로 오도가도 못하게 된 적이 있었다. 나는 평소 차가 막히면 짜증을 못 참는 성미였고, 더구나 그때는 잘못하면 1회나 2회 경기를 놓칠 수도 있는 상황이었다. 나는 내가 짜증을 내지 않고 있다는 것을 깨달았다. 이전에 늘 그랬던 것처럼 다른 운전자들이 잘못했다고 해서 욕을 퍼붓지도 않았다. 목과 어깨 근육에 힘이 빠져 있었다. 아들녀석에게 짜증을 떠넘기지도 않았다. 정반대로 우리는 내내 정답게 이야기를 나누고 있었다. 나는 단지 내가 아들 조던과 함께 좋아하는 야구 경기를 보며 즐거운 오후를 보내기 위해 집을 나섰다는 사실을 깨닫고 있었다. 그날 오후의 목적은 시간을 함께 보내는 것이었다. 만약 내가 짜증을 부리고 화를 냈더라면 그 오후의 외출은 엉망이 되었을 것이다.

나는 아내와 자식들을 보면서 우리가 이전에도 함께 생을 살았을까 하고 자문하곤 했다. 우리가 스스로 선택해서 이 인생의 시련과 슬픔, 기쁨을 함께 나누기로 했다는 말인가? 우리가 영원한 존재란 말인가? 나는 가족에 대한 사랑과 연민이 샘솟는 것을 느꼈다. 결점이나 잘못은 사소해 보였다. 그런 것은 그리 중요한 것이 아니었다. 정말 중요한 것은 사랑이었다.

나는 똑같은 이유로 나 자신의 결점에 대해서도 관대해졌다. 완벽해지려고 노력할 필요도 없었고, 항상 자신을 제어하려고 애쓸 필요도 없었다. 남에게 무엇을 강권할 필요도 전혀 없었다.

나는 이러한 경험을 캐롤과 함께 나눌 수 있다는 것이 기뻤다. 우리는 저녁을 같이 먹은 뒤 내가 캐서린을 치료하면서 느꼈던 것들에 대해 이야기를 나누곤 했다. 캐롤은 분석적인 정신을 소유하고 있었고, 그러한 쪽으로 투철했다. 아내는 내가 어떻게 하면 신중하고 과학적인 방법으로 캐서린과 나눈 경험을 추적해 들어갈 수 있는지를 알고 있었고, 내가 객관적인 시각을 유지할 수 있도록 일부러 비판적인 입장을 취해주기도 했다. 캐서린이 정말로 위대한 진실을 드러내고 있다는 증거들이 쌓이면서, 캐롤은 나와 함께 이해를 넓혀갔고 나의 기쁨을 함께 나누어 가졌다.

07

관계가 드러나다

"때가 되면 안내자가 나타납니다. 선생이
세상에 온 목적이 이루어지면 선생의
삶은 끝납니다. 목적을 이루기 전에는
죽지 않습니다. 선생에게는 긴 세월이
남아 있습니다."

일주일 뒤에 캐서린이 다시 진찰실을 찾아왔을 때, 나는 지난 주의 놀라운 대화가 담긴 테이프를 준비해놓고 있었다. 캐서린은 나에게 전생의 기억에 덧붙여 천상의 시까지 들려주고 있는 셈이었다. 나는, 기억은 안 나겠지만 캐서린이 분명히 사후의 영적인 세계에서 들려오는 메시지를 내게 전해주었다고 하면서 녹음한 것을 들어보자고 했다. 캐서린은 별로 내켜하지 않았다. 하기야 캐서린으로서는 증세가 몰라보게 호전되어 사는 게 즐거운데 굳이 그런 테이프를 들을 필요가 있느냐 했을 것이다. 게다가 좀 '섬뜩'하기도 했을 것이다. 나는 캐서린을 설득했다. 그 메시지는 놀랍고, 아름답고, 희망을 주는 것이었고 모두 캐서린을 통해 전해진 것이었기에, 당사자와 함께 나누고 싶었다. 캐서린은 녹음기에서 흘러나오는 자신의 조용한 속삭임을 몇 분 듣고 있더니, 꺼달라고 했다. 너무 무섭고 불안해진다는 것이었다. 나는 묵묵히 마스터의 말을 떠올렸다. '이것은 선생을 위한 것입니다. 캐서린을 위한 것이 아닙니다.'

캐서린이 갈수록 좋아지고 있었기 때문에, 나는 이 과정이 얼마나 지속될 수 있을까 하는 우려가 들기 시작했다. 비바람이 몰아치던 연못에 이제는 이따금씩 작은 파문만이 일고 있었다. 캐서린은 아직도 폐소공포증을 완전히 극복하지 못하고 있었고 스튜어트와의 관계도 아슬아슬한 상태였지만, 그 밖의 증세는 몰라볼 정도로 호전되고 있었다.

나는 지난 몇 달 동안 통상적인 정신치료 방법은 한 번도 사용하지 않았다. 그런 것은 전혀 필요가 없었다. 우리는 한 주 동안 지낸 이야기를 몇 분 간 나누고는 곧바로 최면치료에 들어갔다. 현생의 기억에 의한 것이었든 전생의 기억에 의한 것이었든, 캐서린은 완쾌된 것이나 다름없었다. 공포와 공황증세는 거의 사라졌다. 캐서린은 죽음에 대해서도 두려워하지 않게 되었다. 자제력을 잃을까봐 걱정할 일도 없었다. 정신과 의사들은 캐서린과 같은 증세를 보이는 환자들을 치료하기 위해 안정제나 항우울제를 투여한다. 환자들은 이러한 약물치료와 함께 집중적인 정신치료나 집단치료를 받는다. 정신과 의사들은 대부분 캐서린과 같은 증세가 뇌화학물질 장애 같은 생물학적인 이유에서 비롯된다고 믿고 있다.

캐서린을 깊은 최면 상태로 이끌어가면서, 나는 약물치료나 전통적인 정신치료, 집단치료 등을 사용하지 않고 단 몇 주 만에 캐서린을 거의 완치시켰다는 사실이 정말 획기적이고 놀라운 일이라는 생각이 들었다. 그것은 단순한 증세의 억제도 아니었고, 공포에 짓눌린 삶을 이를 악물고 참아나가는 것도 아니었다. 그것은 완치, 곧 증상의 절멸이었다. 캐서린은 지극히 밝고 평온하고 행복했다.

캐서린이 다시 부드러운 목소리로 속삭였다.

"둥근 천장이 있는 건물 안에 들어와 있어요. 천장에 파란색하고 금색 칠이 돼 있어요. 옆에 다른 사람들도 있어요. 사람들은… 낡고… 긴 옷을 입었어요. 옷이 아주 낡고 더러워요. 우리가 어떻게 여기 오게 됐는지 모르겠어요. 이 방에는 조각상이 많아요. 석조 구조물 위에도 몇 개 있고 방 끝에는 금으로 만든 큰 조각상이 있어요. 그건… 굉장히 큰데, 날개가 달렸어요. 아주 기분 나쁘게 생겼어요. 방이 무척 더워요… 굉장히 더워요. 사방이 막혀 있거든요. 우리는 마을에서 떨어져 있어야 돼요.

문제가 좀 있어서요."

"병이 있나요?"

"네. 모두 병들었어요. 무슨 병인지는 모르겠는데, 피부가 죽어가요. 아주 까맣게 돼요. 추워요. 공기가 너무 건조하고, 아주 탁해요. 우린 마을로 못 돌아가요. 여기서 살아야 돼요. 얼굴이 일그러진 사람도 있어요."

끔찍한 질병… 그것은 나병이었다. 전생에서 캐서린은 한 번도 행복한 삶을 누려보지 못하고 있었다.

"거기 얼마나 있어야 되죠?"

"영원히, 죽을 때까지요. 이 병은 못 고쳐요."

"병명을 알아요? 그 병을 뭐라고 부르죠?"

"몰라요. 피부가 바싹 말라서 오그라들어요. 전 여기 온 지 몇 년 됐어요. 지금 막 온 사람들도 있고요. 돌아갈 수가 없어요. 우린 쫓겨났어요… 죽어버리라고요."

캐서린은 동굴 속에서 살아야 하는 비참한 운명을 짊어지고 있었다.

"먹을 걸 구하려면 사냥을 해야 돼요. 우리가 잡을 짐승이 보여요… 뿔이 달렸어요. 몸이 갈색이고 뿔이 달렸어요, 뿔이 아주 커요."

"찾아오는 사람은 없나요?"

"없어요. 가까이 오면 그 사람들도 악행 때문에 고통을 받게 돼요. 우린 우리가 저지른 악행 때문에… 저주를 받았어요. 우리는 벌을 받고 있는 거예요."

캐서린의 세계관의 모래는 삶의 모래시계 속을 끊임없이 오르락내리락하고 있었다. 죽은 뒤의 영적인 상태로 들어가서야, 확실한 항구성恒久性은 얻어질 것이었다.

"지금이 몇 년인지 알 수 있겠어요?"

"날짜는 몰라요. 우린 병들었어요. 죽을 날만 기다리고 있어요."

나는 절망이 감염되어 오는 것을 느꼈다.

"아무 희망도 없단 말이에요?"

"없어요. 우린 모두 죽을 거예요. 손에 심한 통증이 와요. 온몸이 물러졌어요. 그리고 늙었어요. 몸을 움직이기가 힘들어요."

"몸을 움직일 수 없으면 어떻게 되죠?"

"다른 동굴로 옮겨져서, 거기서 죽는 거예요."

"시신은 어떻게 하죠?"

"동굴을 막아버려요."

"아직 살아 있는데 동굴을 막기도 하나요?"

나는 폐소공포증의 단서를 찾고 있었다.

"모르겠어요. 거긴 가본 적이 없어요. 여기는 사람이 많이 있
는 방이에요. 굉장히 더워요. 전 벽 쪽으로 꼼짝 않고 누워 있어
요."

"여긴 뭘 하는 곳이죠?"

"여러 신들께… 예배드리는 곳이에요. 굉장히 더워요."

나는 캐서린을 좀더 뒤의 시간으로 데려갔다.

"하얀 게 보여요. 하얀… 천 같은 게 보여요. 사람들이 누군
가를 옮기고 있어요."

"그게 캐서린 아니에요?"

"모르겠어요. 빨리 죽었으면 좋겠어요. 너무너무 힘들어요."

캐서린이 고통스러워하며 입술을 깨물었다. 동굴 속의 열기
때문인지 숨을 헐떡이고 있었다. 나는 캐서린에게 죽음의 순간
으로 가보라고 했다. 캐서린은 여전히 헐떡이고 있었다.

"숨 쉬기가 힘들어요?"

"네, 정말 더워요… 너무 덥고… 아주 캄캄해요. 아무것도 안
보여요… 움직일 수도 없어요."

캐서린은 덥고 어두운 동굴 속에 홀로 버려져 무력하게 죽어

가고 있었다. 동굴 입구는 벌써 막혀버렸다. 가엾게도 캐서린은 겁에 질려 있었다. 호흡이 점점 빨라지면서 불규칙해졌다. 그러다가 곧 은혜롭게도 그 저주받은 삶을 마쳤다.

"몸이 아주 가벼워요… 둥둥 떠다니는 것 같아요. 여긴 정말 밝아요. 굉장해요!"

"아직도 고통을 느끼나요?"

"아뇨!"

캐서린은 말을 멈추었다. 마스터들을 기다리고 있었다. 마스터들은 나타나지 않았고, 캐서린은 훌쩍 떠나갔다.

"아주 빠르게 떨어지고 있어요. 다시 몸으로 들어가고 있어요."

캐서린은 나만큼이나 놀란 것 같았다.

"건물이 보여요. 둥근 기둥이 박혀 있고, 건물이 아주 많아요. 우리는 건물 밖에 있는데, 주변에 올리브나무들이 있어요. 정말 아름다워요. 그걸 구경하고 있어요. 얼굴을 가렸어요. 무슨 축제를 하고 있어요. 긴 옷들을 입고, 얼굴에 탈을 썼어요. 가장을 한 거예요. 그 사람들은 단壇 위에 있어요… 우린 그 위쪽에 앉아 있어요."

"연극을 보고 있나요?"

"네."

"캐서린의 모습은 어때요?"

"제 머리는 갈색이에요. 머리를 땋았어요."

캐서린이 말을 멈추었다. 캐서린의 모습이나 올리브나무 얘
기로 보아 언젠가 한번 이야기했던 기원전 15세기경, 내가 디
오게네스라는 이름의 선생이었던 그리스 시대로 돌아가 있는
것 같았다. 나는 좀더 캐 들어가기로 했다.

"연대를 알 수 있겠어요?"

"몰라요."

"옆에 아는 사람이 있나요?"

"네. 바로 옆에 남편이 앉아 있어요. 모르는 얼굴이에요(현생
에서)."

"아이는 없나요?"

"지금 아이를 가졌어요."

단어 선택이 재미있었다. 캐서린의 평소 말투와는 전혀 다르
게 어딘지 고풍스러운 면이 있었다.

"캐서린 아버지도 함께 계신가요?"

"아버지는 안 보여요. 박사님이 저쪽에 계세요… 제 옆은 아
니고."

내 추측이 맞았다. 우리는 3,500년 전으로 가 있었다.

"내가 거기서 뭘 하고 있나요?"

"그냥 구경하고 계세요. 박사님은 가르치시는 분이에요… 우린 박사님한테… 사각형과 원, 그런 재미있는 것들을 배웠어요. 디오게네스 선생님이세요."

"나에 대해서 더 알고 있는 게 없나요?"

"선생님은 늙으셨어요. 우리는 친척인데… 선생님은 제 외삼촌이에요."

"우리 식구들을 알아요?"

"외숙모님을 알아요… 사촌들도요. 선생님은 아들을 여럿 두셨어요. 그중에 둘은 저보다 나이가 많아요. 우리 어머니는 돌아가셨어요. 아주 젊어서."

"그래서 아버지가 키워주셨나요?"

"네. 그리고 지금은 결혼했어요."

"임신 중이라고 했나요?"

"네. 겁이 나요. 아이를 낳다가 죽을까 봐 걱정이 돼요."

"어머니가 그렇게 돌아가셨나요?"

"네."

"어머니처럼 될까 봐 겁이 나나 보죠?"

"그런 일이 자주 있거든요."

"첫아이인가요?"

"네. 너무 무서워요. 아이가 곧 나올 거예요. 배가 많이 불러요. 움직이기가 불편해요… 추워요."

캐서린은 조금 뒤의 시간으로 건너갔다. 막 해산을 하려 하고 있었다. 캐서린은 아이를 낳아본 경험이 없었고, 나도 14년 전 수련의 시절 산과産科 순회 이후로 아이를 받아본 경험이 전혀 없었다.

"지금 어디 있나요?"

"돌로 된 바닥 위에 누워 있어요. 무척 추워요. 너무 고통스러워요… 누가 도와줘야 돼요. 누가 절 도와줘야 돼요."

나는 숨을 깊이 들이쉬라고 했다. 이렇게 하면 산고를 더는 데 도움이 된다. 캐서린은 숨을 가쁘게 몰아쉬며 신음하고 있었다. 몇 분에 걸친 힘든 싸움이 지나가고 아이가 태어났다. 딸을 얻은 것이다.

"이제 좀 괜찮아졌어요?"

"힘이 하나도 없어요… 피를 많이 흘렸어요."

"아기 이름은 뭐라고 짓나요?"

"모르겠어요. 너무 피곤해요… 아이를 보고 싶어요."

나는 즉흥연기를 했다.

"아기 여기 있어요. 귀여운 딸이에요."

"그래요. 남편이 좋아해요."

캐서린은 탈진했다. 나는 잠시 눈을 붙였다가 상쾌한 기분으로 깨어나라고 했다. 1, 2분 지나서 캐서린을 깨웠다.

"이제 좀 괜찮아요?"

"네… 동물들이 보여요. 등에 뭘 져 나르고 있어요. 등에 광주리가 달려 있어요. 그 안에 뭐가 많이 담겨 있어요… 먹는 건데… 빨간 과일이에요."

"아름다운 땅입니까?"

"네. 먹을 게 많아요."

"어딘지 알겠어요? 외지 사람이 마을 이름을 물으면 뭐라고 얘기해주죠?"

"카테니아Cathenia… 카테니아예요."

"그리스 마을 이름 같군요."

"그건 잘 모르겠어요. 선생님은 아세요? 선생님은 오랫동안 전 세계를 돌아다니셨잖아요. 저는 여길 벗어난 적이 없어요."

질문이 역전되었다. 그 생애에서 나는 나이도 많고 현명한 선생님이자 외삼촌이었기 때문에, 캐서린은 오히려 내가 질문의 답을 알고 있지 않느냐고 반문했다. 불행하게도 나는 그 답을 전혀 알 수가 없었다.

"그럼 나서부터 이 마을에서 쭉 살아온 거예요?"

"네. 하지만 선생님은 여행을 하세요. 그래서 가르치실 걸 알아 오시는 거예요. 여러 땅을 돌아보면서 그곳에 대해 알아보고… 교역로를 찾아 지도를 만드세요… 선생님은 늙으셨어요. 그런데 선생님이 도표를 보실 줄 알기 때문에 젊은 사람들이 선생님을 모셔가려고 해요. 선생님은 아주 현명하신 분이에요."

"무슨 도표를 말하는 거죠? 천체도 같은 건가요?"

"선생님은, 선생님은 부호를 읽을 줄 아세요. 그래서… 지도 만드는 작업을 도우실 수 있어요."

"마을 사람들 중에서 또 낯익은 얼굴이 있나요?"

"전부 모르는 얼굴이에요… 하지만 선생님은 알아요."

"좋아요. 우리 사이는 어떻죠?"

"아주 좋아요. 선생님은 아주 친절하세요. 저는 선생님 옆에 앉아 있는 게 좋아요. 무척 편안하거든요… 선생님이 우리를 도와주셨어요. 우리 언니들을 도와주셨어요."

"하지만 머지않아 헤어지게 되겠죠. 난 늙었잖아요."

"안 돼요."

내 죽음을 받아들이기가 싫었던 모양이다.

"빵이 보여요. 납작하고, 아주 납작하고 얇은 빵이에요."

"사람들이 빵을 먹고 있나요?"

"네. 아버지하고 남편하고 제가요. 마을 사람들도 있어요."

"지금은 뭘 하는 거죠?"

"무슨… 무슨 축제예요."

"아버지가 거기 계세요?"

"네."

"아이도 있나요?"

"네. 하지만 제가 데리고 있지는 않아요. 우리 언니가 안고 있어요."

"언니 얼굴을 잘 보세요."

현생에서 본 얼굴인지 아닌지 알아보라는 뜻이었다.

"보고 있어요. 모르는 얼굴이에요."

"아버지는 혹시 아는 얼굴이에요?"

"네… 에드워드예요. 무화과, 무화과하고 올리브하고… 빨간 과일이 있어요. 납작한 빵도 있어요. 양을 잡았어요. 양고기를 굽고 있어요."

오랜 침묵이 흘렀다. 캐서린은 좀더 뒤의 시간으로 넘어가 있었다.

"하얀 물건이 보여요… 하얗고… 네모난 상자예요. 죽은 사람을 넣어두는 거예요."

"누가, 죽은 건가요?"

"네… 아버지가요. 아버지 얼굴을 바라보기가 싫어요. 얼굴을 보고 싶지 않아요."

"그런데 봐야 되나 보죠?"

"네. 사람들이 가져가서 묻을 거예요. 너무 슬퍼요."

"그렇군요. 아이들은 몇이나 되나요?"

동정에 빠져 있을 여가가 없었다.

"셋이에요. 아들 둘하고 딸 하나요."

캐서린은 마지못해 대답을 하고는 다시 슬픔에 잠겼다.

"사람들이 아버지 몸 위에 뭘 덮어 놓았어요. 무슨 덮개 같은 걸로…"

캐서린은 몹시 슬픈 기색이었다.

"나는 아직 안 죽었나요?"

"네. 우리는 포도즙을 마시고 있어요. 컵에 따라서요."

"내 모습은 어때요?"

"선생님은, 많이 늙으셨어요."

"이제 기분이 좀 괜찮아요?"

"아뇨! 선생님이 돌아가시면 전 외로울 거예요."

"자식들이 있잖아요. 자식들이 돌봐줄 거예요."

"하지만 선생님은 아시는 게 많잖아요."

어린아이 같은 말이었다.

"이겨낼 수 있을 거예요. 이젠 나만큼이나 아는 게 많아졌잖아요? 괜찮을 거예요."

안심시키는 내 말에 캐서린은 이내 평온을 되찾았다.

"이제 편안해졌나요? 지금 어디 와 있죠?"

"모르겠어요."

캐서린은 죽음의 순간을 건너뛰어 영적인 상태로 들어와 있었다. 이번주에 우리는 두 차례에 걸친 생애를 속속들이 살펴본 셈이었다. 나는 마스터들이 나타나기를 기다렸지만, 캐서린은 계속 쉬고만 있었다. 몇 분을 더 기다리다가 나는 캐서린에게 마스터들과 이야기할 수 있느냐고 물었다.

"그 층까지 못 갔어요. 거기까지 가야 이야기를 할 수가 있어요."

캐서린은 결국 그 층에 이르지 못했다. 나는 한참을 더 기다리다가 캐서린을 최면에서 깨웠다.

08

여행이 계속되다

우연히 발을 들인 그 새로운 세계에는
통상적인 치료법이나 현대의학과는 비교도
안 될 정도로 효과적이고 강력한 치유의 힘이
있었다. 최면은 방법 면에서 보자면 통상적인
치료에서 어린 시절의 기억을 더듬어 올라가는
것과 매우 유사한 것이었다. 단지 통상
10년에서 15년쯤으로 잡는 시간 단위를 수천
년으로 잡았다는 사실만이 다를 뿐이었다.

다음 치료까지 3주의 공백이 있었다. 나는 열대의 해변에 누워 휴가를 즐기면서 캐서린의 일을 거리를 두고 생각해볼 수 있었다. 전생을 누비는 최면 여행이 시작되면서 캐서린은 정상적인 상태에서는 전혀 모르고 있던 대상이나 과정, 사실 들에 대해 정밀한 관찰과 설명을 해내는 능력을 보여주었다. 그 과정에서 최초 18개월에 걸친 통상적인 정신치료로도 전혀 호전될 기미를 보이지 않던 증상들이 거의 사라졌다. 캐서린은 사후의 영적인 상태에서 이전에 전혀 접해보지 못했던 지식들을 전달하면서 오싹할 정도로 정확한 사실들을 집어냈다. 캐서린은 마스터들의 힘을 빌려 평소 자신으로서는 도저히 흉내 낼 수 없는 지혜와 어법으로 사후의 여러 차원과 죽음 이후의 삶, 탄생과 재탄생 등에 대한 가르침과 함께 영적인 시詩를 들려주었다. 참으로 많은 생각이 꼬리를 물고 일어났다.

지난 세월 동안 나는 수백, 수천의 환자를 상대해오면서 정서적 장애란 장애는 모두 접해보았다. 네 군데에 이르는 주요 대학병원 정신병동의 책임자로 일했고, 수년 동안 정신과 응급실과 외래환자 진료 시설, 그 밖의 여러 기구에서 환자들을 치료한 경력이 있었다. 나는 환청이나 환시, 정신분열증에 의한 망상에 대해 완벽하게 알고 있었다. 분리성성격과 다상성인격을 포함해서 경계성 인격장애borderline syndrome나 히스테리성 성격장애를 지닌 환자들을 수없이 접했다. 또한 국립약물남용방지기구가 개설한 약물 및 알코올 남용 퇴치 프로그램의 지도교수를 지내고 있었기 때문에, 약물이 뇌에 미치는 효과에 대해 전반적인 지식을 가지고 있었다.

캐서린에게는 이러한 증상이나 증후군이 전혀 없었다. 캐서린의 증상은 정신질환의 결과가 아니었다. 정신병자도, 현실유리적인 인간도 아니었다. 환청이나 환시 같은 환각이나 망상을 경험한 적도 없었다. 캐서린은 향정신성 약물을 복용한 적이 한 번도 없었고, 반사회적 특징을 보인 일도 없었다. 히스테리성 인격도 아니었고, 분열적 경향도 없었다. 결론적으로 캐서린은 '자동조종장치'에 의해 기능하는 것이 아니라 자신의 사고와 행동을 대체로 자각하고 있었으며, 분리성성격이나 다상성인격도 아니었다. 캐서린이 쏟아낸 말들은 내용과 형식에서 일상의 능력을 넘어서는 것이었다. 특히 캐서린 자신이나 나의 개인사와 관련된 내용에 대해서는 지극히 초월적인 능력을 보여주었다.

캐서린은 듣도보도 못한 것에 대한 지식을 지니고 있었다. 이러한 지식과 그 모든 과정은 캐서린이 접해온 문화나 받아온 교육과는 완전히 동떨어진 것이었고, 캐서린의 세계관과도 배치되는 것이었다.

캐서린은 단순하고 솔직한 편이다. 캐서린은 학자가 아니었고, 따라서 그 입에서 흘러나온 여러 사실과 세목, 역사적 사건, 설명과 묘사, 또 그 시들을 발명해낼 만한 능력이 없었다. 정신과 의사로서, 또 학자로서, 나는 그 내용들이 캐서린의 무의식 어딘가에서 나온 것이라고 확신했다. 그것은 확실한 사실이었고, 추호도 의심의 여지가 없는 현실이었다. 설사 캐서린이 뛰어난 배우였다 하더라도 그러한 것을 꾸며낼 수는 없었다. 그 지식들은 너무도 정확하고 상세했으며, 캐서린의 능력을 저만치 넘어선 것이었다.

나는 캐서린의 전생을 탐사하는 일이 치료라는 목적과 무슨 관련이 있을까 곰곰이 생각해보았다. 우연히 새로운 세계에 발을 들여놓게 된 뒤로, 캐서린은 아무런 약물의 도움 없이 극적인 속도로 회복되었다. 그 세계에는 통상적인 치료법이나 현대 의학과는 비교도 안 될 정도로 효과적이고 강력한 치유의 힘이 있었다. 그 힘은 일회적인 대사건뿐만 아니라 몸과 마음과 자아에 가해지는 일상적인 상해의 기억과 재경험을 포함하고 있었다. 나는 캐서린의 전생을 답사하면서 이러한 것의 유형, 즉 정신이나 육체에 가해지는 만성적인 학대, 가난이나 굶주림, 질병과 신체장애, 지속적인 박해나 편견, 반복적인 실패 따위와 같은 상해의 유형들을 찾아내려고 노력했다. 또한 극심한 고통 속의 죽음, 추행, 대참사, 그리고 그 밖에 인간의 기억 속에 영원한 낙인으로 남는 끔찍한 사건들을 탐색했다. 그것은 방법 면에서 보자면 통상적인 치료에서 어린 시절의 기억을 더듬어 올라가는 것과 매우 유사한 것이었는데, 단지 통상 10년에서 15년쯤으로 잡는 시간 단위를 수천 년으로 잡았다는 사실만이 다를 뿐이었다. 따라서 나의 질문은 통상의 치료 때보다 더 직접적이고 주도적인 것이 될 수밖에 없었다. 어쨌든 우리의 비정통적인 탐사 작업은 여지없이 성공했다. 캐서린은(그리고 뒤에 내가 최면치료를 행한 많은 환자들은) 엄청난 속도로 회복되었다.

그런데 캐서린의 전생 기억을 설명할 수 있는 다른 방법은 과연 없을까? 그 기억들이 유전자를 통해 전달된 것은 아닐까? 그러나 이러한 가설은 과학적으로 성립할 수가 없었다. 유전적인 기억은 한 세대에서 다음 세대로 분절 없이 이어지는 유전형질을 필요로 한다. 캐서린은 지구 곳곳을 살았고, 따라서 그 유전적 끈은 군데군데 끊겨 있는 셈이었다. 캐서린은 자식을 안고 홍수에 휩쓸려 죽은 적도 있고, 때로는 자식도 없이, 또 때로는 꽃다운 나이에 지기도 했다. 캐서린의 유전자 풀genetic pool은 소멸했고, 상속되지 못했다. 또 죽음 이후의 삶과 중간 상태라는 문제도 있었다. 그곳에는 육체도 없었고 유전적인 물질은 더더욱 없었지만, 캐서린의 기억은 연속적으로 보존되었다. 불가능했다. 유전학적인 설명은 폐기할 수밖에 없었다.

어쩌다가 들어가볼 수도 있다는, 모든 인류의 기억과 경험을 보관하고 있는 창고라는 카를 융의 집단무의식 개념은 어떤가? 종종 상이한 문화 사이에 유사한 상징이 나타나는 경우가 있다. 심지어는 꿈에서도 그와 같은 일이 일어난다. 융에 따르면 집단무의식은 개인적으로 습득되는 것이 아니고 모종의 방법으로 뇌 구조 속에 '전승'된다. 이 집단무의식에는 모든 문화에서 역사적인 전통이나 유포에 의지하지 않으면서 새로이 창출되는 모티브나 이미지도 포함된다. 나는 캐서린의 기억이 융의 개념으로 설명하기에는 내용이 너무 구체적이라고 생각했다. 캐서린은 상징이나 보편적인 이미지, 모티브 따위를 드러내지 않았다. 그저 특정한 인물, 특정한 장소에 대해 상세하게 묘사했다. 융의 개념은 지나치게 모호한 듯싶었다. 게다가 중간 상태라는 문제도 남아 있었다. 결국 모든 것이 환생이라는 개념으로 설명해야 앞뒤가 들어맞았다. 캐서린의 지식은 상세하고 구체적이었을 뿐만 아니라 캐서린의 일상적 능력을 넘어서는 것이었다. 그것은 책에서 주워모아 알았다가 잠깐 잊어버리고 있었던 그런 지식이 아니었다. 어린 시절에 체득했다가 의식으로 튀어나오지 못하고 눌려 있던 지식도 아니었다. 마스터들과 그 메시지는 또 어떤가? 캐서린의 입을 통해 전해졌지만 그것은 캐서린의 것이 아니었다. 그들의 지혜는 캐서린의 전생 기억에도 반영되어 있었다. 나는 이러한 정보와 메시지들이 진실이라는 것을 알았다. 몇 년에 걸쳐 사람들의 마음과 정신과 성격을 연구해서 알게 되었을 뿐만 아니라, 실은 선친과 죽은 아들을 만나보기 전부터 이미 직관적으로 알고 있었다. 긴 세월에 걸쳐 과학적으로 단련되어온 내 머리가 알고 있었고, 내 몸이 알고 있었다.

"기름이 담긴 항아리가 보여요."

3주 간의 공백이 있었음에도 캐서린은 쉽게 깊은 최면 상태로. 빠져들어갔다. 또 다른 시간의 또 다른 육체 속으로 들어간 것이다.

"항아리마다 다른 기름이 담겨 있어요. 무슨 창고 아니면 물건을 보관하는 장소예요. 항아리는 붉은색이에요… 붉은 흙으로 빚었어요. 파란 띠를, 주둥이 쪽에 파란 띠를 둘러 놨어요. 남자들이 보여요… 동굴 속에 남자들이 있어요. 그 사람들이 단지하고 항아리를 이리저리 들고 다니면서 어떤 곳에 쌓기도 하고 그냥 놓기도 해요. 모두 삭발을 했어요… 머리카락이 하나도 없어요. 피부가 갈색이에요… 갈색 피부예요."

"캐서린도 거기 있나요?"

"네… 저는 단지를 봉하고 있어요… 밀랍으로… 주둥이를 밀랍으로 봉하는 거예요."

"어디에 쓰이는 기름인지 알아요?"

"모르겠어요."

"캐서린이 보여요? 자신의 모습을 설명해보세요."

잠시 캐서린이 묵묵히 자신을 관찰했다.

"머리를 땋았어요. 아주 긴… 긴 옷을 걸치고 있어요. 옷 가장자리를 금색으로 둘렀어요."

"삭발한 승려들 밑에서 일을 하는 건가요?"

"저는 밀랍으로 단지를 봉하는 일을 하고 있어요. 그게 제 일이에요."

"그런데도 단지가 어디 쓰이는지 모른단 말이에요?"

"무슨 종교 의식에 쓰이나 봐요. 하지만… 확실히는 모르겠어요… 기름을 바르는 의식 같은데… 머리하고… 손에 기름을 발랐어요. 새가, 금으로 만든 새가 보여요… 새가 제 목에 둘려있어요. 납작해요. 꼬리가 납작하고, 꼬리가 아주 납작하고 머리는 아래를 내려다보고 있어요… 제 발을요."

"발을요?"

"네, 그런 식으로 걸쳐야 돼요. 까만… 까맣고 끈적끈적한 액체가 있는데 뭔지는 잘 모르겠어요."

"그게 어디 있나요?"

"대리석 그릇 안에요. 그것도 이 사람들이 쓰는 건데, 어디에 쓰는지는 모르겠어요."

"그 동굴 안에 나라 이름이나 장소, 날짜 같은 걸 알 수 있는 글씨는 안 보여요?"

"벽에는 아무것도 없어요. 그냥 벽이에요. 어딘지는 모르겠어요."

나는 시간을 좀더 진행시켰다.

"하얀 단지 같은 게 있어요. 위에 달린 손잡이에 금으로 뭘 새겨 넣었어요."

"단지 안에 뭐가 들어 있죠?"

"무슨 고약 같아요. 다른 세계로 들어가는 길과 관련된 약이에요."

"지금 캐서린이 다른 세계로 들어가고 있는 건가요?"

"아뇨! 제가 모르는 사람이에요."

"이것도 캐서린이 해야 되는 일인가요? 사람들이 다른 세계로 들어갈 수 있도록 준비시키는 일 말이에요."

"아니에요. 그건 제가 아니라 사제들이 할 일이에요. 우리는 그저 고약이나 향을 준비해주면 돼요."

"지금 몇 살이나 된 것 같아요?"

"열여섯 살이요."

"부모님하고 함께 사나요?"

"네. 돌로 지은, 석조 건물에서요. 그렇게 넓지는 않아요. 아주 덥고 건조해요. 날씨가 아주 더워요."

"집으로 가보세요."

"지금 집에 있어요."

"가족들이 보여요?"

"오빠가 보이고, 엄마도 계세요. 그리고, 아기도 있어요."

"캐서린 아기요?"

"아뇨."

"이 생애에서는 뭐가 중요할까요? 현재의 증상을 설명해줄 수 있는 중요한 순간으로 가보세요. 우리는 그걸 알아야 돼요. 자, 안심하고, 그 순간으로 가보세요."

캐서린이 매우 부드러운 속삭임으로 대답했다.

"때가 됐어요… 사람들이 죽어가고 있어요."

"사람들이 죽어요?"

"네… 이유는 몰라요."

"무슨, 질병인가요?"

나는 순간 캐서린이 이전에 이야기했던 고대의 삶으로 다시 들어와 있다는 사실을 알았다. 수인성 전염병이 캐서린의 아버지와 오빠 하나를 앗아가 버린 그 전생 말이다. 캐서린도 병을

앓았지만 죽지는 않았었다. 사람들은 마늘을 비롯한 약초로 병을 퇴치하려 했었고, 캐서린은 사람들이 시신을 제대로 예우하지 않는다며 흥분했었다.

그러나 이번에는 다른 각도에서 접근해 들어가고 있었다. 내가 물었다.

"병이 물하고 관계가 있나요?"

"그렇게들 생각하고 있어요. 사람들이 수도 없이 죽어가요."

나는 이미 결말을 알고 있었다.

"캐서린은 안 죽죠?"

"네. 전 안 죽어요."

"하지만 병에 걸리기는 할 거예요. 앓게 되죠."

"그래요. 추워요… 너무 추워요. 물… 물을 마시고 싶어요… 사람들은 물하고… 까만 것에서 병이 왔다고 생각해요. 누가 죽어가고 있어요."

"누가요?"

"아버지하고, 오빠도 죽어가요. 어머니는 괜찮아요. 회복되고 계세요. 하지만 기력이 거의 없으세요. 죽은 사람들을 묻어야 돼요. 그런데 관례를 따르지 않는다고 사람들이 흥분하고 있어요."

"관례가 어땠는데요?"

나는 기억의 일관성에 놀랐다. 모든 정황이 몇 달 전의 이야기와 정확히 일치했다. 캐서린은 정상적인 장례 절차를 무시한데 대해 또다시 분개하고 있었다.

"죽은 사람은 동굴에 넣어요. 동굴에 보관하는 거예요. 하지만 원래 그 전에 먼저 사제들이 시신을 손봐줘야 돼요. 잘 감싸서 기름을 바르는 거죠. 그러지 않고 그냥 동굴 속에 놔뒀는데, 물이 막 새어 들어오고 있어요… 사람들이 물이 잘못됐대요. 물을 마시면 안 돼요."

"치료할 수 있는 방법은 없나요? 아무 약도 안 들어요?"

"약초를, 여러 가지 약초를 썼어요. 냄새를… 여러 가지 약초하고… 냄새를 맡는 거예요. 냄새가 나요!"

"어디서 나는 냄새죠?"

"하얀 거예요. 천장에 길게 걸려 있어요."

"마늘 같지 않아요?"

"여기저기 걸려 있는데… 마늘하고 특성이 비슷한 거예요. 그 특성이… 그걸 입이랑 귀, 코, 뚫린 곳에는 다 집어넣어요. 냄새가 아주 강해요. 악령이 몸에 들어오는 걸 막아준대요. 진홍색… 열매인지 뭔지, 둥글게 생겼는데, 아무튼 진홍색 껍질이 있어요."

"지금 있는 문화권이 어딘지 알 수 있겠어요? 문화가 친숙하게 느껴져요?"

"모르겠어요."

"그 진홍색 물건이 무슨, 식물 열매인가요?"

"타니스 열매예요."

"그게 도움이 되나요, 병을 치료하는 데?"

"그때는 그랬어요."

"타니스라…"

나는 캐서린이 이야기하고 있는 것이 타닌(또는 타닌산)인지 여부를 다시 생각하고 있었다.

"사람들이 그렇게 부르나요? 타니스라고?"

"전 그냥… '타니스'라고만 들었어요."

"이 생애가 캐서린의 현생에 묻어놓은 것은 뭔가요? 왜 자꾸 이 생애로 들어오는 거죠? 뭐가 그렇게 마음에 걸려요?"

캐서린이 빠르게 속삭였다.

"종교요. 이때의 종교가 마음에 걸려요. 그건 공포… 공포의 종교였어요. 두려워해야 할 대상이… 또 신이 너무 많았어요."

"기억나는 신 이름이 있나요?"

"눈이 보여요. 까만… 무슨… 자칼처럼 보여요. 조각에 새겨져 있어요. 무슨 수호신이에요… 여자가, 여신이 보여요. 머리에 뭘 쓰고 있어요."

"그 여신 이름을 알아요?"

"오시리스Osiris… 시루스Sirus… 그 비슷한 이름이에요. 눈이… 눈이 하나 보여요. 눈이 딱 하나예요. 사슬 위에 박혀 있어요. 금이에요."

"눈이 하나라구요?"

"네… 하토르Hathor가 누구죠?"

"네?"

"하토르요! 그게 누구냐구요!"

나는 하토르라는 이름은 처음 들었다. 하지만 캐서린의 발음이 정확했다면 오시리스는 고대 이집트의 최고 여신인 이시스Isis의 오빠이자 남편이었다. 나중에야 나는 하토르가 사랑과 환희와 기쁨의 여신이라는 것을 알게 되었다. 내가 물었다.

"그것도 여신인가요?"

"하토르! 하토르!"

그리고는 오랜 침묵 뒤에 다시 말했다.

"새가… 납작한… 납작한 새가, 피닉스가…(피닉스phoenix는 이집트 신화에 나오는 영조靈鳥이다)"

캐서린이 다시 잠잠해졌다.

"이제 이 생애의 마지막 순간으로 가보세요. 마지막 날, 죽기 직전으로 가세요. 뭐가 보이는지 이야기해 보세요."

캐서린이 매우 부드러운 속삭임으로 대답했다.

"사람하고 건물들이 보여요. 샌들, 샌들이 보여요. 거친 천이 있어요. 거친 천이 보여요."

"무슨 일이에요? 죽음을 맞던 순간으로 가세요. 무슨 일이 일어나고 있나요? 자, 볼 수 있을 거예요."

"보이지가 않아요… 전 이제 저를 볼 수가 없어요."

"지금 어디 있죠? 뭐가 보여요?"

"아무것도 안 보여요… 어둠뿐이에요… 빛이, 따뜻한 빛이 보여요."

벌써 죽어서 영적인 상태로 들어와 있었던 것이다. 죽음을 다시 경험할 필요가 없었던 듯했다.

"빛 쪽으로 다가갈 수 있어요?"

"지금 가고 있어요."

캐서린은 다시 평화롭게 쉬며 기다리고 있었다.

"이번 삶을 돌아보면서 무슨 교훈 같은 게 떠오르진 않아요?"

"없어요."

캐서린은 계속 기다렸다. 그러다가 갑자기 긴장하는 기색을 보이더니 고개가 좌우로 돌아가기 시작했다.

"뭘 보고 있는 거죠? 무슨 일이에요?"

캐서린의 목소리가 커졌다.

"누가… 저한테 말을 하고 있는 게 느껴져요."

"뭐라고 해요?"

"인내에 대해 이야기하고 있어요. 사람들은 인내를 배워야 한다고…"

"네, 계속해보세요."

그 대답은 시인 마스터로부터 나왔다.

"인내와 시기timing… 모든 것은 때가 되어야 이루어집니다… 인생이란 서둘러 꾸려나갈 수 없고, 많은 사람들이 바라는 것처럼 계획한 대로 진행되지도 않습니다. 우리는 정해진 시간에 우리에게 다가오는 것을 받아들여야 하며, 그 이상을 바라서는 안 됩니다. 그러나 삶은 끝이 없기에, 우리는 결코 죽지 않습니다. 우리는 태어난 것이 아닙니다. 그저 변화의 여러 국면 속을 지나가는 것입니다. 끝은 없습니다. 인간은 여러 차원 속을 살고 있습니다. 시간은 우리가 보는 것과 같지 않습니다. 시간은 우리가 얻은 가르침 속에 있습니다."

긴 침묵이 있었다. 시인 마스터가 말을 이었다.

"때가 되면 선생에게 모든 것이 밝혀질 것입니다. 그러나 선생은 우리가 앞서 전해준 지식들을 온전히 자신의 것으로 만들 수 있어야 합니다."

침묵.

"제가 배워야 할 것이 또 있습니까?"

"그분들이 떠나갔어요. 아무 말도 들리지 않아요."

캐서린이 조용히 속삭였다.

09

용기가 생기다

만약 사람들이 자신이 헤아릴 수도 없이 많은 생애를
살아왔으며 앞으로도 셀 수 없이 많은 삶을 살게 될
것이라는 사실을 알게 된다면, 그들이 느끼게 될 생에
대한 확신은 얼마나 클 것인가. 만약 사람들이 자신이
육체에 머물러 있을 때나 죽은 뒤의 영적 상태에서나
영혼들이 주위에 머물며 자신을 돕고 있으며,
사랑했던 사람들의 영혼을 포함한 그 영혼의 무리에
자신도 함께 하게 된다는 사실을 알게 된다면, 그들이
받게 될 위로는 얼마나 클 것인가.

한 주 한 주가 지나면서 캐서린의 신경성 공포와 불안증세는 한 겹씩 벗겨져 나가고 있었다. 캐서린은 갈수록 더 평온해졌고, 더 부드러워졌으며, 더 참을성이 많아졌다. 캐서린은 전보다 더욱 확신에 찼고, 사람들은 캐서린에게 끌려들어갔다. 캐서린은 사람들에게 더 많은 사랑을 느꼈고, 사람들은 캐서린에게 그 사랑을 돌려주었다. 캐서린의 참된 인격의 다이아몬드가 찬란히 빛났고, 누구나 그 빛을 볼 수 있었다.

캐서린의 기억은 수백만 년 전까지 미치는 것이었다. 캐서린이 최면 상태에 들어갈 때마다, 나는 어디에서 전생의 실마리가 솟아오를지 전혀 예측할 수 없었다. 캐서린은 선사시대의 동굴에서부터 고대 이집트와 현대에 이르기까지 모든 시대에 있었다. 그리고 캐서린의 모든 삶에는 시간 너머 어딘가에서 사랑의 눈길로 내려다보는 영혼들이 있었다.

오늘 치료에서 캐서린은 20세기 무대를 떠올렸다. 현생보다 조금 이른 시기였다.

"비행기하고 활주로가 보여요."

"어딘지 알겠어요?"

"아니요… 알사스Alsace?"

그리고는 좀더 분명하게 말했다.

"알사스예요."

"프랑스에 있는?"

"모르겠어요, 알사스라는 것밖에는… 폰 마르크스, 폰 마르크스라는 이름이 보여요. 갈색 헬멧인지 모잔지… 큰 안경이 달린 모자가 있어요. 부대가 궤멸당했어요. 아주 외딴곳인가 봐요. 근처에 마을이 없는 것 같아요."

"뭐가, 보여요?"

"부서진 건물이요… 건물들이 파괴됐어요. 땅이… 폭격으로 여기저기 파헤쳐졌어요. 은폐가 아주 잘 된 곳이 있어요."

"지금 뭘 하고 있죠?"

"부상자 처리를 돕고 있어요. 사람들이 부상자를 실어 나르고 있어요."

"자신을 보세요. 자신의 모습을 설명해보세요. 무슨 옷을 입
었죠?"

"재킷 같은 걸 걸치고 있어요. 머리는 금발이고 눈은 파래요.
재킷이 무척 더러워요. 부상자가 아주 많아요."

"부상자를 간호하는 훈련을 받았나요?"

"아뇨."

"이곳에 살고 있나요, 아니면 파견돼 왔나요? 사는 곳이 어디
죠?"

"모르겠어요."

"나이는요?"

"서른다섯이에요."

캐서린은 이때 스물아홉이었고, 눈은 파란 색이 아니라 담갈
색이었다. 나는 질문을 계속했다.

"이름이 씌어 있는 데가 없나요? 혹시 재킷에 씌어 있지 않
아요?"

"재킷에는 날개가 그려져 있어요. 저는 조종사… 무슨, 조종
사예요."

"비행기를 조종한단 말이죠?"

"네, 그게 제 임무예요."

"누가 그 임무를 맡겼나요?"

"저는 공군이에요. 그게 제 직업이에요."

"폭격도 하나요?"

"우리 비행기에는 사수가 있어요. 항법사도 있구요."

"비행기는 어떤 종류인가요?"

"프로펠러가 네 개 달렸어요. 고정익 항공기에요."

나는 깜짝 놀랐다. 캐서린은 비행기에 대해 아는 것이 전혀 없었다. 나는 캐서린이 '고정익固定翼'이란 말을 무슨 뜻으로 알고 썼는지 궁금했다. 하기는, 버터 만드는 과정이나 시체에 기름을 바르는 의식과 같이 캐서린이 최면 상태에서 보여준 광범위한 지식을 생각하면 그다지 놀랄 만한 일도 아니었다. 그러나 캐서린은 정상적인 의식에서는 그러한 지식의 극히 일부분만을 기억할 뿐이었다. 나는 질문을 계속했다.

"가족은 있어요?"

"지금은 여기 없어요."

"안전한가요, 가족은?"

"모르겠어요. 두려워요… 놈들이 또 올까봐 두려워요. 동료들이 죽어가고 있어요."

"누가 또 온다는 거예요?"

"적이요."

"적이 누군데요?"

"영국군요… 미군하고… 영국군요."

"좋아요. 가족들이 기억나요?"

"기억나냐구요? 머리가 너무 혼란스러워요."

"자, 이제 이번 생애에서 좀더 행복했던 시간으로 돌아가 봅시다. 전쟁이 나기 전, 가족과 함께 있던 때로 말이에요. 캐서린은 그걸 볼 수 있습니다. 어렵다는 건 알지만 긴장을 풀면 될 겁니다. 자, 기억해보세요."

캐서린은 잠시 침묵하다가 이내 입을 열었다.

"에릭… 에릭이라는 이름이 들려요. 금발 여자아이가 보여요."

"딸인가요?"

"맞아요, 이름이… 마곳이에요."

"가까이 있어요?"

"저하고 함께 있어요. 우린 소풍을 나왔어요. 날씨가 화창해요."

"마곳 말고 다른 사람은 없나요?"

"갈색 머리 여자가 잔디에 앉아 있는 게 보여요."

"아내인가요?"

"네… 처음 보는 얼굴이에요."

역시 현생에서 본 일이 없다는 말이었다.

"마곳은 알겠어요? 마곳을 자세히 보세요. 얼굴을 알겠어요?"

"알아요. 하지만 어디서 보았는지는…아무튼 어디선가 본 얼굴이에요."

"생각이 날 거예요. 눈을 잘 들여다보세요."

"주디예요!"

주디는 캐서린의 가장 가까운 친구였다. 둘은 처음 만났을 때부터 가까워진 뒤로 절대적으로 신뢰하는 사이가 되었고, 서로 눈빛만 보아도 생각을 알 수 있을 정도였다.

"주디라구요?"

"네, 주디요. 주디 같아요… 꼭 주디처럼 웃어요."

"네, 좋아요. 집은 행복합니까? 문제는 없나요?"

"아무 문제도 없어요. (긴 침묵 뒤에) 맞아요, 맞아요. 불안한 시기가 왔어요. 독일 정부의 심장부에 문제가 있어요. 정치구조에 말이에요. 사공이 너무 많아요. 결국 우리를 갈라놓을 거예요… 하지만 저는 나라를 위해 싸워야 돼요."

"애국심을 느끼나요?"

"저는 전쟁이 싫어요. 사람을 죽이는 건 잘못이에요. 하지만 저는 의무를 다해야 돼요."

"자, 다시 돌아갑시다. 비행기가 있고 폭격과 전쟁이 있던 그때로 다시 돌아가는 겁니다. 지금보다 더 뒤, 전쟁이 시작됐던 때로 말이에요. 영국군과 미군이 폭격을 하고 있어요. 자, 돌아가세요. 다시 비행기가 보여요?"

"네."

"지금도 자신의 의무와 살인과 전쟁에 대해 똑같은 느낌이 들어요?"

"네. 우리는 아무런 명분 없이 죽게 될 거예요."

"뭐라구요?"

"아무 명분 없이 죽게 될 거라구요."

캐서린이 조금 더 큰 소리로 되풀이했다.

"명분이 없다구요? 왜 명분이 없죠? 영광스러운 죽음 아닌가요? 조국과 사랑하는 이들을 지키기 위해 죽는 게 아닌가요?"

"우리는 극소수 인간들의 이념을 지켜주기 위해 죽는 거예요."

"그 극소수가 조국의 지도자들인데도요? 사람은 잘못할 수도 있잖아요."

캐서린이 재빨리 내 말을 잘랐다.

"그 사람들은 지도자가 아니에요. 그 사람들이 지도자였다면 정부 안에… 그렇게 심한 반목이 있지 않았을 거예요."

"네… 그런 사람들을 '미쳤다'고 하죠. 이해하겠어요? 권력에 미쳤다는 뜻을요?"

"우리는 미쳐서 그 사람들한테 이끌려오고, 우리를 이끌도록 내버려두고… 살인을 한 거예요. 그리고 우리 자신도 죽이게 된 거예요…"

"남아 있는 동료가 있어요?"

"네. 아직 몇 명이 살아 있어요."

"그 중에 특별히 가까운 동료가 있나요? 같은 비행기를 탔던 사람 말이에요. 사수나 항법사는 살아 있나요?"

"보이지 않아요. 우리 비행기는 멀쩡해요."

"다시 비행기를 몰게 되나요?"

"네. 빨리 활주로에 남아 있는 비행기들을 소개疏開해야 돼요… 놈들이 오기 전에."

"비행기로 들어가 보세요."

"들어가고 싶지 않아요."

마치 협상이라도 하자는 태도였다.

"비행기를 소개해야 되잖아요?"

"그건 너무 무모한…"

"전쟁 전에는 직업이 뭐였죠? 기억할 수 있겠어요? 에릭은 뭘 했습니까?"

"저는 작은 비행기의, 작은 화물 수송기의 부기장이었어요."

"그때도 조종사였다는 말이에요?"

"네."

대답이 조금 씁쓸했다.

"시간을 좀더 진행시켜 봅시다. 다음 비행으로요. 할 수 있겠죠?"

"다음 비행은 없어요."

"신변에 무슨 일이 있었나요?"

"네."

캐서린의 호흡이 빨라지더니, 당황하는 기색이 역력했다. 죽음을 맞던 순간으로 가버린 것이었다.

"무슨 일이 일어나고 있죠?"

"불을 피해 달아나고 있어요. 부대가 불바다가 됐어요."

"여기서 살아남나요?"

"아무도 못 살아남아요… 전쟁에서는 아무도 살아남지 못해요. 내가 죽고 있어요!"

숨소리가 매우 거칠어졌다.

"피! 온통 피예요! 가슴에 통증이 와요. 가슴에 파편을 맞았어요… 다리하고, 목에도 맞았어요. 너무 고통스러워요."

캐서린은 한동안 괴로워하더니 이내 호흡이 느려지면서 정상을 되찾았다. 얼굴이 풀리면서 다시 평화로운 표정이 되었다. 나는 그것이 중간 상태에서 찾아오는 평온임을 알 수 있었다.

"훨씬 편안해 보이는군요. 이제 끝났나요?"

캐서린이 잠시 간격을 두었다가 부드럽게 입을 열었다.

"저는 몸을 떠나서… 떠다니고 있어요. 몸이 없어졌어요. 다시 영혼만 남은 거예요."

"좋아요. 쉬세요. 힘든 삶을 살고, 힘든 죽음을 겪었군요. 쉬어야 돼요. 재충전을 하세요. 이번 생애에서는 뭘 배웠나요?"

"증오… 무분별한 살상… 오도된 증오… 이유도 없이 증오하는 사람들에 대해 배웠어요. 우리는 육체 상태에 있는 동안 악에… 이끌려 다닌 거예요…"

"나라에 대한 의무보다 더 중요한 의무는 없나요? 캐서린이 명령을 받고도 살상하지 않게 할 수도 있었던 그런 의무, 자신에 대한 의무 같은 거 말이에요."

"있었어요."

별로 적극성이 없는 대답이었다.

"지금 뭔가를 기다리고 있는 건가요?"

"네… 새롭게 되는 상태로 들어가기를 기다리고 있어요. 기다려야 돼요. 그분들이 저를 위해 오실 거예요… 그분들이 오실 거예요."

"좋아요. 그때 그분들하고 이야기를 나누도록 하죠."

몇 분이 흘렀다. 갑자기 캐서린의 입에서 껄껄한 목소리가 울려나왔다. 시인 마스터가 아닌, 처음 나타났던 마스터가 말을 하고 있었다.

"선생이 이러한 것이 육체 상태의 사람들에게 적절한 치료법이라고 생각한 것은 옳았습니다. 선생은 사람들 마음속에서 공포의 뿌리를 뽑아야 합니다. 공포의 존재는 에너지의 낭비를 가져옵니다. 공포는 우리가 이루어야 할 과업에서 우리를 분리시킵니다. 자신을 둘러싸고 있는 상황 속에서 실마리를 찾으십시오. 깊은 단계까지 들어가야 합니다. 그러면 본질에 도달할 수 있습니다. 표면만 보았을 때, 온갖 문제가 시작됩니다. 그들의 영혼 깊숙한 곳, 사고가 창조되는 바로 그곳이 선생이 이르러야 할 곳입니다.

에너지… 모든 것은 에너지입니다. 너무 많이 낭비되고 있습니다. 산… 산의 안쪽에 있으면 조용합니다. 산의 한가운데 들어가 있으면 고요합니다. 그러나 바깥쪽은 온갖 문제가 쌓여 있는 곳입니다. 인간들은 바깥쪽만 보지만, 선생은 더 깊이 들어갈 수 있습니다. 화산을 보려면 안으로 깊이 들어가야 합니다.

육체 상태에 있는 것은 비정상입니다. 영혼 상태에 있는 것, 그것이 자연스러운 것입니다. 육체 상태로 들어오는 것은, 전혀 모르는 낯선 곳으로 뛰어드는 것과 같습니다. 시간이 더 걸리게 됩니다. 영혼 세계에서는 그저 기다리고 있으면 새롭게 됩니다. 영혼이 새로워지는 상태가 존재합니다. 그것은 다른 차원들과 똑같이 존재하며, 선생은 이미 그 상태에 거의 이르렀습니다…"

나는 마지막 말에 깜짝 놀랐다. 내가 어떻게 해서 새로워지는 상태에 이를 수가 있었단 말인가?

"제가 거의 이르렀다고 하셨습니까?"

"그렇습니다. 선생은 다른 사람들보다 훨씬 많은 것을 알고 있습니다. 그리고 이전보다 훨씬 많은 것을 이해하고 있습니다.

그 지식을 가지고 참을성 있게 기다리십시오. 선생은 다른 사람들에게는 없는 것을 가지고 있습니다. 영혼들이 선생을 돕기 위해 갈 것입니다. … 선생은 지금 잘하고 있습니다… 계속 그렇게 하십시오. 이 에너지는 소모되지 않을 것입니다. 공포를 물리쳐야 합니다. 그것이 선생이 가진 가장 위대한 무기가 될 것입니다…"

마스터가 침묵했다. 나는 이 놀라운 메시지의 의미에 대해 깊이 생각하기 시작했다. 나는 내가 캐서린의 공포를 성공적으로 제거해주었다는 것은 알고 있었지만, 이 메시지는 범세계적인 의미를 지니고 있었다. 그것은 단순히 최면이 치료 도구로서 효과적이라는 사실을 확인해주는 이야기만은 아니었고, 전생의 기억을 더듬어보아야 한다는 이야기만도 아니었다. 사실 보통 사람들에게 일일이 전생을 기억하게 한다는 것도 매우 어려운 일이었다. 나는 화산 깊은 곳에 자리잡고 있는 것이 죽음의 공포라고 믿었다. 죽음에 대한 공포, 가슴 밑바닥에 숨어 있어서 아무리 많은 돈이나 권력으로도 어찌할 수 없는 항구적인 공포, 그것이 핵심이었다. 그러나 사람들이 '삶에는 끝이 없고, 우리는 죽지 않으며, 우리는 실제로는 태어난 것이 아니다'는 것을 알게 된다면, 공포는 용해될 것이다. 만약 사람들이 자신이 헤아릴 수도 없이 많은 생애를 살아왔으며 앞으로도 셀 수 없이 많은 삶을 살게 될 것이라는 사실을 알게 된다면, 그들이 느끼게 될 생에 대한 확신은 얼마나 클 것인가. 만약 사람들이 자신이 육체에 머물러 있을 때나 죽은 뒤의 영적 상태에서나 영혼들이 주위에 머물며 자신을 돕고 있으며, 사랑했던 사람들의 영혼을 포함한 그 영혼의 무리에 자신도 함께하게 된다는 사실을 알게 된다면, 그들이 받게 될 위로는 얼마나 클 것인가. 만일 사람들이 수호 '천사들'이 실제로 존재한다는 것을 알게 된다면, 그들이 느끼게 될 안온함은 얼마나 클 것인가. 만약 사람들이 폭력과 불의가 결코 묵과되지 않으며 결국 또 다른 생애에서 응분의 대가를 받는다는 사실을 알게 된다면, 얼마나 많은 분노와 복수심이 사그라지게 될 것인가. 또한 만일 '우리가 앎을 통해 신에게 다가간다'는 것이 진실이라면, 물질적인 소유나 권력이 더 무슨 쓸모가 있단 말인가. 욕망이나 권력욕은 그야말로 허섭스레기에 지나지 않을 것이다.

그러나 이러한 지식을 가지고 사람들에게 어떻게 다가갈 수 있단 말인가. 수많은 이들이 교회와 예배당과 사찰을 찾아가 영혼의 불멸을 노래하는 기도문을 암송한다. 그러나 예배가 끝나면 다시 경쟁하는 생활로 돌아와 욕망과 부정과 이기심의 행위를 한다. 인간의 이러한 경향들은 영혼의 진보를 지연시킨다. 그래서 확신이 부족하다면 과학이 도움이 될 수 있을 것이다. 행동과학과 기초과학의 훈련을 받은 전문가들이 캐서린이나 나의 경험과 같은 사례를 냉정하고 과학적인 방법으로 연구, 분석해서 보고서를 작성할 필요가 있을 것이다. 그러나 아직까지는 과학적인 논문이나 책을 저술하는 일이 요원하게만 느껴졌고, 가능성이 희박해 보였다. 나는 나를 돕기 위해 내려오게 될 것이라는 영혼들에 대해 곰곰이 생각했다. 도대체 내가 하는 어떤 일을 돕는다는 것인가?

캐서린이 다시 속삭이기 시작했다.

"기드온Gideon, 기드온이라는… 기드온이라는 이름을 가진 분이 저한테 말을 하려고 해요."

"뭐라고 하는데요?"

"제 주위를 감싸고 있는데, 멈추려고 하지를 않아요. 그분은 일종의 보호령이에요… 지금 저하고 놀고 있어요."

"캐서린의 보호령 가운데 한 분이란 말이에요?"

"네, 그런데 지금은 놀고 계세요… 여기저기 뛰어다니고 계세요. 제 주위에 계시다는 걸 저한테 알리려고 하는 것 같아요… 제 주위 어디에나 계시다는 것을요."

"기드온이라고 했나요?"

"그분이 여기 계세요."

"그분이 계셔서 더 안심이 됩니까?"

"네. 제가 필요로 하면 나타나세요."

"좋아요. 지금 우리 주위에 영혼들이 있나요?"

캐서린은 초의식 상태에서 속삭이고 있었다.

"네, 있어요… 영혼이 많아요. 그분들은 나타나고 싶으실 때만 나타나요. 스스로 원하실 때만… 우리는 모두 영혼이에요. 하지만 다른 사람들은… 육체 상태에 있는 사람도 있고 새롭게 되는 기간에 있는 사람도 있어요. 그 나머지는 보호령들이에요. 하지만 우리도 그렇게 돼요. 우리도 보호령이었어요."

"왜 배우려면 육체로 돌아와야 되나요? 왜 영혼 상태에서는 배울 수가 없는 거죠?"

"그 둘은 각각 다른 단계의 배움이에요. 육체 상태에서만 배울 수 있는 것이 있어요. 우리는 고통을 느껴야 돼요. 영혼 상태가 되면 고통을 느끼지 않아요. 그때는 새롭게 되는 기간이에요. 박사님의 영혼은 새로워지고 있어요. 육체 상태에 있을 때에는 고통을 느낄 수 있어요. 아프다는 것을 느끼죠. 영혼 상태에서는 느끼지 못해요. 행복과 만족감만이 있죠. 하지만 지금은 우리가… 새롭게 되는 기간이에요. 영혼 상태에 있는 사람들이 교류하는 방식은 달라요. 육체 상태에 있으면… 관계를 경험할 수가 있어요."

"잘 알겠습니다. 좋아요."

캐서린이 다시 침묵에 들어갔다. 몇 분이 흘러갔다. 캐서린이 다시 입을 열었다.

"탈것이 보여요. 파란색이에요."

"유모차인가요?"

"아니에요. 어른들이 타는 거예요… 파란색이에요! 꼭대기에 파란 주름이 달려 있고, 바깥쪽도 파란…"

"말이 끄나요?"

"바퀴가 커요. 안에는 아무도 안 탔고, 말 두 마리만 매여 있는데… 한 마리는 회색이고 또 한 마리는 갈색이에요. 회색 말은 사과를 잘 먹어서 이름이 애플이에요. 또 한 마리는 이름이 듀크예요. 아주 순한 놈들이에요. 사람을 물지 않아요. 발이… 발이 아주 커요."

"사나운 말도 있나요? 그 두 마리 말고?"

"없어요. 다 순해요."

"캐서린도 거기 있어요?"

"네. 말 코가 보여요. 내 코보다 훨씬 커요."

"캐서린이 마차를 타고 다니는 거예요?"

나는 말투로 보아 대답하고 있는 주인공이 어린아이라는 것을 알아차렸다.

"말들이 있어요. 남자아이도 하나 있어요."

"캐서린은 지금 몇 살이나 됐죠?"

"아주 어려요. 모르겠어요. 수를 셀 줄 몰라요."

"그 남자아이를 알아요? 친구예요? 아니면 오빠?"

"동네에 사는 아이예요. 무슨… 파티에 온 거예요. 사람들이… 결혼식인지 뭔지를 하고 있어요."

"누가 결혼하는지 알아요?"

"몰라요. 옷을 더럽히면 안 된다고 했어요. 나는 머리가 갈색인데… 늘 단추 달린 신발을 신고 있어요."

"파티 때 하는 차림인가요? 좋은 옷이랑?"

"하얀… 드레스인데… 위에 주름이 달려 있고 등 뒤로 묶게 돼 있어요."

"집은 여기서 가까워요?"

"넓은 집이에요."

아이가 대답했다.

"거기서 살아요?"

"네."

"좋아요. 이제 집 안으로 들어가 보세요. 괜찮을 거예요. 오늘은 중요한 날이에요. 다른 사람들도 옷을 잘 차려 입었을 거예요. 특별한 옷으로."

"사람들이 음식을 만들고 있어요. 음식이 정말 많아요."

"냄새가 나요?"

"네. 빵 같은 걸 만들고 있어요. 빵이랑… 고기랑… 또 밖에 나가 있으래요."

재미있는 일이었다. 내가 집 안에 들어가도 괜찮을 거라고 했는데, 캐서린은 다시 밖으로 나가라는 말을 들은 것이다.

"이름을 부르는 소리가 들려요?"

"…맨디… 맨디하고 에드워드라는 이름을 불러요."

"그 남자아이 이름이 에드워드인가 보죠?"

"네."

"어른들이 집에 못 들어오게 하는군요?"

"네. 굉장히 바쁘거든요."

"그래서 어떤 느낌이 드나요?"

"상관없어요. 하지만 옷을 안 더럽히려고 하니까 힘들어요.

아무것도 할 수가 없잖아요."

"나중에는 결혼식에 참석하게 되나요?"

"네… 사람들이 많아요. 안에 꽉 찼어요. 오늘은 무척 더운 날이에요. 목사님이 계세요. 목사님이… 재미있게 생긴 모자를 쓰고, 커다랗고… 까만 모자를 쓰셨어요. 챙이… 아주 길게 튀어나와 있어요."

"가족들이 행복해해요?"

"네."

"누가 결혼을 하는지 알아요?"

"우리 언니요."

"나이가 훨씬 많은 언닌가 보죠?"

"네."

"지금 언니가 보여요? 웨딩드레스를 입고 있나요?"

"네."

"예뻐요?"

"네. 머리에 꽃을 많이 꽂았어요."

"언니를 잘 보세요. 다른 생애에서 알던 얼굴 아닌가요? 눈하고 입을 보세요."

"맞아요. 베키 같아요… 그런데 키가 작아요. 훨씬 작아요."

베키는 캐서린의 친구이자 직장 동료였다. 캐서린은 자기 일에 자꾸 간섭하고 참견하려 드는 베키의 성격을 못마땅하게 생각하고 있기는 했지만, 둘은 가까운 사이였다. 결국 베키는 가족이 아닌 친구가 되었다. 그러나 이제는 그 구분조차 모호해져버렸다.

"언니는… 언니는 나를 좋아해요. 그래서 언니 앞에 가까이서 있어도 돼요."

"좋아요. 주위를 둘러보세요. 부모님이 보이나요?"

"네."

"그분들도 언니처럼 캐서린을 좋아하나요?"

"네."

"좋아요. 그분들을 잘 보세요. 어머니부터요. 아는 얼굴인지 잘 보세요."

캐서린은 숨을 크게 몇 번 들이쉬었다.

"모르는 얼굴이에요."

"아버지를 보세요. 그분의 표정하고, 눈하고… 입을 잘 보세요. 아는 얼굴이에요?"

"스튜어트예요."

캐서린이 재빨리 대답했고, 이렇게 해서 스튜어트는 다시 한

번 등장하게 되었다. 분명히 추적해볼 만한 가치가 있었다.

"아버지하고 관계는 어때요?"

"아빠를 무척 사랑해요… 아빠도 나한테 잘해주세요. 하지만 나를 귀찮게 생각해요. 아빠는 아이들을 귀찮다고 생각해요."

"너무 엄격하신가 보죠?"

"아뇨. 우리하고 잘 놀아주세요. 하지만 우리가 너무 많은 걸 물어봐요. 그래도 우리한테 잘해주세요. 질문을 너무 많이 할 때만 빼고."

"질문을 많이 해서 아빠를 못살게 하기도 하는군요?"

"네. 우리는 아빠가 아니라 선생님한테 배워야 돼요. 그래서 학교에 가는 거예요… 배우려고요."

"그건 아빠 말씀 같은데요? 아빠가 그러시던가요?"

"네. 아빠는 더 중요한 일이 있어요. 농장을 꾸려가셔야 돼요."

"농장이 큰가요?"

"네."

"어디 있는지 알아요?"

"몰라요."

"어른들이 도시나 나라 이름 말하는 걸 들은 적이 있어요?

아니면 마을 이름이나."

캐서린은 말없이 귀를 기울였다.

"아니요."

그리고는 다시 침묵했다.

"좋아요. 이번 생애를 더 돌아보고 싶어요? 좀더 뒷날로 가서…"

"아뇨. 됐어요."

캐서린이 말을 잘랐다.

그동안 나는 캐서린의 문제에 대해 다른 동료들과 토론하는 것을 꺼려왔다. 실제로 나는 캐롤을 비롯한 몇몇 '안전한' 사람들을 제외하고는 이러한 진기한 정보를 나눠주지 않고 있었다. 캐서린을 치료하면서 얻은 지식들이 분명히 진실이고 지극히 중요한 내용이라는 것을 알고는 있었지만, 동료나 다른 과학자들에게 이야기했을 때 그들이 보일 반응이 염려되어 침묵하고 있었던 것이다. 나는 여전히 내 명성과 경력, 그리고 남의 이목에 연연하고 있었다.

나의 회의주의적 사고방식은 매주 캐서린의 입술에서 증거가 쏟아질 때마다 침식되어갔다. 나는 치료 과정을 녹음한 테이프를 자주 들으며 그 드라마와 현장성을 재경험하곤 했다. 그러나 이런 말을 듣게 될 다른 사람들은 그 현장을 재경험하기보다는 내 경험에 의지하게 될 것이다. 내 경험이 아무리 강렬해 봤자 그들의 경험은 아닌 것이다. 나는 자료를 더 많이 모아야 한다고 생각했다.

이러한 메시지들을 점차 더 받아들이고 믿게 되면서, 내 생활은 이전보다 더 자연스럽고 만족스러워졌다. 이제 더는 경쟁을 하고, 위선을 떨고, 연기를 하고, 자신을 숨길 필요가 없었다. 사람들과의 관계가 더욱 솔직하고 직접적인 것이 되었다. 가정생활에서도 혼란이 덜어지고 더 편안해졌다. 캐서린을 통해 얻게 된 지혜를 남과 나누는 데 주저했던 마음도 엷어지기 시작했다. 놀랍게도, 사람들이 대부분 내 이야기에 흥미를 보이며 더 알고 싶어했다. 많은 사람들이 나에게 ESP, 기시감, 유체이탈, 전생에 대한 꿈 따위와 같은 초심리학적 사건을 경험했다고 털어놓았다. 그 경험들은 지극히 사적인 것이어서 배우자에게도 털어놓지 못하고 있는 경우가 많았다. 이들은 거의 예외 없이 다른 사람들, 심지어는 자신의 가족이나 정신과 의사조차도 이런 이야기를 듣고 자신을 별종으로 보게 될까봐 염려하고 있었다. 그러나 이러한 초심리학적 사건들은 매우 일반적이며,

사람들이 알고 있는 것보다 훨씬 자주 일어난다. 그것이 희귀하게 보이는 것은 단지 그런 경험을 남에게 이야기하는 것을 꺼리기 때문이다. 특히 자신의 분야에서 오랫동안 전문적인 소양을 쌓아온 사람일수록 그런 경험을 남에게 털어놓기를 꺼린다.

우리 병원의 주요 과 과장이면서 학문적으로도 세계적인 명성을 얻고 있는 교수가 있다. 이 교수는 돌아가신 선친과 대화를 나누기도 하고, 선친은 그를 위험한 상황에서 구해준 적이 여러 번 있다. 또 꿈속에서 자신이 행하던 연구의 미진한 부분이나 결론을 찾아내곤 하는 교수도 있다. 꿈이 제시한 해결책은 어김없이 적중했다. 또 다른 유명한 박사는 수화기를 들기도 전에 전화를 건 상대가 누군지 알아내는 능력을 지니고 있다. 미국 중서부에 있는 한 대학병원의 정신과 과장을 맡고 있는 교수가 있는데, 그의 아내는 항상 치밀한 계획 아래 세심하게 연구를 진행시키는 심리학 박사다. 이 박사가 난생 처음 로마를 방문했는데, 놀랍게도 마치 머릿속에 도로 지도가 인쇄되어 있는 것처럼 시내를 자유자재로 돌아다녔다. 다음 모퉁이에 무엇이 있는지까지도 정확하게 알고 있었다. 이탈리아가 초행이었고 이탈리아어도 전혀 할 줄 몰랐지만, 수많은 이탈리아인들이 토박이로 알고 말을 걸어오기까지 했다. 이 박사는 자신이 로마에서 겪은 일을 속 시원하게 설명할 수가 없었다.

나는 왜 이렇게 고도로 훈련된 전문가들이 밀실에 남아 있는지를 이해할 수 있었다. 나도 그들 가운데 하나였기 때문이다. 우리는 자신의 경험과 감각을 부정할 수는 없었다. 그러나 우리가 받아온 훈련은 우리가 쌓아온 정보와 경험, 믿음에 정면으로 배치되는 것이었다. 그래서 우리는 침묵했던 것이다.

10

원인이 드러나다

"그분들은 우리를 돕기 위해, 통찰과
지식을 베풀어 우리가 갈 길을
밝혀주기 위해, 우리가 지혜를 통해
신과 같이 되는 것을 도와주기 위해,
우리에게 전생을 해명할 수 있는
기회를 주셨어요."

일주일이 바람같이 지나갔다. 나는 지난주의 치료 과정을 녹음한 테이프를 듣고 또 들었다. 내가 어떻게 해서 새롭게 되는 상태에 다가갈 수 있었단 말인가? 이 문제가 나를 가장 혼란스럽게 했다. 또 영혼들이 나를 돕기 위해 올 것이라고 했다. 그러면 도대체 내가 할 일이란 무엇인가? 언제 그걸 알게 된단 말인가? 내가 임무를 맡게 된다는 말인가? 나는 참을성 있게 기다려야 한다고 생각했다. 시인 마스터의 말이 떠올랐다.

'인내와 시기… 모든 것은 때가 되어야 이루어집니다. 때가 되면 선생에게 모든 것이 밝혀질 것입니다. 그러나 선생은 우리가 앞서 전해준 지식들을 온전히 자신의 것으로 만들 수 있어야 합니다.'

나는 기다리기로 했다.

치료가 시작될 무렵, 캐서린은 며칠 전 꾸었던 꿈 이야기를 했다. 꿈에서 부모님과 함께 살고 있었는데 한밤중에 불이 났다는 것이다. 침착하게 식구들을 밖으로 대피시켰지만, 아버지는 뭉그적거리면서 그 긴급한 상황에 무신경한 것처럼 보였다. 그래서 아버지를 재촉해 밖으로 대피시켰는데, 아버지가 집안에 두고 나온 것이 있다며 캐서린을 불길 속으로 다시 들여보내더라는 것이다. 캐서린은 그 물건이 무엇이었는지 모르겠다고 했다. 나는 앞으로 최면 과정에서 단서가 떠오르기를 기대하며 꿈에 대한 해석을 일단 보류하기로 했다.

캐서린은 급속히 최면 상태로 들어갔다.

"두건을 쓴 여자가 보여요. 얼굴은 덮지 않고, 그냥 머리 위에 올려놓았어요."

그리고는 말이 끊어졌다.

"지금도 보여요? 그 두건이?

"놓쳐버렸어요… 까만, 금 문양이 있는 까만 옷감이 보여요… 지붕에 돌출 구조물이 있는 건물이 보여요… 하얀 건물이에요."

"무슨 건물인지 알겠어요?"

"아뇨."

"큰 건물인가요?"

"아뇨. 건물 뒤로 마루에 눈을 얹고 있는 산이 보여요. 하지만 우리가 있는 골짜기는… 잔디가… 파래요."

"그 건물로 들어갈 수 있겠어요?"

"네. 대리석으로 지은 건물이에요… 촉감이 아주 차가워요."

"무슨 사원이나 교회 같은 건가요?"

"모르겠어요. 감옥이라고 생각했었어요."

"감옥이요? 건물 안에 사람들이 있나요? 아니면 건물 주위에라도?"

"병사가 몇 명 있어요. 모두 검은 제복을 입었는데, 금색 견장이 달려 있고… 금색 술이 늘어져 있어요. 검은 투구를 썼는데… 꼭대기에… 뾰족한 금색 장식이 있어요. 허리에는 빨간 띠를 둘렀어요."

"캐서린 주위에는 병사가 없나요?"

"몇 명 있어요."

"캐서린이 지금 건물 안에 있는 건가요?"

"안은 아니고, 근처에 있어요."

"죽 둘러보세요. 자신의 모습이 보이는지… 산이 있고, 잔디가 있고, 건물이 있어요. 다른 건물도 있나요?"

"다른 건물이 있다면, 이 근처는 아닐 거예요. 건물 한 채가… 멀리 떨어진 곳에 서 있는데, 그 뒤에 벽이… 벽이 있어요."

"그것도 무슨 요새나 감옥 같아요?"

"그럴지도 몰라요. 하지만… 아주 멀리 떨어져 있어요."

"멀리 떨어져 있다는 게 그렇게 중요한가요?"

한참 동안 말이 없었다.

"지금 있는 마을이나 나라 이름을 알 수 있겠어요? 병사들이 있는 곳 말이에요."

"'우크라이나'라고 쓰인 것이 보여요."

"우크라이나?"

캐서린이 살아온 삶의 다양성에 흥미가 느껴졌다.

"몇 년인지 알겠어요? 어떤 시대인지는 모르겠어요?"

"1717년이에요."

머뭇거리며 대답한 캐서린이 이내 말을 고쳤다.

"1758년… 1758년이에요. 병사들이 아주 많아요. 그 사람들 목적이 뭔지 모르겠어요. 길게 휜 칼을 갖고 있어요."

"그것 말고 또 보이거나 들리는 건 없어요?"

"샘이, 말 물을 먹이는 샘이 보여요."

"병사들이 말을 타나 보죠?"

"네."

"그 병사들을 부르는 이름은 없나요? 자신들을 특별한 명칭으로 부르지는 않나요?"

캐서린은 귀를 기울였다.

"그런 말은 안 들려요."

"지금 병사들 사이에 섞여 있어요?"

"아뇨."

다시 어린아이의 말투가 되어 대답이 짤막해지고 이중모음의 발음이 부정확해졌다. 나는 매우 적극적인 태도를 취해야 했다.

"하지만 병사들 가까이에 있죠?"

"네."

"마을 안에 있나요?"

"네."

"거기 살아요?"

"그런가 봐요."

"좋아요. 자기 모습을 찾아보고, 어디 사는지 알아보세요."

"누더기 같은 옷이 보여요. 아이만 하나 보여요. 남자아이예요. 옷이 누더기예요. 추운가 봐요…"

"집이 없나 보죠?"

한참 만에 대답이 나왔다.

"모르겠어요. 안 보여요."

이번 생애는 기억이 확실치 않은 모양이었다. 대답이 불분명하고 전반적으로 확신이 없었다.

"좋아요. 그 아이 이름을 알아요?"

"몰라요."

"그 아이한테 어떤 일이 일어나고 있죠? 따라가 보세요, 무슨 일이 일어나는지."

"아는 사람이 감옥에 갇혀 있어요."

"친구? 아니면 친척?"

"아빠가 봐요."

여전히 짤막한 대답이었다.

"그 남자아이가 캐서린인가요?"

"잘 모르겠어요."

"그 아이는 아빠가 감옥에 들어가서 마음이 어떤가요? 알 수 있겠어요?"

"네… 무서워해요. 아버지를 죽일까봐 무서워해요."

"아빠가 무슨 짓을 했는데요?"

"병사들 물건을 훔쳤어요. 무슨 종이 같은 걸요."

"어떻게 된 일인지 잘은 모르는군요? 아이가 말이에요."

"네. 아빠를 못 보게 될지도 몰라요."

"아빠를 만날 수가 없나요?"

"네."

"병사들은 아빠가 감옥에 얼마나 오래 있어야 되는지, 아니면 살아 나오게 될지 어떨지 알고 있나요?"

"못 살아 나와요!"

캐서린의 목소리가 떨렸다. 마음의 갈피를 못 잡고 슬퍼하고 있었다. 세세한 기억을 들려주지는 못했지만 증언하면서 재경험하고 있는 사건에 크게 동요하고 있었다.

"캐서린은 그 아이의 심정을 느낄 수 있어요. 가령 공포와 불안 같은 거요. 느껴지죠?"

"네."

다시 잠잠해졌다.

"무슨 일이죠? 시간을 진행시켜 보세요. 어렵다는 건 알아요. 시간을 진행시키세요. 무슨 일이 일어나게 될 거예요."

"아빠가 처형됐어요."

"아이의 마음은 어떤가요?"

"아빠는 하지도 않은 일 때문에 돌아가셨어요. 병사들이 아무 이유 없이 사람들을 처형해요."

"아이가 무척 당황했겠군요."

"무슨 일이 일어났는지… 완전히 이해하고 있는 것 같지는 않아요."

"돌아갈 곳이나 있나요?"

"네. 하지만 살기가 고달플 거예요."

"나중에는 어떻게 되죠?"

"모르겠어요. 아마 죽을 거예요…"

대답하는 목소리가 슬프게 들렸다. 그리고는 잠시 말이 없더니, 주위를 둘러보는 듯한 행동을 했다.

"지금 뭘 보고 있죠?"

"손이… 뭘 싸고 있는 손이 보여요… 하얀데, 뭔지는 모르겠어요."

다시 침묵했다. 그렇게 몇 분이 흘러갔다.

"뭐 다른 게 보여요?"

"아무것도요… 어둠뿐이에요."

캐서린은 죽었거나 아니면 200여 년 전에 우크라이나에 살 았던 그 불쌍한 소년의 기억에서 단절된 모양이었다.

"그 아이에게서 떠나왔나요?"

"네."

속삭이는 듯한 대답. 캐서린은 쉬고 있었다.

"이번 생애에서는 뭘 배웠나요? 그 삶이 왜 그렇게 중요했 죠?"

"사람에 대해 경솔하게 판단을 내리면 안 돼요. 누구한테나 공정해야 돼요. 섣부른 판단으로 많은 생명이 죽었어요."

"그 아이의 인생이 바로 그런 섣부른 판단으로 짧고 힘들게 끝나버린 셈이군요."

"그래요."

캐서린이 다시 침묵했다.

"지금 뭔가 보이는 게 있나요? 무슨 소리가 들리지는 않아 요?"

"아뇨."

짤막한 대답 뒤에 다시 침묵이 이어졌다. 이번 삶은 매우 혹 독했다.

"쉬세요. 평화로움을 느끼세요. 캐서린의 몸은 스스로를 치

유하고 있습니다. 캐서린의 영혼은 휴식하고 있습니다… 이제
나아졌나요? 좀 쉬었어요? 어린 소년으로선 정말 견뎌내기 힘
든 삶이었어요. 아주 힘들었죠. 하지만 이제 캐서린은 다시 쉬
고 있습니다. 캐서린의 마음은 캐서린을 다른 장소, 다른 시
기… 다른 기억으로 데려갈 수 있습니다. 지금 쉬고 있나요?"

"네."

나는 캐서린이 꾸었다던 꿈을 추적해보기로 했다. 불타는 집,
무심하게 뭉그적거리던 아버지, 두고 나온 물건을 찾아 오라며
딸을 불길 속으로 들여보낸 아버지…

"부친 꿈을 꾸었다고 했는데, 지금부터 그 꿈에 대해 물을 겁
니다. 캐서린은 그 꿈을 다시 잘 기억해낼 수 있습니다. 자, 아
무 일도 없을 겁니다. 지금 깊은 최면 상태에 있습니다. 꿈이 기
억납니까?"

"네."

"뭔가를 가지러 집으로 다시 들어갔었죠? 그게 뭔지 기억납
니까?"

"네… 쇠로 된 상자였어요."

"그 안에 도대체 뭐가 들었길래 아버지가 딸을 불길 속으로
밀어넣었죠?"

"우표하고 동전이요… 아버지가 모으는 거였어요."

최면 상태에서 되살려내는 꿈의 내용은 깨어 있을 때 대강 들려준 이야기와는 극적으로 대비되는 것이었다. 최면은 정신 속에 깊고 멀리 새겨진 기억에 접근할 수 있게 해줄 뿐만 아니라 훨씬 상세한 기억을 가능하게 하는 매우 강력한 도구다.

"우표하고 동전이 아버지한테 그렇게 중요한 것이었나요?"

"네."

"아무리 그렇더라도 고작 우표나 동전을 챙기기 위해 딸의 목숨을 거는 모험을 하면서까지 불타는 집 안으로 들여보낸다는 건…"

캐서린이 말을 잘랐다.

"아버지는 그게 모험이라고 생각하지 않았어요."

"안전하다고 생각했다는 말이에요?"

"네."

"그렇다면 왜 자신이 직접 들어가지 않았죠?"

"제가 더 빠를 거라고 생각하셨어요."

"그랬군요. 하지만 역시 그건 모험이었죠?"

"네. 하지만 아버지는 그걸 몰랐어요."

"그 꿈이 또 무슨 다른 의미는 없나요? 부친하고의 관계와 관련해서 말이에요."

"모르겠어요."

"아버지가 집 밖으로 대피하는 데 그렇게 서두르지 않았다고 했죠?"

"네."

"왜 그렇게 여유가 있었던 거죠? 캐서린은 위험을 느끼고 재빨리 행동했잖아요."

"아버지는 무슨 일에나 뒤로 물러나 있으려고만 해요."

나는 이 대목이 열쇠라고 생각했다.

"알겠어요. 그건 아버님의 오랜 습관이고, 캐서린은 우표 상자를 갖고 나오는 것 같은 일을 언제나 해드렸어요. 아버님이 캐서린한테 배울 수 있었으면 좋겠군요. 나는 그 불이 이제 시간이 별로 없다는 것, 다시 말해 캐서린은 어떤 위험을 감지하고 있는데 아버님은 아직 그걸 모르고 계시다는 것을 얘기해주는 것 같다는 느낌이 들어요. 아버님은 그렇게 게으름을 피우면서 캐서린을 이렇게 저렇게 부리지만, 캐서린은 훨씬 많은 걸 알고 있고⋯ 그분께 가르쳐드릴 게 많아요. 하지만 아버님이 배우려고 하질 않으시는 것 같군요."

"맞아요. 그러세요."

"이게 그 꿈에 대한 제 견해예요. 하지만 아버님께 강요해서는 안 돼요. 스스로 깨달으셔야 돼요."

"맞습니다."

동의를 표하는 목소리가 갑자기 깊고 껄껄하게 변해 있었다.

"육신이 불에 타는 것은 중요하지 않습니다. 육신은 필요하지 않기 때문입니다…"

마스터가 캐서린의 꿈에 대해 전혀 다른 관점을 제시해주고 있었다. 그의 갑작스러운 출현에 놀란 나는 얼떨결에 말을 되받았다.

"육신이 필요하지 않다고 하셨습니까?"

"그렇습니다. 우리는 살아 있는 동안 수많은 단계를 거쳐 갑니다. 아이의 몸을 벗고 어린이의 몸으로 들어가고, 어린이의 몸을 벗고 성인의 몸으로 들어가고, 성인의 몸을 벗고 노인의 몸으로 들어갑니다. 우리는 왜 한 단계를 건너뛰어 성인의 몸에서 바로 영적인 차원으로 들어가면 안 되는 것일까요? 단계를 거쳐야 하기 때문입니다. 우리의 성장은 결코 멈추지 않습니다. 우리는 계속 성장합니다. 영적인 차원에 들어가서도 성장을 계속합니다. 우리는 발전의 여러 단계를 거쳐 갑니다. 그러다가 마지막에 이르면, 육체가 소멸합니다. 우리는 새롭게 되는 단계, 배움의 단계, 그리고 결정의 단계를 거쳐야 합니다. 우리는 언제, 어느 곳으로, 어떤 이유로 돌아올지를 결정합니다. 어떤 이들은 돌아오지 않기로 결정하기도 합니다. 발전의 또 다른 단계로 나아가기로 결정하는 것입니다. 그리고 영혼 상태로 남아… 다른 이들보다 더 오래 머물러 있습니다. 이 모든 것이 성장과 배움… 끊임없는 성장입니다. 우리 육체는 세상에 머무는 동안 이용하는 수레일 뿐입니다. 영원한 것은 우리의 넋과 영혼입니다."

나는 그 목소리와 말투가 누구 것인지 알 수 없었다. '새로운' 마스터가 말하고 있었고, 굉장히 중요한 지식이었다. 나는 영혼의 세계에 대해 더 알고 싶었다.

"육체 상태에서 배우는 것이 더 빠릅니까? 항상 영혼 상태에 머물러 있지 않는 이유는 무엇입니까?"

"아닙니다. 영혼 상태에서 배우는 것이 육체 상태에서 배우는 것보다 훨씬 빠릅니다. 그러나 우리는 우리가 배울 것을 선택합니다. 관계를 통해 배우기 위해 돌아올 필요가 있을 때에는, 우리는 돌아옵니다. 다 배우고 나면, 우리는 돌아갑니다. 영혼 상태가 되었을 때에는 원하기만 하면 육체 상태에 있는 사람들과 접촉할 수 있습니다. 그러나 그것이 중요한 일일 때에만… 그들이 알아야 할 것을 이야기해주어야 할 필요가 있을 때에만 그렇게 할 수 있습니다."

"어떤 방법으로 접촉을 합니까? 어떻게 메시지를 전달합니까?"

놀랍게도 대답이 캐서린의 목소리로 흘러나왔다. 목소리가 이전보다 빠르고 확신에 차 있었다.

"그 사람 앞에 모습을 나타낼 수가 있어요… 살아 있을 때하고 똑같은 모습으로요. 아니면 정신적인 접촉만 하기도 해요. 그 메시지가 이해 안 될 때도 있지만, 대개는 무슨 뜻인지 알 수 있어요. 이해를 하는 거죠. 그런 걸 이심전심이라고 해요."

내가 물었다.

"지금 캐서린이 가지고 있는 이 지식, 이 정보, 이 지혜, 정말 중요한 그런 것을… 왜 깨어 있을 때, 그러니까 육체 상태에 있을 때에는 보여주지 못하는 거죠?"

"제가 이해를 못할 것 같아요. 전 그런 걸 이해할 만한 능력이 없어요."

"그렇다면, 내가 캐서린한테 이런 지식을 이해하도록 가르쳐서, 캐서린이 이런 것을 더는 두려워하지 않고 배우게 될 수도 있겠네요?"

"네."

"캐서린이 마스터들의 목소리를 듣고 있을 때, 그분들은 캐서린이 지금 나한테 들려주는 것과 비슷한 이야기들을 해요. 캐서린은 그 엄청난 지식을 사람들한테 나눠주어야 돼요."

나는 캐서린이 지금과 같은 상태에서 보여주는 지혜에 감화되어 있었다.

"네."

간단한 대답이었다.

"이런 것이 캐서린의 정신에서 나오는 건가요?"

"그렇긴 하지만, 그분들이 넣어준 거예요."

결국 지식의 근원이 마스터들이라는 이야기였다.

"그렇군요."

나는 고개를 끄덕였다.

"내가 어떻게 하면 그런 지식을 캐서린한테 다시 돌려줘서 캐서린이 성장하고 공포를 물리치는 데 최선으로 도움을 줄 수 있을까요?"

"박사님은 이미 그 일을 하셨어요."

캐서린이 부드럽게 속삭였다. 그 말은 사실이었다. 캐서린은 이미 공포를 거의 떨쳐버렸기 때문이다. 최면치료가 시작된 뒤로 캐서린이 보여준 진전 속도는 믿을 수 없을 만큼 빨랐다.

"지금은 어떤 것을 배워야 하나요? 캐서린이 계속 성장하고 앞으로 나아가기 위해 이번 생애에서 배워야 할 가장 중요한 게 뭡니까?"

"신뢰예요."

대답이 즉시 튀어나왔다. 캐서린은 이미 자신의 과제를 알고 있었던 것이다.

"신뢰요?"

신속한 응수에 놀라 말을 되받았다.

"네. 저는 제 자신에 대한 믿음뿐 아니라 다른 사람에 대한 신뢰도 배워야 돼요. 전 항상 남이 저를 해치려 한다고 생각해요. 그래서 사람들을 멀리하고, 피하지 말아야 할 상황을 피해요. 멀리해야 할 사람들을 가까이하게 되고요."

캐서린이 초의식 상태에서 보여주는 이러한 통찰은 대단한 것이었다. 캐서린은 자신의 장점과 단점을 파악하고 있었다. 자신에게 주의와 노력이 필요한 부분을 알고 있었고, 상황을 개선하기 위해 어떤 일을 해야 하는지를 알고 있었다. 다만 한 가지 남은 문제는, 이러한 통찰이 일상적인 의식까지 이어져 실제의 삶에 적용될 수 있어야 한다는 것이었다.

"멀리해야 할 사람들이란 어떤 사람들이죠?"

캐서린이 잠시 침묵하다가 입을 열었다.

"전 베키가 꺼려져요. 스튜어트도 그렇고요… 이 사람들은 뭔가 제게 해를 끼칠 것 같아요."

"그 사람들하고 관계를 끊을 수 있겠어요?"

"완전히는 안 되겠지만, 부분적으로는 가능할 것 같아요. 스튜어트는 줄곧 저를 가둬두려고 했어요. 제가 겁이 많다는 걸 알고 그걸 이용해서 저를 붙잡아두려고 했어요."

"베키는요?"

"베키는 다른 사람들에 대한 제 신뢰를 끊임없이 깨뜨리려고 해요. 제가 선을 보면, 베키는 악을 봐요. 그리고 제 마음속에 그 씨를 뿌리려고 해요. 저는 제가 신뢰해야 할 사람들과 신뢰하는 법을 배우고 있는데, 베키는 제 안에 그 사람들에 대한 의심을 채워요. 그게 베키의 문제예요. 베키가 저를 자기 방식대로 생각하도록 만드는 걸 그냥 놔둘 수가 없어요."

캐서린은 초의식 상태에서 베키와 스튜어트의 중요한 성격상 결함을 정확히 집어내는 능력을 보여주었다. 최면 상태의 캐서린은 뛰어난 감정이입과 직관력을 소유한 훌륭한 정신과 의사였다. 그러나 깨어 있을 때의 캐서린은 그러한 자질을 소유하지 못했다. 그 심연 위에 다리를 놓는 일이 나의 과업이었고, 캐서린의 극적인 호전은 그 과업이 서서히 이루어지고 있다는 것을 의미했다. 나는 다리 건설 작업을 진척시켰다.

"어떤 사람을 신뢰할 수 있나요? 생각해 보세요. 신뢰할 수 있고, 그 사람에게서 배울 수 있고, 그래서 가까이할 수 있는 사람이 누군가요? 어떤 사람들입니까?"

"박사님은 신뢰할 수 있어요."

캐서린이 말했다. 나도 캐서린이 나를 신뢰한다는 것을 알고 있었다. 그러나 나는 캐서린이 일상생활에서 더욱 많은 사람들에게 신뢰를 느낄 수 있어야 한다는 것도 알고 있었다.

"그래요. 캐서린은 나하고 가까운 사이죠. 하지만 캐서린이 살면서 만나는 다른 사람들, 캐서린이 나보다도 오랜 기간 동안 만나게 되는 사람들하고도 가까워져야 돼요."

나는 캐서린이 온전하고 독립적인 사람이 되기를 바랐다. 나아가 나에게도 의지하지 않기를 바랐다.

"여동생도 믿을 수 있어요. 다른 사람은 모르겠어요. 스튜어트도 믿을 수 있지만, 어느 정도까지만이에요. 그 사람은 저한테 신경을 써주기는 하지만, 갈팡질팡이에요. 가끔은 자기도 모르게 저한테 해를 끼쳐요."

"네, 맞는 말이에요. 또 믿을 수 있는 남자는 없나요?"

"로버트요."

로버트는 우리 병원 의사로, 캐서린과 좋은 친구 사이였다.

"그렇군요. 모르긴 해도 앞으로 만나게 될 사람도 많을 겁니다."

"그래요."

문득 예지라는 개념이 머릿속을 맴돌기 시작했다. 캐서린은 과거에 대해서는 정확했다. 마스터들을 통해 구체적이고 내밀한 사실들에 대한 지식을 갖고 있었던 것이다. 마스터들이 미래의 일도 알 수 있을까? 만일 알 수 있다면, 우리가 그 예지력을 나누어 가질 수는 없을까? 의문이 꼬리를 물고 일어났다.

"캐서린이 지금처럼 초의식과 접촉하면서 이런 지혜를 보여줄 때, 정신적인 능력을 확장시킬 수도 있나요? 미래를 들여다보는 일이 가능한가요? 이제 과거에 대해서는 많이 알았으니까 말이에요."

"가능해요. 하지만 지금은 아무것도 안 보여요."

"가능하다고요?"

"가능할 거예요."

"아무 두려움도 없이 그럴 수가 있단 말이에요? 미래로 가서 그저 무덤덤하게 자신한테 일어날 일을 알아볼 수 있단 말인가요? 미래를 볼 수 있어요?"

대답이 즉각 튀어나왔다.

"전 안 봐요. 그분들이 허락하지 않을 거예요."

나는 '그분들'이 마스터를 뜻한다는 것을 알았다.

"그분들이 지금 옆에 있나요?"

"네."

"캐서린한테 무슨… 말을 해요?"

"아뇨. 근데 모든 것을 감시하고 있어요."

캐서린은 감시당하고 있었기 때문에 미래를 엿볼 수가 없었던 것이다. 하기는 그런 일별一瞥로 자신과 관련된 어떤 정보를 얻어내기란 불가능했을 것이다. 그런 모험을 시도했다면 캐서린은 심히 불안해했을 것이다. 우리는 그런 정보를 수용할 만한 준비가 전혀 되어 있지도 않았다. 결국 나는 단념했다.

"전에 캐서린 곁에 있었다던 영혼 말이에요, 이름이 기드온이라고 했던가…"

"맞아요."

"그분은 바라는 게 뭐죠? 왜 캐서린 곁에 있는 거예요? 아는 분이에요?"

"아뇨, 아는 분 같지는 않아요."

"그런데 캐서린을 위험에서 지켜주나요?"

"네."

"마스터들은…"

"그분들은 안 보여요."

"그분들이 저나 캐서린한테 도움이 되는 메시지를 갖고 있을 때가 있었어요. 그런 메시지를 그분들이 말해주지 않아도 얻을 수 있나요? 아니면 그분들이 캐서린의 머릿속에 생각을 집어넣어주나요?"

"네. 그분들이 주시는 거예요."

"그럼 그분들이 캐서린의 기억이 미치는 영역까지도 감시하고 통제하나요?"

"네."

"그렇다면 우리한테 이렇게 전생을 해명할 수 있는 기회를 주는 것도 목적이 있겠군요."

"그래요."

"…캐서린과 나를 위해서… 우리를 가르치기 위해서 말이죠. 우리한테 공포 없는 삶을 가져다주기 위해서."

"의사전달 방법에는 여러 가지가 있어요. 그분들은 자신들

이 존재한다는 것을 보이기 위해서… 여러 가지 방법을 사용해
요."

캐서린이 그들의 목소리를 들을 때나, 과거의 이미지나 장면
을 떠올릴 때나, 영적인 현상을 경험할 때나, 마음속에 생각이
나 관념을 갖고 있을 때나, 목적은 언제나 똑같았다. 자신들이
존재한다는 것을 보여주기 위해, 더 나아가 우리를 돕기 위해,
통찰과 지식을 베풀어 우리가 갈 길을 밝혀주기 위해, 우리가
지혜를 통해 신과 같이 되는 것을 도와주기 위한 것이었다.

"그분들이 왜 캐서린을 선택했는지 알겠어요?"

"아뇨."

"…왜 전령으로 삼았는지 말이에요."

미묘한 질문이었다. 캐서린은 깨어난 뒤에는 녹음 테이프를
벌레 보듯 했기 때문이다.

"모르겠어요."

속삭이는 대답.

"두렵진 않아요?"

"가끔요."

"다른 때는 두렵지 않다는 말이군요?"

"네."

내가 토를 달았다.

"오히려 마음이 든든해질 수도 있을 거예요. 이제 우리가 영원한 존재라는 것을 알게 됐으니까, 죽음의 공포도 사라질 거예요."

"그래요."

동의. 그리고 잠시 침묵.

"저는 신뢰하는 법을 배워야 돼요."

캐서린은 다시 배움에 대한 이야기로 돌아왔다.

"무슨 이야기를 들으면 그걸 믿는 법을 배워야 돼요… 말하는 사람이 지혜가 있는 사람일 때에는요."

"신뢰하지 못할 사람들도 분명히 있죠."

"그래요. 하지만 전 갈팡질팡이에요. 신뢰해야 할 사람이라고 느끼면서도, 그런 제 감정과 항상 싸워왔어요. 결국 아무도 믿지 못하게 되는 거죠."

캐서린은 침묵했고, 나는 그 통찰력에 다시 한 번 감탄했다.

"지난번에 캐서린이 어린아이였을 때, 말이 있는 정원 얘기를 한 적이 있어요. 기억나요? 언니 결혼식?"

"조금요."

"그때 기억에서 좀더 주워 모을 수 있는 게 있을까요?"

"네."

"그때로 돌아가서 좀더 알아보는 게, 그럴 만한 가치가 있는 일일까요?"

"지금은 기억이 안 나요. 한 생애에는 여러 가지 일이 있어요… 생애마다… 얻어야 할 지식이 아주 많아요. 그래요, 알아봐야 돼요. 하지만 지금은 생각이 안 나요."

결국 나는 화제를 말썽 많은 부녀관계 쪽으로 돌렸다.

"아버님하고의 관계도 캐서린한테 깊은 영향을 미친 영역이에요."

"그래요."

간단한 대답이었다.

"아직 검토해보지 못한 영역이죠. 캐서린은 부친하고의 관계에서 많은 걸 배울 수 있었어요. 어린 나이에 아버지를 잃은 우크라이나의 그 소년을 생각해 보세요. 아직 캐서린은 그런 아픔을 겪지 않았지만 말이에요. 부친이 살아 계시잖아요? 물론 약간의 학대 같은 것이 좀…"

"그건 단순한 괴로움 이상이었어요."

캐서린이 결론을 내려버렸다.

"생각이… 생각이…"

"무슨 생각이죠?"

나는 캐서린이 또 다른 기억을 붙잡고 있음을 알아차렸다.

"마취에 대한 건데… 사람이 마취 상태에서 소리를 들을 수 있을까요? 그때도 들을 수 있어요!"

캐서린은 스스로 대답하고는 흥분해서 말이 빨라졌다.

"마취가 돼도 정신은 말짱해요. 그 사람들이 제가 질식할 거라고, 목을 수술하고 나면 내가 질식할 수도 있다고 했어요."

나는 캐서린이 나를 만나기 몇 달 전 성대 수술을 받았었다는 사실을 떠올렸다. 수술 전에는 그저 걱정만 했던 것이 회복실에서 깨어난 뒤에는 완전히 공포로 변했다고 했다. 간호진이 캐서린을 진정시키는 데 몇 시간이 걸렸다고 했다. 이제 캐서린을 그토록 겁에 질리게 만든 것이 수술 과정에서 의료진이 내뱉었던 말, 캐서린이 깊은 마취 상태에서 들었던 그 말이었다는 사실이 밝혀진 것이다. 문득 외과 수련의 시절이 떠올랐다. 마취된 환자를 수술하면서 우리는 어떤 이야기를 주고받았던가? 농담과 험담, 언쟁, 그리고 외과의사 특유의 짜증… 환자들이 잠재의식 상태에서 들은 이야기는 어떤 것이었을까? 얼마나 많은 말들이 잠재의식의 노트에 기록되어 깨어난 뒤에 그들의 생각과 감정, 공포와 불안에 영향을 주었을까? 수술 뒤의 회

복 과정 자체도 수술 때 의사들이 내뱉었던 말들에 긍정적으로
든 부정적으로든 영향을 받는, 수술치료 과정의 연장이란 말인
가? 마취수술 때 귓결로 들은 부정적인 전망 때문에 결국 죽고
만 환자도 있단 말인가? 가망이 없다는 말에 스스로 포기해버
린 그런 환자들도 있다는 말인가?

"의사들이 무슨 얘기를 했는지 기억이 나요?"

"튜브를 삽입해야 한다고 했어요. 튜브를 꺼내면 제 목이 심
하게 팽창할 거라고 했어요. 제가 듣고 있는 줄 몰랐겠죠."

"하지만 듣고 있었군요."

"네. 그래서 문제가 생겼죠."

이날 이후 캐서린에게서는 질식에 대한 공포가 사라졌다. 캐
서린의 말마따나 그것은 단순한 우려였을 뿐이었다.

"모든 게 그저 우려였어요. 질식할지도 모른다는…"

"좀 편안해졌어요?"

"네. 박사님은 그 사람들처럼 하지 않으실 수 있어요."

"내가요?"

"네, 의사들은… 의사들은 정말 말을 조심해야 돼요. 이제 기
억이 나요. 의사들이 제 목에 튜브를 끼웠어요. 그 뒤로는 그 사
람들한테 아무 말도 할 수가 없었어요."

"이제는 그 굴레에서 벗어난 셈이군요… 의사들 말이 들렸다…"

"네. 들었어요…"

캐서린은 1, 2분 동안 말이 없더니 고개를 천천히 좌우로 돌리기 시작했다. 무슨 소리에 귀를 기울이고 있는 것 같았다.

"지금 메시지를 듣고 있는 것 같군요. 어디서 오는 메시지인지 알겠어요? 사실 아까부터 마스터들이 나타났으면 하고 있었는데…"

"누군가 말하는 게 들렸어요."

누군지 잘 모르겠다는 말이었다.

"누가 말을 하고 있다구요?"

"이제 가버렸어요."

나는 그들을 붙잡아두고 싶었다.

"마스터들을 다시 불러올 수는 없나요? 우리한테 힘을 주는 메시지를 좀 듣고 싶은데…"

"그분들은 스스로 원할 때만 나타나요. 제가 원한다고 되는 게 아니에요."

여지가 없다는 말이었다.

"캐서린은 전혀 힘을 써볼 수 없다는 말이에요?"

"네."

"알겠어요. 하지만 마취에 대한 이야기는 캐서린에게 아주 중요한 얘기였어요. 질식 공포의 원인이 바로 그거였으니까요."

"그건 제가 아니라 박사님한테 중요한 얘기였어요."

이건 또 무슨 말인가. 질식 공포에서 해방된 것은 캐서린인데, 그 공포의 원인을 알게 된 것이 캐서린보다 나에게 더 중요한 일이라니. 치료를 행하고 있는 쪽은 분명히 나였는데… 캐서린의 말은 여러 가지 파장의 의미를 담고 있었다. 나는 내가 그 의미의 다양한 파장을 빠짐없이 이해할 수만 있게 된다면 인간관계에 대한 이해에 커다란 진전이 있을 것이라고 느꼈다. 치료보다 도움이 더 중요한 것일지도 몰랐다.

"내가 캐서린을 도와주는 데 중요하다는 말인가요?"

"네. 박사님은 그런 의사들의 잘못을 되돌리실 수 있어요. 박사님은 이제까지도 그런 잘못을 되돌려오셨어요."

캐서린은 다시 쉬고 있었다. 우리 두 사람은 위대한 교훈을 얻었다.

내 딸 에이미가 막 세 돌을 넘겼을 무렵, 아이가 나에게 달려와

다리를 붙잡고 말했다.

"아빠, 난 아빠를 사만 년 전부터 사랑했어요."

나는 딸의 조그만 얼굴을 내려다보며 한없이 행복해하고 있었다.

11

멸망을 예언하다

나는 모름지기 정신과 의사라면 열린 마음을
가져야 한다고 굳게 믿고 있다. 캐서린과
같은 경험을 실증하기 위해 더 많은 과학적
작업이 필요한 것과 마찬가지로, 이 분야에는
더 많은 경험적 작업이 필요하다. 정신과
의사들은 사후의 삶이 있을 수 있음을 고려해야
하며, 그것을 환자의 면담에 참고해야 한다.
우리에게는, 또 다른 캐서린의 존재를 보고하고
그 메시지를 확인하고 확장시킬 수 있는 더 많은
의사와 과학자가 필요하다.

그로부터 며칠 뒤였다. 나는 깊은 잠에서 소스라치게 놀라 깨어났다. 정신이 번쩍 들면서, 실제보다 몇 배로 확대된 캐서린의 얼굴이 보였다. 마치 내 도움이 필요한 것처럼 당황한 표정이었다. 탁상시계를 쳐다보니 3시 36분을 가리키고 있었다. 바깥의 소음 때문에 깨어난 것이 아니었다. 캐롤은 내 옆에서 평화롭게 잠들어 있었다. 나는 일단 덮어두기로 하고 다시 잠에 빠졌다.

같은 날 새벽 3시 30분 경, 캐서린도 악몽에 시달리다 겁에 질려 잠에서 깼다. 식은땀이 흐르고 심장이 마구 뛰었다. 캐서린은 진찰실 안에서 나에게 최면치료를 받는 광경을 상상하며 마음을 가라앉혔다. 내 얼굴을 떠올리고 내 목소리를 들으며 서서히 잠에 빠져들었다.

캐서린은 점점 더 영적인 사람이 되어갔고, 나 또한 마찬가지였다. 나는 학창시절 교수 한 분이 환자와 분석자 사이에 일어나는 감정전이感情轉移와 역감정전이逆感情轉移에 대해 설명하던 내용을 떠올렸다. 감정전이란 환자가 분석자를 자신이 과거에 알았던 한 인물로 생각하고 자신의 감정과 생각, 희망 따위를 분석자에게 투영하는 것이다. 역감정전이는 반대로 분석자가 무의식적으로 자신의 감정을 환자에게 돌리는 것이다. 새벽 3시 30분에 일어난 이 교감은 보통의 의사소통 통로를 벗어난 파장을 통한 텔레파시의 결합이었다. 최면이 모종의 방법으로 이러한 통로를 열어놓은 것이다. 아니면 다양한 집단의 영혼, 즉 마스터들과 보호령들과 그 밖의 다른 영혼들이 이런 새로운 파장을 만들어낸 걸까? 나는 놀라움 속에서 이런 의문들을 떠올렸다.

깊은 최면 상태로 들어간 캐서린이 긴장하는 빛을 보였다.

"커다란 구름이 보여요… 너무 무서웠어요. 저쪽이었어요."

호흡이 빨라져 있었다.

"아직도 있어요?"

"모르겠어요. 갑자기 왔다가 휙 가 버렸어요… 산 높은 곳에 나타났어요."

캐서린은 여전히 긴장하고 있었다. 호흡이 거칠었다. 나는 혹시 폭탄을 본 것이 아닐까 하는 생각이 들었다. 아니면 미래를 본 걸까?

"산이 보여요? 혹시 그게 폭탄 같지는 않았어요?"

"모르겠어요."

"왜 겁이 났죠?"

"너무 갑작스러웠거든요. 바로 저기였어요. 연기가… 연기가 아주 많이 나요. 거대해요. 여기서 멀리 떨어진 곳이에요. 아아…"

"캐서린은 안전해요. 그쪽으로 가까이 갈 수 있겠어요?"

"가까이 가기 싫어요!"

날카로운 반응이었다. 캐서린이 이렇게 저항적인 태도를 보인 적은 거의 없었다.

"왜 그렇게 무서워하는 거죠?"

"화학물질 같은 게 있어요. 그 옆에 있으면 숨 쉬기가 힘들어요."

캐서린은 실제로 호흡에 곤란을 느끼는 것 같았다.

"가스 같은 거 아니에요? 산에서 나오는… 화산 같은 데서 나오는 거 말이에요."

"그런가 봐요. 거대한 버섯 같아요. 꼭 버섯처럼 보여요… 하얀 버섯요."

"폭탄은 아니고요? 원자폭탄이나 뭐 그런 거 아니에요?"

캐서린이 잠시 침묵하다가 입을 열었다.

"화… 화산이나 그 비슷한 거 같아요. 아주 무시무시해요. 숨 쉬기가 힘들어요. 먼지들이 날아다녀요. 여기 있기 싫어요."

캐서린은 천천히 최면 상태의 정상적인 호흡으로 돌아왔다. 그 끔찍한 장소를 떠난 것이다.

"이제 숨 쉬기가 괜찮아요?"

"네."

"좋아요. 지금은 뭐가 보여요?"

"아무것도요… 목걸이, 누가 목걸이를 하고 있는 게 보여요. 파란색이에요… 은목걸이인데 파란 보석이 달려 있어요. 그리고 그 밑에 더 작은 보석들이 달려 있어요."

"파란 보석 표면에 아무것도 없어요?"

"없어요. 그냥 투명해요. 눈에 대도 다 보여요. 여자가… 머리가 까맣고 파란 모자를 썼는데… 모자에 큰 깃털이 꽂혀 있어요. 벨벳 드레스를 입고 있어요."

"아는 얼굴이에요?"

"아뇨."

"캐서린도 거기 있나요? 아니면 그 여자가 캐서린인가요?"

"모르겠어요."

"여자를 보고는 있죠?"

"네. 저는 아니에요."

"나이는 얼마나 됐나요?"

"40대예요, 근데 좀 더 들어 보여요."

"지금 뭔가를 하고 있나요?"

"아뇨. 그냥 탁자 옆에 서 있어요. 탁자에 향수병이 놓여 있
어요. 하얀 병인데, 녹색 꽃이 그려져 있어요. 은손잡이가 달린
브러시하고 빗이 있어요."

캐서린의 세세한 묘사에 감탄이 나왔다.

"그 여자의 방인가요? 아니면 가게예요?"

"그 여자가 쓰는 방이에요. 침대가 있어요… 침대기둥 네 개
가 보여요. 갈색 침대예요. 탁자 위에 물주전자가 있어요."

"물주전자요?"

"네. 방안에 그림은 없어요. 재미있게 생긴, 칙칙한 커튼이 달

려 있어요."

"다른 사람은 없나요?"

"없어요."

"그 여자와 캐서린은 어떤 관계죠?"

"제가 그분의 하녀예요."

캐서린은 또다시 노예가 되어 있었다.

"하녀가 된 지 오래됐나요?"

"아뇨… 두어 달밖에 안 됐어요."

"캐서린은 그 목걸이가 좋아요?"

"네. 목걸이를 하니까 마님이 아주 우아해 보여요."

"그 목걸이를 걸어본 적 있어요?"

"아뇨."

캐서린의 대꾸가 단답형이었기 때문에, 중요한 정보를 이끌어내기 위해서는 적극적인 태도를 취해야 했다. 캐서린의 말투는 10대 초반인 내 아들녀석을 연상케 했다.

"캐서린은 지금 몇 살이죠?"

"열세 살이나 열네 살쯤…"

역시 아들녀석과 비슷한 또래였다.

"왜 집을 떠나왔죠?"

"집을 떠난 게 아니에요. 그냥 여기서 일하는 거예요."

"알겠어요. 그럼 일이 끝나면 집으로 돌아가나요?"

"네."

이 대답이 나에게 좀더 탐사해볼 수 있는 영역을 마련해주었다.

"가족이 근처에 살아요?"

"아주 가까운 데 살아요… 우리 집은 아주 가난해요. 그래서 제가 하녀 일을… 해야 돼요."

"마님의 이름을 알아요?"

"벨린다예요."

"캐서린한테 잘해주나요?"

"네."

"좋아요. 일은 열심히 해요?"

"그렇게 힘들지는 않아요."

비록 전생이었지만, 10대 초반의 소녀를 면담하기란 쉬운 일이 아니었다. 내가 숙련된 의사라는 사실이 다행스러웠다.

"좋아요. 아직도 마님을 보고 있어요?"

"아뇨."

"그럼 지금 어디 있어요?"

"다른 방이요. 까만 보를 씌운 탁자가 있어요. 바닥에 가두리 장식이 달린 탁자예요. 여러 가지 풀 냄새가 나요… 독한 향수예요."

"모두 마님 물건인가요? 마님이 향수를 많이 뿌려요?"

"아뇨. 여긴 다른 방이에요. 전 지금 다른 방에 있어요."

"누구 방인데요?"

"어떤 검은 여자의 방이에요."

"검은 여자요? 그 여자가 보여요?"

"머리에 덮개를 여러 겹 쓰고 있어요. 숄 말이에요. 늙어서 주름살이 많아요."

"캐서린하고는 어떤 관계죠?"

"그냥 제가 들른 거예요."

"뭐 하러?"

"카드를 다루는 분이거든요."

나는 순간 캐서린이 타로점을 치는 영매를 찾아간 것임을 직감했다. 참으로 아이러니한 일이었다. 지금 캐서린과 나는 수많은 전생과 여러 차원을 넘나드는 놀라운 심령 여행을 하고 있는데, 캐서린은 200년 전의 한 전생에서 자신의 미래를 알아보기 위해 영매를 찾아갔다. 내가 아는 한, 현세의 캐서린은 한 번도 영매를 찾아간 적이 없었고, 타로 카드나 점 따위에 대해서도 아는 것이 전혀 없었다. 오히려 그런 것에 겁을 내는 쪽이었다.

"점을 치는 분인가요?"

"환영幻影을 볼 수 있는 분이에요."

"그분한테 물어볼 게 있나요? 뭘 알고 싶어요?"

"남자에 대해서… 제가 결혼하게 될 남자에 대해서요."

"그래, 카드를 보고 뭐라고 하나요?"

"카드에… 막대 같은 게 그려져 있어요. 막대하고 꽃들이요… 막대, 창, 아니면 선 같은 거예요. 성배聖杯가 그려진 카드도 있어요. 컵 말이에요… 남잔지 소년인지가 방패를 들고 있는 카드가 보여요. 그분 말이, 제가 결혼을 하기는 하겠지만 그 남자하고는 아니래요… 다른 건 안 보여요."

"점쟁이가 보여요?"

"동전이 몇 개 보여요."

"아직도 점보는 분하고 있어요? 아니면 다른 곳인가요?"

"아직 그분하고 있어요."

"동전이 어떻게 생겼나요?"

"금화예요. 가장자리가 거칠어요. 네모난 동전이에요. 한쪽에 왕관이 새겨져 있어요."

"연도가 나와 있나 잘 보세요. 읽을 수 있는 게… 글씨 같은
게 새겨져 있지 않아요?"

"외국 숫자가 보여요. X자하고 I 자가 여러 개 있어요."

"몇 년인지 읽을 수 있겠어요?"

"천칠백… 몇 년이에요. 잘 모르겠어요."

캐서린이 다시 침묵했다.

"그 점쟁이가 캐서린한테 왜 중요하죠?"

"모르겠어요…"

"점을 잘 보는 분이에요?"

"이제 그분이 없어요. 가버렸어요. 모르겠어요."

"네? 지금 뭔가가… 보이나요?"

"아뇨."

"안 보여요?"

나는 놀랐다. 그럼 어디 있다는 말인가?

"이 생애에서 이름이 뭔지 알겠어요?"

실마리를 잡고 싶은 마음에 물었다.

"거기서 떠났어요."

캐서린은 삶을 떠나 쉬고 있었다. 이제 캐서린 혼자 힘으로

그렇게 할 수 있게 된 것이다. 반드시 죽음을 겪어야 할 필요가 없었다. 우리는 그렇게 몇 분을 기다렸다. 이번 생애에서는 구경거리가 별로 없었다. 몇몇 장면에 대한 설명에 이어 점쟁이를 찾아갔던 이야기가 전부였다. 점쟁이 이야기는 비교적 재미가 있었지만 말이다.

"뭐, 보이는 게 있어요?"

"아뇨."

"쉬고 있는 거예요?"

"네… 형형색색의 보석이…"

"보석이라구요?"

"네. 실제로는 빛인데 보석같이 보여요…"

"다른 것은요?"

"전 그냥…"

잠시 입을 다물고 있던 캐서린이 크고 당당한 목소리로 말했다.

"수많은 낱말과 생각들이 주위를 날아다니고 있어요… 공존과 조화… 사물의 균형에 관한 것들이에요."

나는 마스터들이 가까이 와 있음을 알았다. 마음이 다급해졌다.

"그래서요? 그런 것들에 대해서 알고 싶어요. 말해줄 수 있겠어요?"

"지금 당장은 그저 낱말들일 뿐이에요."

"방금 공존과 조화라고 했어요."

나는 재촉하는 마음으로 캐서린을 거들었다. 캐서린이 다시 입을 열었을 때, 그 목소리는 시인 마스터의 것으로 바뀌어 있었다. 그 목소리를 다시 듣게 되어 감격스러웠다.

"그렇습니다. 모든 것은 균형을 이루어야 합니다. 자연은 균형을 이루고 있습니다. 동물들은 조화 속에 살고 있습니다. 인간은 그것을 배우지 못했습니다. 그들은 끊임없이 스스로를 파괴합니다. 조화가 없고, 하는 일에 계획이 없습니다. 자연은 다릅니다. 자연은 균형을 이루고 있습니다. 자연은 에너지이고 생명이며… 부활입니다. 인간은 그저 파괴합니다. 그들은 자연을 파괴합니다. 인간들은 다른 인간을 파괴합니다. 그들은 결국 스스로를 파괴하게 될 것입니다."

불길한 예언이었다. 항구적인 혼돈과 불안으로 가득 찬 세상, 나는 그런 날이 곧 오지 않기를 바랐다.

"언제 그런 일이 일어납니까?"

"사람들이 생각하는 것보다 빨리 일어날 것입니다. 자연은

살아남습니다. 식물은 살아남습니다. 그러나 우리는 살아남지
못합니다."

"그 멸망을 막기 위해 우리가 할 수 있는 일은 없습니까?"

"없습니다. 모든 것은 균형을 이루어야 합니다…"

"그 멸망이 우리 세대에 일어납니까? 멸망을 피할 수는 없습
니까?"

"우리 세대에는 일어나지 않습니다. 그 일이 일어날 때 우리
는 또 다른 층, 또 다른 차원에 있을 것입니다. 그러나 그곳에서
그 일을 보게 됩니다."

"인류를 가르칠 수 있는 방법은 없습니까?"

나는 탈출구를 찾아서, 사태를 누그러뜨릴 수 있는 가능성을
찾아서 헤매고 있었다.

"다른 차원level에서 이루어질 것입니다. 우리는 그로부터 배
우게 됩니다."

희망을 발견한 느낌이었다.

"그렇다면, 우리의 영혼은 다른 곳에서 진화하고 있겠군요."

"그렇습니다. 알다시피 우리는 이곳에 더는… 있지 않을 것
입니다. 우리는 그 일을 보게 됩니다."

"그렇군요. 저는 그런 사람들을 가르쳐야 하는데, 그들에게

다가가는 방법을 모르겠습니다. 길이 있습니까? 아니면 그들 스스로 깨달아야 합니까?"

"선생은 아무한테도 다가갈 수 없습니다. 멸망을 막으려면 모든 이에게 다가가야 하는데, 선생은 그럴 수가 없습니다. 멸 망은 막을 수 없습니다. 사람들은 스스로 깨닫게 될 것입니다. 진화할 때, 스스로 깨닫게 될 것입니다. 그리고 평화를 얻을 것 입니다. 그러나 이곳에서는 아닙니다. 이곳, 이 차원dimension에 서는 아닙니다."

"결국 평화가 올 거라고 하셨습니까?"

"그렇습니다. 다른 차원level에서."

"하지만 그건 너무 먼 이야기 같습니다. 지금 사람들의 마음 은 너무 좁고… 탐욕스럽고, 권력에 눈멀고, 야심에 차 있습니 다. 사람들은 사랑과 이해와 깨달음을 잊었습니다. 사람들은 배 워야 할 것이 너무 많습니다."

"그렇습니다."

"이런 사람들을 도와주기 위해 제가 할 수 있는 일이 있을까 요? 글을 쓰거나…"

"선생은 그 방법을 이미 알고 있습니다. 우리가 선생에게 이 야기해드릴 필요가 없습니다. 우리 이야기는 쓸모가 없을 것입니다. 왜냐하면 우리 모두가 그 차원level에 이를 것이기 때문입니다. 그리고 그들도 알게 될 것이기 때문입니다. 우리는 모두 똑같습니다. 아무도 다른 사람보다 위대하지 않습니다. 그리고 이 모든 것은 단지 교훈이고… 또한 징벌일 뿐입니다."

"그렇군요."

교훈이 너무나 심오해서, 소화할 시간이 필요했다. 캐서린은 다시 침묵으로 들어갔다. 우리는 기다렸다. 캐서린은 쉬고 있었고, 나는 방금 울려퍼진 극적인 선언에 침잠해 있었다. 마침내 캐서린이 주문을 풀었다.

"보석들이 사라졌어요. 없어졌어요. 빛들이… 그분들이 가버렸어요."

"목소리들도요? 낱말들도요?"

"네. 아무것도 안 보여요."

잠시 말이 끊겼고, 캐서린의 고개가 다시 좌우로 돌아가기 시작했다.

"영혼 하나가… 보고 있어요."

"캐서린을요?"

"네."

"누군지 알겠어요?"

"확실히는 모르겠는데… 에드워드 같아요."

에드워드는 지난해에 세상을 떠났다. 그는 나타나지 않는 곳이 없었다. 항상 캐서린 주변에 있는 것 같았다.

"어떻게 생겼어요?"

"그냥… 그냥 하얘요… 빛처럼요. 얼굴도 없고, 전에 보던 모습도 아닌데, 에드워드라는 걸 알 수 있어요."

"캐서린과 전혀 의사소통을 안 해요?"

"네. 그냥 바라보고만 있어요."

"내가 하는 말을 줄곧 듣고 있었나요?"

"네. 그런데 지금은 가버렸어요. 제가 잘 있는지 확인하려고 했던 거예요."

나는 흔히 이야기하는 보호령을 떠올렸다. 에드워드는 캐서린에게 아무 일이 없는지 확인하기 위해 캐서린 주위를 떠도는 애정 깊은 영혼이 되었다. 보호령과 같은 역할을 수행하고 있는 것이 틀림없었다. 캐서린 또한 보호령에 대해 언급한 적이 있지 않았던가. 유아들의 '신화' 가운데 얼마나 많은 이야기가 실제로 이렇게 희미한 과거의 기억에 뿌리를 두고 있는 것일까.

나는 영혼의 위계에 대해 생각해보았다. 보호령과 마스터, 그리고 그 어느 쪽도 아니면서 배우기만 하는 영혼, 거기에는 분

명히 지혜와 깨달음의 크기에 따른 등급이 있었고, 최종 목표
는 신과 같이 되어 신에게 다가가거나 신과 하나가 되는 것이
었다. 그 목표는 수백 년 동안 신비주의 신학자들이 황홀경의
문체로 묘사해온 것이다. 개인적으로 그러한 경험이 부족했음
에도, 캐서린과 같은 메신저는 특별한 재능으로 최상의 시야를
열어준 것이었다.

에드워드가 떠나고, 캐서린은 다시 잠잠해졌다. 얼굴에 평화
가 물들고, 몸은 평온에 감싸여 있었다. 이 여인이 보여준 재능,
삶과 죽음의 뒤편을 볼 수 있고 '신들'과 이야기하며 그들의 지
혜를 공유하는 능력은 얼마나 굉장한가. 우리는 지혜의 나무Tree
of Knowledge(선악과가 열리는 성경 속의 나무) 열매를 따먹고 있었
다. 그것은 이제 더는 금단의 열매가 아니었다. 나는 열매가 얼
마나 더 남아 있을지 궁금했다.

내 아내 캐롤의 어머니 미네트는 치명적인 암으로 투병 중이
었다. 흉부에서 발생한 암이 뼛속과 폐까지 번져 있었다. 발병
한 지 4년이 넘었고, 항암치료로도 손을 쓸 수 없는 상태였다.
장모는 고통과 쇠약을 태연히 견뎌온 담대한 분이었다. 그러나
병세는 계속 악화되었고, 나는 죽음이 임박했음을 직감했다.

캐서린의 치료가 진행되는 동안 나는 그 경험과 메시지들을 장모와 나누었다. 나는 실리적인 여성 사업가인 장모가 이러한 지식을 기꺼이 받아들이고 나아가 더 알고 싶어하는 것을 보고 내심 놀랐다. 나는 책 몇 권을 드렸고, 장모는 열심히 읽었다. 장모는 우리 부부와 함께 수백 년 된 유태교의 비전秘傳인 카발라들을 계획을 짜서 읽어나갔다. 환생과 중간 상태는 카발라 문헌에서는 기본적인 교의였지만 오늘날 대부분의 유태인들은 그 사실을 모른다. 장모의 육체는 마멸되어가고 있었지만, 그 영혼은 강건해지고 있었다. 죽음에 대한 공포가 사라졌다. 장모는 사랑했던 남편 벤과 다시 만나게 될 날을 고대했다. 장모는 영혼의 불멸을 믿었고, 그 믿음이 고통을 견딜 수 있게 하는 힘이 되었다. 장모는 새로 태어날 또 다른 외손주, 그러니까 딸 도나의 첫아이를 기다리며 삶을 붙들고 있었다. 장모는 통원치료를 받던 병원에서 캐서린을 만났고, 두 사람의 눈길과 이야기가 평화롭고 간절하게 오고갔다. 캐서린의 진지함과 투명함은 장모에게 사후의 삶이 진실로 존재한다는 확신을 갖게 했다.

세상을 뜨기 일주일 전, 장모는 암병동에 입원했다. 아내 캐롤과 나는 장모와 함께 삶과 죽음에 대해, 죽음 뒤에 우리 모두를 기다리고 있는 것에 대해 이야기를 나누며 시간을 보낼 수 있었다. 고결한 인품의 장모는 간호사들이 돌봐주는 병원에서 세상을 마치기로 결심했다. 딸 도나와 사위, 그리고 한 달 반 된 외손주가 찾아와 함께 시간을 보내고 작별인사를 했다. 우리 부부는 거의 하루도 거르지 않고 장모의 침대 곁을 찾았다. 장모가 세상을 뜨던 날 저녁 여섯시 무렵, 병원을 나와 막 집에 도착했던 캐롤과 나는 다시 병원으로 돌아가고 싶은 강렬한 충동을 느꼈다. 그래서 돌아갔고, 이후 예닐곱 시간 동안 평온과 초월적인 영혼의 에너지로 가득 찬 순간들이 이어졌다. 장모는 힘들게 숨을 쉬면서도 고통은 느끼지 않았다. 우리는 장모가 들어가게 될 중간 상태와, 밝은 빛과, 영적인 존재들에 대해 이야기했다. 장모는 마음을 다해 받아들이려 했다. 그리고 그 일이 끝나기 전까지는 자신이 죽지 않으리라는 것을 알고 있는 듯했다. 그분은 자신이 이 세상을 떠나게 될 이른 아침의 아주 특별한 시간을 기다리고 있었다. 그러면서 그 시간이 빨리 오지 않음을 안타까워했다. 장모는 내가 처음으로 이러한 방법을 통해 죽음으로, 또 죽음을 넘어선 곳으로 안내한 분이었다. 장모는 굳건해져 있었고, 그 모든 경험을 통해 우리의 슬픔은 누그러졌다.

나는 내게 단순히 공황이나 불안에 시달리는 환자들을 치료하는 능력뿐만 아니라 죽음을 앞두고 있거나 슬픔에 빠진 환자들을 상담할 수 있는 능력이 괄목할 정도로 확대되었음을 느꼈다. 나는 무엇이 잘못되었으며 그것을 치유하기 위해 어떻게 해야 하는지를 직감으로 알 수 있었다. 평화로움과 평정, 희망의 느낌들을 전달할 수도 있었다. 장모를 보내드린 뒤로, 죽음을 앞두고 있거나 사랑하는 사람을 저세상으로 떠나보낸 수많은 사람들이 나를 찾아왔다. 그 중에는 캐서린의 경험이나 사후의 삶에 대한 이야기를 받아들이지 못하는 사람이 많았다. 그러나 나는 그런 구체적인 지식을 통하지 않고도 메시지를 전달할 수 있다고 느꼈다. 그것은 목소리의 분위기, 그들의 내력과 공포와 감정에 대한 공감적 이해, 눈길, 감촉, 어휘 등등을 통한 것이었으며, 희망과 잊었던 영성靈性, 공유의 인간애 등과 같은 감정의 현絃을 울림으로써 가능했다. 더 많은 것을 받아들일 용의가 있는 사람들에게는, 읽을거리를 추천하고 나의 경험을 나누는 일이 창문을 열어 상쾌한 바람을 쏘이게 해주는 것과도 같았다. 그들은 부활했고, 단기간에 통찰력을 얻을 수 있었다.

나는 모름지기 정신과 의사라면 열린 마음을 가져야 한다고 굳게 믿고 있다. 캐서린과 같은 경험을 실증하기 위해 더 많은 과학적 작업이 필요한 것과 마찬가지로, 이 분야에는 더 많은 경험적 작업이 필요하다. 정신과 의사들은 사후의 삶이 있을 수 있음을 고려해야 하며, 그것을 환자의 면담에 참고해야 한다. 반드시 최면요법을 실시할 필요는 없지만 항상 마음을 열어두고 자신의 지식을 환자들과 나눌 수 있어야 하며, 환자의 경험을 무시하지 말아야 한다.

오늘날 인류는 종말의 위협에 짓눌리고 있다. 에이즈의 만연, 핵 참사, 테러, 질병, 그 밖의 수많은 재난이 바로 머리 위에서 우리를 날마다 고문하고 있다. 많은 10대들이 자신이 20대 이후까지 살지 못할 것이라고 생각한다. 우리 사회에 가해지는 엄청난 스트레스를 반영하는, 실로 믿기 힘든 현상이다.

개인적인 차원에서 보자면 장모가 캐서린의 메시지에 대해 보였던 반응은 매우 고무적이다. 그분의 영혼은 강건해졌으며, 크나큰 육체의 고통과 신체의 마멸 속에서도 희망을 느꼈다. 그러나 그 메시지는 죽은 자들만을 위한 것이 아니라 우리 모두를 위한 것이다. 우리에게도 희망이 있다. 우리에게는, 또 다른 캐서린의 존재를 보고하고 그 메시지를 확인하고 확장시킬 수 있는 더 많은 의사와 과학자가 필요하다. 대답이 여기 있다. 우리는 죽지 않는다. 우리는 영원히 함께한다.

12

신과의 합일을 말하다

우리는 삶과 죽음을 초월한 존재이며,
공간과 시간을 넘어선 존재였다. 우리가
신이었고, 신이 우리였다.

최면치료가 시작된 지 석 달 하고도 보름이 지났다. 그 사이 모든 증상을 거의 떨쳐버린 캐서린에게는 단순한 치유 이상의 일이 일어나고 있었다. 캐서린은 평화로운 에너지에 싸여 생기 넘치는 빛을 발했다. 사람들은 캐서린에게 끌려들어갔다. 캐서린이 병원 구내식당에서 아침을 먹을라치면, 저쪽에 앉아 있던 남녀 일행이 동시에 달려와 '아름다우십니다. 단지 그 말씀을 드리고 싶었습니다' 하고 말을 건네곤 했다. 마치 낚시꾼처럼, 캐서린은 보이지 않는 영적인 낚싯줄로 사람들을 끌어당겼다. 지난 몇 년 동안 똑같은 식당에서 식사를 했지만 이런 일은 없었다.

언제나 그랬던 것처럼, 캐서린은 낯익은 베이지색 베개 위로

실개천 같은 금발을 늘어뜨린 채 급속히 깊은 최면 상태로 빠져들었다.

"건물이 보여요… 돌로 지은 건물이에요. 꼭대기에 뾰족한 것이 솟아 있어요. 여기는 온통 산으로 둘러싸인 곳이에요. 습기가 많아요… 밖이 습기로 꽉 차 있어요. 마차가 보여요. 마차가… 앞을 지나가고 있어요. 마차에 꼴이 실려 있는데, 짐승이 먹는 짚이나 마른풀 같은 거예요. 남자들이 몇 있어요. 무슨 깃발 같은 걸 들고 있는데, 막대 끝에 매달려서 펄럭여요. 아주 밝은 색이에요. 무어… 무어인들에 대해 이야기하는 소리가 들려요. 지금 벌어지고 있는 전쟁에 대한 얘기도 들려요. 쇠로 만든 물건이 있어요. 사람들이 머리에 쓰고 있는데… 쇠로 만든 모자 같은 거예요. 지금은 1483년이에요. 덴마크인들에 대해서 뭐라고 얘기를 해요. 우리가 덴마크인들하고 싸우고 있는 건가? 아무튼 무슨 전쟁이 났어요."

"캐서린도 거기 있어요?"

"안 보여요. 마차들이 보여요. 바퀴가 두 개 달리고 뒤가 트인 마차예요. 옆에는 듬성듬성 나뭇살을 엮어 만든 살이 달려 있어요. 사람들이 목에… 쇠로 만든 뭔가를 둘렀어요… 십자 모양인데 아주 무거워요. 그런데 끝이 전부 굽었어요… 십자가

끝이 둥글어요. 무슨 성인을 기리는 축제예요… 긴 칼이 보여
요. 사람들이 긴 칼을 들고 있어요… 아주 무겁고, 끝이 뭉툭해
요. 전투 준비를 하는 거예요."

"캐서린을 찾아보세요. 잘 둘러보세요. 아마 병사일 거예요.
어디에선가 다른 병사들을 보고 있을 거예요."

"저는 병사가 아니에요."

확고한 부정이었다.

"주위를 살펴보세요."

"저는 식량을 날라 왔어요. 여긴… 어떤 마을이에요."

그리고는 다시 침묵했다.

"지금은 뭐가 보여요?"

"깃발, 깃발 같은 게 보여요. 빨갛고 하얗고… 하얀 바탕에
빨간 십자가가 그려져 있어요."

"캐서린 편의 깃발인가요?"

"왕의 군대가 쓰는 거예요."

"캐서린 나라 왕인가요?"

"네."

"왕 이름을 알아요?"

"아니요. 그런 이야기는 안 들려요. 그분은 여기 없어요."

"캐서린이 뭘 입고 있는지 보여요? 뭘 입었는지 한번 내려다 보세요."

"가죽으로 만든 옷… 올이 아주 거친 셔츠 위에 가죽옷을 걸쳤어요. 가죽옷이 아주 짧아요. 가죽구두를… 구두가 아니라 장화나 모카신moccasin(보드라운 가죽신의 한 가지)처럼 생긴 신발을 신었어요. 저한테 말을 거는 사람이 아무도 없어요."

"그렇군요. 머리칼은 무슨 색이죠?"

"엷은 색이에요. 늙어서 그런지 흰머리가 좀 있어요."

"이 전쟁에 대해 어떤 생각이 들어요?"

"전쟁이 바로 생활이었어요. 지난번 전투에서 아이를 잃었어요."

"아들이었나요?"

"네."

캐서린의 표정이 어두워졌다.

"그리고 누가 남았나요? 가족 중에 누가 남았어요?"

"아내하고… 딸이요."

"아들 이름은 뭐였죠?"

"이름은 모르겠어요. 얼굴만 기억나요. 아내가 보여요."

캐서린은 남자도 되었다가 여자도 되었다가 했다. 현세에서는 자식이 없었지만 전생에서는 수많은 자식을 두었었다.

"아내는 어떤 모습인가요?"

"아주, 힘들어해요. 늙었어요. 우린 염소가 몇 마리 있어요."

"딸이 아직 함께 살고 있나요?"

"아뇨. 언젠지는 모르겠는데 결혼해서 나갔어요."

"그러면 아내하고 둘만 남은 거예요?"

"네."

"사는 건 어때요?"

"우린 지쳤어요. 집이 너무 가난해요. 사는 게 쉽지가 않았어요."

"그래요. 아들을 잃었죠. 아들이 그리워요?"

"네."

짧지만 슬픔이 묻어 있는 대답이었다.

"계속 농사를 지어온 거죠?"

화제를 돌려보았다.

"네. 밀⋯ 밀 같은 게 있어요."

"살아오면서 비극적인 전쟁을 많이 겪었나요?"

"네."

"그래도 용케 살아남았네요."

"마을 안에서 싸우지 않고 밖에서 싸우거든요. 병사들은 전투를 하려면… 수많은 산을 넘어 원정을 가야 돼요."

"지금 사는 곳이 어딘지 알겠어요? 무슨 마을이죠?"

"안 보여요. 하지만 무슨 이름이 있을 거예요. 보이지는 않아요."

"지금은 무슨, 종교적인 시기인가요? 병사들이 목에 십자가를 하고 있다고 했죠?"

"다른 사람들한테는 그렇지만, 저한테는 아니에요."

"아내하고 딸 말고 가족 중에 살아남은 사람이 있나요?"

"없어요."

"부모님은 돌아가셨나요?"

"네."

"형제들은요?"

"여동생이 하나 있어요. 살아 있어요. 모르는 얼굴이에요."

"좋아요. 마을 사람이나 가족 중에서 알아볼 수 있는 얼굴이 있나 찾아보세요."

사람들이 집단으로 환생하는 것이 사실이라면, 캐서린의 현생에서 중요한 인물을 찾을 수도 있을 것이기 때문이었다.

"돌로 된 탁자가 보여요… 그릇이 보여요."

"캐서린의 집인가요?"

"네. 노랗고… 옥수수로 만든… 노란 음식이에요. 우리가 그걸 먹어요…"

"됐어요."

내가 말을 끊었다. 좀더 속도를 내고 싶었다.

"이번 생애는 아주 힘들었어요. 무슨 생각이 드나요?"

"말[馬]요."

"캐서린 말이요? 아니면 다른 사람 말이요?"

"병사들이… 말을 탄 병사들이 있어요. 나머지 병사들은 걷고 있어요. 그런데 말이 아니에요. 당나귀인지, 말보다 작은 동물이에요. 거의 다 사나워요."

"이제 시간을 좀 진행시켜보죠. 캐서린은 아주 늙었어요. 이생애의 마지막 날로 가보세요."

"전 그렇게 늙지 않았어요."

캐서린이 반기를 들었다. 캐서린은 이번 생애에서는 내 암시에 잘 걸려주지 않았다. 그저 기억이 진행되는 대로 말하고 있었다. 나는 캐서린의 그러한 기억 활동에 암시를 걸 수 없었다. 일어났던 사건과 캐서린이 기억해내는 세부적인 사항들은 내마음대로 바꿀 수가 없었다. 하는 수 없이 태도를 바꾸었다.

"이 생애에서 더 무슨, 사건이 있나요? 우리가 알아야 될 중요한 사건이 있어요?"

"그렇게 중요한 일은 없어요."

심드렁한 대답이었다.

"그러면, 가죠. 시간을 진행시켜 봅시다. 이번 생애에서 캐서린이 배워야 했던 것을 찾아봅시다. 뭘 배웠어야 했죠?"

"몰라요. 전 아직 여기 있어요."

"네, 알겠어요. 뭐가, 보여요?"

1, 2분의 침묵이 흘렀다. 캐서린이 입을 열었다. 부드러운 목소리였다.

"그냥 떠다니고 있어요."

"아까 그 사람을 떠난 거예요?"

"네. 떠다니고 있어요."

다시 영적인 상태로 들어간 것이었다.

"이제는 뭘 배워야 했는지 알겠어요? 또다시 어려운 삶을 살았는데."

"모르겠어요. 그냥 떠다니고 있어요."

"알겠어요. 쉬세요… 쉬어요."

다시 침묵 속에 몇 분이 흘러갔다. 무슨 소리가 들리는 모양이었다. 캐서린이 갑자기 입을 열었다. 깊게 울리는 목소리였다. 캐서린의 목소리가 아니었다.

"모두 일곱 개 층plane이 존재합니다. 그리고 그 각 층마다 많은 단계가 있습니다. 일곱 개 층 가운데 하나는 회상의 층입니다. 이곳에서는 회고가 허락됩니다. 막 끝난 자신의 삶을 돌아볼 수 있습니다. 더 높은 단계에 있는 사람들에게는 역사를 돌아보는 일이 허락됩니다. 그들은 세상으로 돌아가서 역사에 대한 깨달음으로 우리를 가르칠 수 있습니다. 그러나 낮은 단계에 있는 우리에게는 오로지 자신의 삶을 돌아보는 것만이 허락됩니다… 방금 끝난 자신의 삶을.

우리에게는 갚아야 할 빚이 있습니다. 그 빚을 갚지 못하면, 그것을 또 다른 생애로 짊어지고 가서… 갚아야 합니다. 빚을 갚음으로써 우리는 진화합니다. 어떤 영혼은 다른 영혼들보다 빨리 진화합니다. 육체 상태에서 빚을 갚을 때, 인생의 목적을 이루게 됩니다… 만일 어쩔 수 없는 상황으로… 빚을 갚을 수 없는 경우에는 회상의 층으로 돌아와 빚을 갚을 상대가 나타나기를 기다려야 합니다. 그 두 영혼이 동시에 육체 상태로 돌아갈 수 있을 때에만, 우리는 세상으로 돌아갈 수 있습니다. 돌아갈 시기는 자신이 결정합니다. 빚을 갚기 위해 무엇을 할 것인지도 자신이 결정합니다. 돌아가면 전생은 기억하지 못하게 됩니다… 방금 떠나온 생애를 제외하고는. 현인들과 같이 더 높은 수준의 영혼들만이 우리를 돕기 위해서, 우리에게 할일을 가르치기 위해서 역사와 지나간 사건들을 기억하는 것이 허락됩니다…

일곱 개 층이 존재합니다… 우리가 다시 돌아오기 전에 거쳐야 하는 일곱 개 층이 있습니다. 그 가운데 하나는 전이轉移의 층입니다. 우리는 이곳에서 기다립니다. 이 층에서는 우리가 다음 생애로 가지고 가야 할 것이 결정됩니다. 우리는 모두… 지배적인 성향을 지니고 있습니다. 그것은 탐욕이 될 수도 있고 욕정이 될 수도 있지만, 그 성향이 무엇이든 간에 우리는 지배적인 성향을 극복할 수 있어야 합니다. 욕망을 극복하는 법을 배워야 합니다. 그러지 못할 경우에는 다음 생애로 넘어갈 때 그것을 또 다른 성향과 함께 짊어지고 가야 합니다. 짐은 갈수록 무거워집니다. 한 생애에서 이 빚을 갚지 못하면, 더욱 고된 생애가 이어집니다. 빚을 갚으면, 더욱 편안한 생애가 주어집니다. 우리는 자신의 삶을 선택할 수가 있습니다. 우리는 자신의 삶에 책임이 있습니다. 우리는 자신의 삶을 선택합니다."

캐서린의 입이 닫혔다.

그것은 분명히 한 마스터에게서 나오는 메시지가 아니었다. 화자는 자신을 높은 단계의 영혼, 곧 '현인들'과 비교하여 '낮은 단계에 있는 우리'라고 불렀다. 그러나 그 메시지는 명쾌하고 실제적이었다. 나는 나머지 다섯 단계의 층은 어떤 성격일까 궁금했다. 새롭게 되는 단계도 그 가운데 하나일까? 다양한 차원의 영적 상태에 있는 영혼들로부터 들려온 메시지. 그러나 그 메시지에 담긴 지혜에는 일관성이 있었다. 진술의 형식도 달랐고, 문체와 문법도 달랐고, 어휘와 어구의 세련도도 달랐으나, 그 내용에는 통일성이 있었다. 나는 영적인 지식체계를 습득하고 있었다. 그 지식은 사랑과 희망, 믿음과 자애에 대해 이야기하고 있었다. 그것은 또한 미덕과 악덕, 자신과 타인에 대한 빚에 관한 이야기였다. 그것은 수많은 전생과, 삶 사이의 영적 차원을 포괄하고 있었다. 또한 조화와 균형, 그리고 사랑과 지혜를 통한 영혼의 진보, 신비스럽고 황홀한 신과의 교섭을 향한 진보를 이야기하고 있었다.

그 안에는 현실적인 충고가 많이 들어 있었다. 인내와 기다림의 가치, 자연의 균형에 담긴 지혜, 공포 가운데서도 특히 죽음에 대한 공포의 제거, 신뢰와 용서를 배워야 할 필요성, 다른 사람을 심판하거나 그들의 생명을 정지시키지 않는 것을 배우는 일의 중요성, 직관적인 능력의 배양과 사용, 그리고 가장 중요한 것으로, 우리가 죽지 않는다는 확고부동한 앎. 우리는 삶과 죽음을 초월한 존재이며, 공간과 시간을 넘어선 존재였다. 우리가 신이었고, 신이 우리였다.

"떠다니고 있어요."

캐서린이 부드럽게 속삭였다.

"지금 어느 상태로 들어와 있어요?"

"아무데도 들어가지 않았어요… 그냥 떠다니고 있어요… 에드워드는 저한테 뭔가 빚이 있어요… 저한테 빚이 있어요."

"무슨 빚을 졌는지 알겠어요?"

"몰라요… 어떤 지식을… 빚지고 있어요. 저한테 해줄 말이 있는데, 아마 제 조카에 대한 이야기일 거예요."

"조카요?"

"네… 여자아이예요. 이름이 스테파니."

"스테파니? 캐서린이 그 아이에 대해서 뭘 알아야 되는 거죠?"

"그 아이와 접촉하는 방법을 알아야 돼요."

캐서린은 나에게 조카딸에 대한 이야기를 한 적이 한 번도 없었다.

"조카가 캐서린하고 아주 가까운 사이인가요?"

"아뇨. 하지만 그 아인 곧 그 사람들을 찾고 싶어 할 거예요."

"그 사람들이 누구죠?"

나는 머리가 어지러웠다.

"제 여동생하고 제부弟夫요. 그 아이가 두 사람을 찾으려면 저를 통해야 돼요. 제가 연결고리예요. 에드워드가 정보를 갖고 있어요. 그 아이 아빠는 의사예요. 버몬트, 남부 버몬트 어딘가에서 병원을 개업했어요. 필요한 때가 되면 에드워드가 저한테 정보를 줄 거예요."

나중에 안 일이지만, 캐서린의 여동생과 그 약혼자는 자신들이 낳은 어린 딸을 남의 집 양녀로 들여보낸 일이 있었다. 당시두 사람은 결혼도 하지 않은 사이였고, 나이는 겨우 10대였다. 양녀 입적은 교회가 주선했다. 그 뒤로 여자아이와는 소식이 완전히 끊겨 있었다.

나는 호흡을 맞추어주었다.

"네, 적당한 때가 되면요."

"네. 그때가 되면 에드워드가 저한테 말해줄 거예요."

"에드워드가 다른 정보는 갖고 있는 게 없나요?"

"모르겠어요. 하지만 저한테 해줄 말들이 있어요. 그리고 저한테 빚을 지고 있어요… 어떤 빚을요. 저는 몰라요. 에드워드는 저한테 빚이 있어요."

캐서린이 침묵했다.

"피곤해요?"

"굴레가 보여요. 벽에 걸려 있어요. 굴레… 우리 밖에 담요가 깔려 있는 게 보여요."

"축사인가요?"

"그 안에 말이 있어요. 말을 많이 키워요."

"또 뭐가 보이죠?"

"나무가 많아요… 노란 꽃이 핀 나무예요. 아빠가 있어요. 말을 돌보고 있어요."

다시 어린아이 말투였다.

"아빠 모습이 어때요?"

"키가 아주 커요. 머리가 희끗희끗해요."

"자신의 모습이 보여요?"

"나는 아이예요… 여자아이요."

"아빠가 말 주인인가요, 아니면 그냥 돌봐주는 건가요?"

"그냥 돌봐주기만 해요. 우린 근처에 살아요."

"말을 좋아해요?"

"네."

"제일 좋아하는 말이 있어요?"

"네. 내 말이 있어요. 이름이 애플이에요."

캐서린이 맨디라는 이름의 소녀였고, 애플이라고 부르는 말이 등장했던 전생이 기억났다. 캐서린이 이미 한번 훑어보았던 생애를 다시 살펴보고 있다는 말인가? 모르긴 해도 캐서린은 이전과는 다른 관점에서 접근해 들어가고 있을 것이다.

"애플이라… 그렇군요. 아빠가 애플을 타보게 해주세요?"

"아뇨. 하지만 먹이는 줘도 돼요. 아빠는 애플한테 주인 마차하고 아빠 마차를 끌게 해요. 아빠는 몸집이 굉장히 커요. 발도 정말 커요. 잘못하면 콱 밟혀요."

"또 누가 함께 있나요?"

"엄마도 있어요. 언니가 보여요… 저보다 커요. 다른 사람은 안 보여요."

"지금은 뭐가 보여요?"

"그냥 말이 보여요."

"지금 기분이 좋아요?"

"네. 마구간 냄새가 좋아요."

캐서린은 마구간 안의 이 대목에서는 매우 분명하게 이야기를 하고 있었다.

"말 냄새가 나요?"

"네."

"건초 냄새도요?"

"네… 말 얼굴이 보들보들해요. 개도 있어요… 까만 개 몇 마리하고, 고양이도 몇 마리 있어요… 짐승이 많아요. 개들은 사냥할 때 써요. 새 사냥을 하러 가면 개들도 따라 나가요."

"지금 아무 일도 안 일어나고 있어요?"

"네."

내 질문이 너무 모호했던 모양이다.

"캐서린이 이 농장에서 살고 있는 거예요?"

"네. 지금 말을 돌보고 있는 사람은… (잠시 침묵) 진짜 아빠가 아니에요."

나는 혼란스러웠다.

"진짜 아빠가 아니라고요?"

"잘 모르겠어요, 그분은… 그분은 진짜 우리 아빠가 아니에요, 절대로요. 하지만 저한테는 아빠 같아요. 새아빠예요. 저한테 아주 잘해주세요. 눈이 녹색이에요."

"아빠 눈을, 그 녹색 눈을 잘 보세요. 아는 얼굴인지 살펴보세요. 그분은 캐서린한테 잘해줍니다. 캐서린을 사랑하구요."

"할아버지… 우리 할아버지예요. 우리를 무척 사랑하셨어요. 할아버지는 우리를 무척 사랑하셨어요. 늘 우리를 밖으로 데리고 나가셨어요. 술집에도 데리고 가셨어요. 우리한테 소다수를 사주셨어요. 우리를 좋아하셨어요."

내 질문이 캐서린을 전생에서 빠져나와 초의식 상태의 관찰자가 되도록 만들어버린 것이었다. 캐서린은 이제 자신의 현생을, 구체적으로는 할아버지와의 관계를 이야기하고 있었다.

"할아버지가 그리워요?"

"네."

부드럽게 속삭이는 대답.

"하지만 할아버지는 전에도 캐서린하고 함께 있었잖아요."

나는 아픔을 덜어주고 싶었다.

"할아버지는 우리한테 굉장히 잘해주셨어요. 우리를 사랑하셨어요. 한 번도 소리를 지르지 않으셨어요. 돈도 잘 주시고, 우리를 항상 데리고 다니셨어요. 그러는 걸 좋아하셨어요. 지금은 돌아가셨지만요."

"그래요. 하지만 다시 캐서린 곁에 오실 거예요. 알잖아요."

"알아요. 전에 할아버지하고 함께 있었던 적이 있어요. 아버지 같지는 않았어요. 두 분은 너무 달랐어요."

"왜 할아버지는 그렇게 캐서린을 사랑하고 잘해주셨는데, 또 한 분은 그렇게 못했죠?"

"할아버지는 배우셨기 때문이에요. 자신이 진 빚을 갚으셨어요. 아버지는 자신의 빚을 갚지 못했어요. 아버지는 이해를 지니지 못하고… 세상으로 돌아오신 거예요. 이제 다시 그 일을 해야 돼요."

"맞아요. 아버님은 사랑하는 법, 자식 보살피는 법을 배우셔야 돼요."

"그래요."

내가 다시 한번 토를 달았다.

"사람들이 이걸 깨닫지 못하면 자식을, 사랑해야 할 사람이 아니라 자기 소유물처럼 다루게 됩니다."

"맞아요."

"캐서린 아버님은 그걸 배우셔야 돼요."

"네."

"할아버님은 이미…"

"저도 알아요."

캐서린이 말을 잘랐다.

"우리는 육체 상태에 있는 동안 수많은 단계를 거쳐요… 진화의 단계가 있는 것처럼요. 영아 단계, 유아 단계, 어린이 단계… 우리는 도달하기 전에… 목표에 도달하기 전에 가야 할 길이 많이 남아 있어요. 육체 상태의 단계는 힘들어요. 아스트랄astral(죽은 뒤에도 살아남는 초감각적 실체) 차원의 단계들은 쉬워요. 그곳에서는 쉬면서 기다리기만 하면 돼요. 지금 여기는 힘든 단계예요."

"아스트랄 상태에는 몇 단계나 있죠?"

"일곱 단계가 있어요."

"어떤어떤 것들이죠?"

앞서 들었던 두 가지 외에 다른 단계들에 대해 알아보고 싶었다.

"저도 두 가지만 들었어요. 전이의 층하고 회상의 층이요."

"나도 그 이야기는 들었어요."

"나중에 알게 될 거예요."

나는 오늘 치료를 정리했다.

"나도 배웠고, 캐서린도 배웠어요. 우리는 오늘 빛에 대해 배웠어요. 아주 중요한 거죠."

"저는 기억해야 하는 것만 기억할 거예요."

캐서린이 수수께끼 같은 말을 했다.

"일곱 개 층에 대한 이야기를 기억한다는 거예요?"

"아뇨. 그건 저한테는 중요한 이야기가 아니에요. 박사님한테 중요한 거예요."

또 그 이야기였다. 모든 것이 나를 위한 것이라는 말. 캐서린을 도와주기 위한 것 이상이라는 말이었다. 그렇다면 나를 도와주기 위해서? 그러나 이것 역시 그 이상의 목적이 있을 것 같았다. 나는 아직도 그 더 큰 목적이 무엇인지를 전혀 가늠하지 못하고 있었다.

"캐서린은 점점 더 좋아지고 있어요. 아주 많은 것을 배우고 있어요."

"그래요."

"요즘 왜 사람들이 캐서린한테 그렇게 끌리는 거죠? 왜 그렇게 사람들을 끄는 거예요?"

"제가 여러 가지 공포를 떨쳐버렸기 때문이에요. 그리고 제가 그 사람들을 도와줄 수 있게 됐기 때문이에요. 사람들은 저한테서 정신적인 인력引力을 느껴요."

"부담되지는 않아요?"

"아뇨. 두렵지 않아요."

재론의 여지가 없었다.

"좋아요. 내가 도움이 돼줄게요."

"알아요. 박사님은 제 선생님이시잖아요."

13

소통의 비밀이 밝혀지다

"육체 상태에 있는 사람들은 그 에너지를
어떻게 느낄 수 있나요? 어떻게 하면 그
안으로 들어가 재충전을 받을 수 있죠?"
"마음을 통해서요. 아주 편안한 상태⋯
모든 긴장을 풀어서 에너지를 소비하지
않는 상태가 되어야 해요."

캐서린을 괴롭혀오던 증상들은 모두 사라졌다. 캐서린은 정상 이상의 아주 건강한 사람이 되었다. 전생에 대한 이야기가 반복되기 시작했다. 나는 종착역이 가까워지고 있음을 느꼈다. 그러나 캐서린을 다시 최면 상태로 이끌어가던 그 가을날, 내가 캐서린을 5개월 이후에나 다시 만나게 되며 그것이 우리의 마지막 만남이 되리라는 것은 전혀 몰랐다.

캐서린이 말하기 시작했다.

"그림이 새겨져 있어요. 금으로 새긴 것도 있어요. 진흙이 보여요. 사람들이 항아리를 만들고 있어요. 빨간… 빨간 재료를 써서 만들어요. 갈색 건물… 갈색 구조물이 보여요. 우리가 거기 있어요."

"갈색 건물 안에요, 아니면 근처에요?"

"그 안에 있어요. 우리는 여러 가지 일을 해요."

"자신이 일하는 모습이 보여요? 자신의 모습이 어떤지, 뭘 입고 있는지 설명할 수 있겠어요? 자신을 보세요. 어떤 모습이죠?"

"저는 빨간… 빨갛고 긴 옷을 걸쳤어요. 재미있게 생긴 신발을 신었는데, 꼭 샌들 같아요. 머리는 갈색이에요. 어떤 모습을 만들고 있어요. 남자… 남자 모습이에요. 지팡이 같은 걸… 막대기를 손에 들고 있어요. 다른 사람들도 뭘 만들고 있는데… 쇠로 뭘 만들어요."

"공장이에요?"

"그냥 건물이에요. 돌로 지은 건물이에요."

"캐서린이 지금 만들고 있다는, 지팡이를 든 남자가 누군지 알아요?"

"몰라요. 그냥 남자예요. 가축을… 소를 치는 남자예요. 조상彫像이 아주 많아요. 모습은 알지만 이름은 몰라요. 아주 재미있는 재료예요. 다루기가 힘들어요. 자꾸 부스러지거든요."

"재료 이름이 뭔지 알아요?"

"모르겠어요. 그냥 빨개요. 빨간 거예요."

"조상을 만들고 나면 그 다음엔 어떻게 하죠?"

"팔아요. 어떤 건 시장에 내다 팔고 어떤 건 귀족들한테 줘
요. 귀족들한테는 아주 잘 나온 것들만 줘요. 나머지는 팔아요."

"캐서린도 귀족들을 상대한 적이 있어요?"

"없어요."

"이게 직업이에요?"

"네."

"이 일을 한 지는 오래됐나요?"

"아뇨."

"잘해요?"

"그렇게 잘은 못해요."

"더 경험을 쌓아야 되는군요?"

"네. 아직 배우고 있어요."

"알겠어요. 가족들하고 같이 살아요?"

"모르겠어요. 갈색 상자들이 보여요."

"갈색 상자요?"

"작은 구멍들이 뚫려 있어요. 안에 문 같은 게 있는데, 그 안
에 조각상을 넣어요. 나무로 만든 거예요. 우리는 사람들한테
조각상을 만들어줘야 돼요."

"그 조각상들은 어디에 쓰이는 거죠?"

"종교적인 물건이에요."

"어떤 종교요?"

"신이… 수호신이 많아요… 사람들이 무척 겁을 먹고 있어요. 여기서는 여러 가지 물건을 만들어요. 게임 도구… 구멍이 뚫린 게임판도 만들어요. 구멍에 동물 머리를 꽂는 거예요."

"다른 건 안 보여요?"

"날씨가 무척 더워요. 아주 덥고 먼지가 많아요… 모래가 많아요."

"근처에 물이 있어요?"

"네. 산에서 내려오는 물이에요."

이번 생애 역시 점차 낯익은 것이 되어가고 있었다. 어쨌든 좀더 파고들기로 했다.

"사람들이 겁을 먹었다고 했나요? 미신을 믿나보죠?"

"네. 무시무시한 공포예요. 너나없이 무서워들 해요. 저도 무서워요. 우리를 지켜야 돼요. 병이 돌고 있어요. 우리를 지켜야 돼요."

"어떤 병이죠?"

"병이 사람을 가리지 않아요. 사람이 수도 없이 죽어가고 있어요."

"물에서 온 병이죠?"

"네. 굉장히 가물고… 아주 더워요. 신들이 노했기 때문이에
요. 우리한테 벌을 내리는 거예요."

캐서린은 타니스 치료를 받았던 생애로 다시 들어와 있었다.
그 공포의 종교는 바로 오시리스와 하토르를 섬기는 종교였다.

"왜 신들이 노했죠?"

알면서 짐짓 물었다.

"우리가 법을 따르지 않았기 때문이에요. 그래서 화가 났어
요."

"어떤 법을 어겼죠?"

"귀족들이 정해놓은 법요."

"어떻게 하면 신들을 달랠 수가 있죠?"

"몸에 뭔가를 걸쳐야 돼요. 목에 걸친 사람들도 있어요. 그게
재앙을 몰아내 준대요."

"사람들이 특히 무서워하는 신이 있나요?"

"전부 무서워해요."

"신들의 이름을 알아요?"

"이름은 몰라요. 볼 수는 있어요. 한 신은 사람 몸에 동물 머

리를 하고 있어요. 태양처럼 생긴 신도 있어요. 어떤 신은 검은 새같이 생겼어요. 모두 목에 밧줄을 감고 있어요."

"캐서린은 뒤에 살아남나요?"

"네. 저는 죽지 않아요."

"하지만 가족들은 죽게 되죠."

내가 기억을 되살려 말했다.

"맞아요… 아버지는 돌아가세요. 어머니는 괜찮아요."

"오빠는요?"

"오빠는… 죽었어요."

"캐서린은 왜 살아남죠? 캐서린한테 뭔가 특별한 게 있나요? 무슨 특별한 일을 했나요?"

"아뇨."

캐서린은 부정하고는 이야기의 초점을 바꾸었다.

"기름이 담긴 물건이 보여요."

"뭐가 보인다구요?"

"하얘요. 꼭 대리석 같아요. 그건… 석고로 만든… 대야 같은 거예요… 그 안에 기름이 담겨 있어요. 머리에 기름을 붓는 의식에 쓰이는 거예요…"

"사제들 머리에요?"

"네."

"지금 캐서린의 역할은 뭐예요? 기름 붓는 일을 도와주고 있나요?"

"아뇨. 저는 조상을 만들어요."

"아까 말한 그 갈색 건물 안에서요?"

"아뇨… 지금은 시간이 더 흘렀어요… 사원 안에서 조상을 만들어요."

캐서린이 갑자기 몹시 불편한 표정을 지었다.

"무슨 일이죠?"

"누가 사원 안에서 신들이 노할 일을 저질렀어요. 누군지는 잘 모르겠어요…"

"캐서린이 그랬어요?"

"아니, 아니에요… 저는 그냥 사제들을 보고 있어요. 사제들이 제물을 준비하고 있어요. 무슨 짐승인데… 양이에요. 머리를 삭발했어요. 머리카락이 하나도 없어요. 얼굴에도 털이 없어요…"

다시 침묵 속에 몇 분이 천천히 흘러갔다. 캐서린이 갑자기 긴장하더니, 어떤 소리에 귀를 기울이고 있었다. 입이 다시 열렸을 때는 목소리가 깊어져 있었다. 마스터가 나타난 것이었다.

"몇몇 영혼이 아직 육체 상태에 있는 사람들 앞에 모습을 나타내는 일이 허용된 곳이 바로 이 층입니다. 이행하지 못한 계약이 남아 있을 때에만… 돌아오는 것이 허용됩니다. 이 층에서는 의사교환이 허용됩니다. 그러나 다른 층에서는… 이곳은 자신의 영적인 능력을 사용해서 육체 상태에 있는 사람들과 소통하는 것이 허용된 곳입니다. 그 방법에는 여러 가지가 있습니다. 어떤 이에게는 시각 능력이 허용되어 육체 상태에 있는 사람들에게 자신의 모습을 나타낼 수 있습니다. 또 어떤 이들은 이동의 능력을 부여받아 텔레파시로 사물을 이동시키는 것이 허용됩니다. 이 층은 이곳으로 오는 것이 유용한 일일 때에만 올 수가 있습니다. 이행하지 못한 계약이 남아 있다면, 이곳으로 와서 살아 있는 사람들과 소통할 수가 있습니다. 그러나 그 사람들이 모두 계약을 이행받을 사람들이어야 합니다. 만일 삶이 급작스럽게 중단되었다면, 그것은 이 층으로 다시 올 수 있는 이유가 됩니다. 많은 이들이 아직 육체 상태에 있는 아주 가까운 사람들을 만나는 것이 허용되어 이곳에 옵니다. 그러나 모두가 육체 상태의 사람들과 소통하는 것을 선택하지는 않습니다. 육체 상태의 어떤 사람들에게는 그 일이 너무나 큰 충격이 될 수 있기 때문입니다."

캐서린의 입이 닫혔고, 이내 쉬는 듯했다. 그리고는 다시 부드럽게 속삭이기 시작했다.

"빛이 보여요."

"그 빛이 캐서린에게 에너지를 주나요?"

"새 출발 같아요… 재탄생이에요."

"육체 상태에 있는 사람들은 그 에너지를 어떻게 느낄 수가 있나요? 어떻게 하면 그 안으로 들어가 재충전을 받을 수가 있죠?"

"마음mind을 통해서요."

"어떻게 하면 그런 상태에 이를 수 있을까요?"

"아주 편안한 상태가 되어야 해요. 빛을 통해서… 빛을 통해서 새롭게 될 수 있어요… 모든 긴장을 풀어서 에너지를 소비하지 않는 상태가 되어야 해요. 그럴 때 새롭게 되는 거예요. 잠잘 때도 새롭게 돼요."

캐서린은 어느덧 초의식 상태에 들어와 있었다. 나는 질문을 확대해 나갔다.

"캐서린은 몇 번이나 태어났나요? 항상 이 환경에, 지구에만 태어났나요? 아니면 다른 곳에…"

"아니에요. 여기서만 태어나지 않았어요."

"그러면 어떤 층, 어느 장소에 태어났었나요?"

"저는 여기서 해야 할 일을 끝내지 못했어요. 모든 인생을 경험하기 전에는 다른 곳으로 갈 수가 없는데, 저는 아직 다 경험하지 못했어요. 모든 계약을 이행하고 제가 진 모든 빚을 갚으려면… 수많은 생애를 더 살아야 돼요."

"하지만 캐서린은 지금 진보하고 있잖아요."

"우리는 언제나 진보해요."

"지구에서는 삶을 몇 번이나 산 거죠?"

"여든여섯 번이요."

"여든여섯?"

"네."

"그걸 다 기억해요?"

"기억하게 될 거예요. 기억하는 게 저한테 중요한 일일 때에는요."

우리는 이때까지 열에서 열두 차례에 이르는 생애의 단편 또는 주요부를 경험했고, 최근 들어 그 내용들이 되풀이되고 있었다. 캐서린에게 나머지 70여 차례의 생애는 기억할 필요가 없지 않았나 싶었다. 적어도 내가 보기에 캐서린은 실로 엄청난 진보를 한 셈이었다. 이제부터 캐서린은 전생 회상에 기대

지 않고도 진보를 이룩할 수 있을지도 몰랐다. 나아가, 내 도움
이 없어도 진보가 가능할지 몰랐다.

캐서린이 다시 입을 열었다.

"마약을 이용해서 아스트랄 차원을 접하는 사람들도 있어요.
하지만 그 사람들은 자신이 경험한 것을 이해하지 못해요. 어
쨌든 경계를 넘어가본 사람들이에요."

나는 마약에 대해서는 묻지 않았다. 캐서린은 내가 물었든
묻지 않았든 가르치고 있었으며, 지식을 나누어주고 있었다.

"캐서린의 영적 능력을 사용하면 캐서린이 진보하는 데 도움
이 되지 않을까요? 지금 캐서린의 그런 능력은 갈수록 개발되
고 있는데."

"맞아요. 그건 중요하죠. 하지만 여기에서는, 다른 층에서만
큼 중요하지는 않아요. 그건 진화와 성장의 한 부분일 뿐이에
요."

"나하고 캐서린한테 중요하다는 거예요?"

"모든 사람한테 중요하죠."

"어떻게 하면 우리가 그런 능력을 개발할 수가 있을까요?"

"관계를 통해서 개발되는 거예요. 더 많은 지식을 갖고 세상
에 와서 남보다 큰 능력을 가진 사람들이 있어요. 그 사람들이

개발과 도움을 필요로 하는 사람들을 찾아내게 될 거예요."

캐서린이 긴 침묵으로 들어갔다. 초의식을 떠나, 다시 또 다른 생애로 들어갔다.

"바다가 보여요. 바닷가에 집 한 채가 보여요. 하얀 집이에요. 배들이 항구를 들락거리고 있어요. 바닷물 냄새가 나요."

"캐서린이 거기 있는 거예요?"

"네."

"집은 어떤 모습이죠?"

"작은 집이에요. 꼭대기에 탑 같은 게 있는데… 바다를 내다볼 수 있는 창문이 있어요. 안에 망원경이 있어요. 놋쇠로, 나무하고 놋쇠로 만든 거예요."

"망원경은 캐서린이 쓰는 거예요?"

"네. 망원경으로 배를 찾아요."

"무슨 일을 하는데요?"

"장삿배가 항구로 들어오면 보고를 해요."

나는 캐서린이 또 다른 전생에서 그런 일을 했었다는 것을 기억했다. 해전에서 손을 다친 크리스천이라는 선원으로 등장했던 때였다.

"캐서린은 선원인가요?"

그 생애일지도 모른다는 생각에, 확인해주기를 기대하며 물었다.

"모르겠어요… 그럴지도 몰라요."

"뭘 입고 있는지 보여요?"

"네. 흰 셔츠하고 짧은 갈색 바지에, 큰 죔쇠가 달린 신발을 신고 있어요… 저는 뒤에 선원이 돼요. 하지만 지금은 아니에요."

캐서린은 미래를 보았고, 곧이어 그때로 넘어가버렸다.

"아파요… 손을 다쳤어요."

캐서린이 몸을 움츠리며 고통으로 신음하고 있었다. 짐작한 대로 캐서린은 크리스천이 되어 있었고, 또다시 해전을 겪고 있었다.

"뭐가 폭발했나요?"

"네… 화약 냄새가 나요!"

"괜찮아질 거예요."

결과를 알고 있었기에 안심을 시켰다.

"사람들이 많이 죽어가요!"

캐서린은 여전히 동요하고 있었다.

"돛이 찢어졌어요… 좌현 한 쪽이 날아가 버렸어요."

캐서린은 배의 피해 상황을 점검하고 있었다.

"돛을 수선해야 돼요. 빨리 돛을 수선해야 돼요."

"손은 괜찮아요?"

"네. 돛을 꿰매기가 무척 힘들어요."

"그 손으로 일을 할 수 있어요?"

"아뇨. 다른 사람들이 일하는 걸 보고 있어요… 돛 꿰매는 것을요. 캔버스같이 두꺼운 천으로 만들었는데, 꿰매기가 무척 힘들어요… 사람들이 많이 죽었어요. 굉장히 고통스러워해요."

캐서린이 몸을 움찔했다.

"뭐죠?"

"손이… 아파요."

"손은 나을 거예요. 시간을 좀더 진행시켜 봅시다. 다시 배를 타게 되나요?"

"네."

잠시 침묵.

"여기는 남부 웨일스예요. 우리는 해안선을 방어해야 돼요."

"누가 공격해 오는데요?"

"스페인 사람들 같아요… 대규모 함대예요."

"그래서 어떻게 됐죠?"

"그냥 배를 보고 있어요. 항구가 보여요. 가게들이 있어요. 양초를 만드는 가게도 있어요. 책을 파는 가게도 있고."

"그렇군요. 책가게에 가본 적 있어요?"

"네. 책가게에 가면 참 좋아요. 책들이 너무 훌륭해요… 책이 많아요. 빨간 건 역사책이에요. 마을들하고… 이 나라에 대한 이야기가 적혀 있어요. 지도도 나와 있어요. 전 이 책이 좋아요… 모자를 파는 가게도 있어요."

"술집은 없나요?"

나는 크리스천이 맥주를 마셨다는 사실을 떠올렸다.

"네, 많아요. 맥주하고… 새까만 맥주하고… 고기… 양고기하고 빵을 팔아요. 아주 큰 빵이에요. 맥주가 아주 써요. 정말 써요. 그 맛이 느껴져요. 포도주도 있고, 긴 나무탁자도 있어요…"

나는 반응을 보기 위해 이름을 불러보았다.

"크리스천!"

힘을 준 내 호명에 지체없이 우렁찬 대답이 튀어나왔다.

"네! 말씀하세요!"

"가족은 어디 있죠, 크리스천?"

"가까운 마을에 살아요. 우리는 이 항구에서 출항해요."

"가족이 어떻게 되죠?"

"여동생이 있어요… 이름이 메리예요."

"크리스천 여자친구는 어디 있죠?"

"전 여자친구가 없어요. 알고 지내는 마을 여자들밖에 없어요."

"그 중에 특별한 사람은 없구요?"

"없어요. 그냥 아는 여자들이에요… 저는 다시 배를 탔어요. 전투를 여러 번 하는데, 저는 안전해요."

"나이를 먹어가죠?"

"네."

"결혼은 하나요?"

"그런 것 같아요. 반지가 보여요."

"아이는 있나요?"

"네. 아들인데, 이 아이도 배를 타게 돼요… 반지가, 손가락에 낀 반지가 보여요. 손으로 뭘 잡고 있어요. 뭔지는 안 보여요. 손에 반지를 끼었어요. 뭔가를 꽉 잡고 있어요."

캐서린이 숨을 헐떡이고 있었다.

"무슨 일이에요?"

"배를 탄 사람들이 병에 걸렸어요… 음식에서 온 병이에요.

상한 음식을 먹은 거예요. 돼지고기 절인 거였어요."

거칠어진 호흡이 진정되지 않고 있었다. 캐서린에게 또다시 크리스천의 심장발작 순간을 경험시킬 수는 없었다. 캐서린은 이미 지쳐 있었다. 나는 캐서린을 최면에서 깨웠다.

14

작별을 고하다

이제 치료는 없을 것이다. 캐서린은
완치되었고, 나는 그 과정을 통해 배울
수 있는 것을 모두 배웠다. 나머지,
앞길에 놓인 것들은 나 자신의 직관을
통해 배워나가야 했다.

우리는 그 뒤 3주가 지나서야 만났다. 내가 몸이 좋지 않았던 데다가 캐서린의 휴가까지 겹쳐 있었기 때문이다. 그 동안에도 캐서린은 더욱 좋아지고 있었는데, 웬일인지 치료가 시작될 무렵에는 불안한 기색을 보였다. 캐서린은 자신이 아주 잘해나가고 있고 마음도 훨씬 맑아졌기 때문에 이제는 최면이 필요 없을 거라고 했다. 물론 캐서린의 말은 옳았다. 정상적인 상황이라면 우리는 벌써 치료를 끝냈어야 했다. 내가 치료를 계속한 것은 마스터들의 메시지에 대한 호기심도 있었고, 캐서린에게도 아직 몇 가지 소소한 문제가 남아 있었기 때문이다. 캐서린은 거의 완치되었고, 전생의 이야기들도 반복되고 있었다. 그러나 마스터들이 나에게 들려줄 메시지가 더 남아 있다면 어쩔 것인가? 캐서린이 없다면 우린 어떻게 소통할 수 있을까? 나는 내가 주장하면 캐서린도 치료를 계속하는 데 동의해 주리라는 것을 알고 있었다. 그러나 나는 그 주장의 정당성을 느끼지 못했다. 서운하지만 캐서린의 의견에 동의할 수밖에 없었다. 우리는 지난 3주 동안 서로 신변에 일어났던 일들을 이야기했지만, 내 마음은 붕 떠 있었다.

5개월이 흘렀다. 캐서린은 건강한 정신을 유지하고 있었다. 공포와 불안은 극미한 것이 되어버렸다. 삶의 질과 대인관계는 극적으로 향상되었다. 스튜어트가 여전히 마음속에 크게 자리 잡고 있긴 했지만, 다른 남자를 만나기 시작했다. 캐서린은 어린 시절 이후 처음으로 자신의 삶에서 기쁨과 참 행복을 느꼈다. 우리는 어쩌다가 복도나 식당 줄에서 마주치기는 했지만 의사와 환자로서 공식적으로 만난 적은 한 번도 없었다.

겨울이 지나고 봄이 시작되었다. 캐서린이 나를 만나고 싶다고 연락해왔다. 그 무렵 캐서린은 뱀이 우글거리는 구덩이에 빠지는 꿈을 자주 꾸고 있었다. 자신을 포함해서 종교적 제물로 생각되는 한 무리의 사람들이 강제로 구덩이 안으로 떠밀려 들어가고, 캐서린은 모래벽을 파헤치며 뱀이 우글거리는 구덩이에서 기어 나오기 위해 안간힘을 썼다. 그러다가 잠에서 깨어나보면 심장이 마구 뛰고 있었다.

오랜 공백이 있었음에도 캐서린은 급속히 깊은 최면 상태로 빠져 들어갔다. 그리고는 별로 놀랄 것도 없이 곧바로 고대의 삶 속으로 들어갔다.

"제가 있는 곳은 무척 더워요. 차갑고 축축한 돌담 근처에 검은 남자 둘이 서 있는 게 보여요. 투구를 썼어요. 오른쪽 발목에는 밧줄이 감겨 있어요. 구슬하고 술이 달린 밧줄이에요. 사람들이 돌하고 진흙으로 창고를 짓고 있어요. 밀이나 곡식가루를 넣어두는 창고예요. 곡식은 쇠바퀴가 달린 마차로 실어 와요. 마차 바닥이랑 옆에는 멍석을 깔았어요. 물이 보여요. 아주 파래요. 책임자가 사람들한테 일을 시키고 있어요. 창고로 내려가는 세 칸짜리 계단이 있어요. 밖에는 신상神像이 있어요. 동물, 그러니까 새 머리를 하고 있고 몸은 사람이에요. 계절의 신이에요. 벽에는 공기가 들어오는 걸 막고 곡식을 신선하게 보관하기 위해서… 타르를 발랐어요. 얼굴이 가려워요… 제 머리에 파란 구슬들이 달려 있어요. 벌레나 파리 같은 게 날아다니고 있는데, 그래서 얼굴이랑 손이 가려워요. 그놈들을 쫓으려고 제 얼굴에 끈적끈적한 걸 발랐어요… 냄새가 지독해요. 나무 수액으로 만든 거예요.

저는 머리를 여러 갈래로 땋았는데, 갈래마다 금실로 구슬을 달아놓았어요. 제 머리는 검은색이에요. 저는 왕족이에요. 무슨 축제 때문에 여기 온 거예요. 저는 사제들이 머리에 기름 붓는 의식을 진행하는 걸 보려고 왔어요… 신에게 풍년을 비는 축제예요. 제물은 전부 짐승이에요. 사람은 제물로 쓰지 않아요. 희생된 제물에서 흘러나온 피가 흰 제단에서 대야로 흘러내리고 있어요… 뱀의 입속으로 흘러들어가요. 남자들은 조그만 금 모자를 썼어요. 모두 피부가 검어요. 우리는 다른 나라에서, 바다 건너에서 데려온 노예들을 거느리고 있어요…"

캐서린이 침묵했고, 우리는 마치 지난 5개월이 없는 시간이었던 것처럼 그렇게 기다렸다. 캐서린이 갑자기 긴장한 듯한 표정으로 어떤 소리에 귀를 기울였다.

"모든 게 너무 빠르고 복잡해요… 그분들이 들려주는 이야기들 말이에요… 변화와 성장과 여러 층에 대한 이야기예요. 자각自覺의 층과 전이의 층이 있어요. 배움을 완수하고 생을 떠나왔으면 또 다른 차원의 또 다른 인생으로 넘어가게 돼요. 우리는 완전히 이해해야 돼요. 안 그러면 건너갈 수가 없어요… 배우지 못했으면 반복해야 돼요. 모든 측면에서 경험을 해야 돼

요. 바라는 측면을 알아야 되고, 주는 측면도 알아야 돼요… 알
아야 할 것이 너무나 많고, 얽힌 영혼들이 너무 많아요. 그래서
우리가 여기 있는 거예요. 마스터들은 그저… 이 층에 있는 존
재들이에요."

캐서린이 입을 다물더니 이내 시인 마스터의 목소리로 말하
기 시작했다. 그것은 나에게 주는 말이었다.

"우리가 선생에게 들려줄 이야기는 일단 여기까지입니다. 이
제 선생은 자신의 직관을 통해 배워나가야 합니다."

2, 3분 간의 침묵이 지나고 캐서린이 다시 부드러운 목소리
로 속삭이기 시작했다.

"검은 담장이 있어요… 그 안쪽에 묘비들이 있어요. 박사님
것도 있어요."

"내 묘비가?"

나는 깜짝 놀랐다.

"네."

"비문을 읽을 수 있겠어요?"

"이름은 '노블Noble', 1668~1724라고 새겨져 있어요. 묘비에
꽃 한 송이가 놓여 있어요… 여기는 프랑스 아니면 러시아예
요. 박사님은 붉은 제복을 입고 계셨어요… 말에서 떨어지셨죠.

작별을 고하다
●
303

금테가 있어요… 그 안에 사자 머리가 그려져 있어요… 문장紋
章이에요."

그게 전부였다. 나는 시인 마스터의 말을 이제 더는 캐서린
을 통해 나에게 전할 메시지가 없다는 뜻으로 해석했고, 그것은
사실이었다. 이제 치료는 없을 것이다. 캐서린은 완치되었고,
나는 그 과정을 통해 배울 수 있는 것을 모두 배웠다. 나머지,
앞길에 놓인 것들은 나 자신의 직관을 통해 배워나가야 했다.

15

영매를 찾아가다

그것은 결코 제대로 된 과학적
실험이라고 할 수 없었다. 그리고
나는 그 변수들을 다루는 방법을 전혀
몰랐다. 그러나 그것은 사실이었고,
나는 이 책에서 그 일을 밝히는 것이
중요하다고 생각한다.

우리가 마지막으로 만나고 두 달이 지났을 무렵, 캐서린이 전화를 걸어 만나자고 했다. 아주 흥미로운 이야기가 있다는 것이었다.

캐서린이 진찰실에 들어섰을 때 나는 조금 놀랐다. 행복한 미소를 머금고 평화의 광채로 빛나는 새로운 모습을 본 것이다. 나는 잠시 옛날의 캐서린을 떠올리며, 어쩌면 그렇게 짧은 기간에 이토록 변할 수가 있을까 하는 생각을 했다.

캐서린은 전생에 관련된 문헌에 조예가 깊은 유명한 심령점성가 아이리스 살츠만Iris Saltzman을 찾아갔었다고 했다. 그 말을 듣는 순간 잠시 놀랐지만, 곧 캐서린의 호기심과, 자신이 경험한 것을 좀더 확인해보고 싶어 하는 심정을 이해할 수 있었다.

나는 오히려 캐서린이 그런 일을 할 만큼 자신감이 생겼다는
점이 기뻤다.

최근에 한 친구에게서 아이리스에 대한 이야기를 들은 캐서
린은 이 여성 점성가에게 전화를 걸어서, 내 진찰실에서 있었
던 일들에 대해서는 일체 함구한 채 만날 약속을 잡았다. 아이
리스는 캐서린의 출생 연월일과 시각, 태어난 곳만을 물었다.
그것만 있으면 자신의 직관 능력으로 출생천궁도出生天宮圖를 그
려서 캐서린의 전생에서 있었던 세세한 일들을 알아낼 수 있다
는 것이었다.

캐서린이 영매를 찾아간 것은 그날이 처음이었고, 따라서 무
슨 일이 일어날지는 전혀 예측하지 못하고 있었다. 놀랍게도,
아이리스는 캐서린이 최면 상태에서 기억해냈던 사건들을 대
부분 확증해주었다.

아이리스는 그 자리에서 그려낸 점성학 그래프에다가 기호
를 적어놓고 계속 무슨 말인가를 중얼거리면서, 서서히 변성
상태altered state로 들어가기 시작했다. 몇 분이 지나 변성 상태에
도달한 아이리스는 자신의 목에 손을 가져가더니 캐서린이 전
생에서 목을 졸리고 베였다고 말했다. 그 일은 몇 세기 전 전쟁
중에 일어났으며, 화염과 폐허가 된 마을이 보인다고 했다. 또

한 캐서린이 그 당시 젊은 남자였다고 했다.

이어 아이리스는 눈에서 광채를 내며, 캐서린이 수군 제복을
한 젊은이의 모습으로 짧고 검은 바지를 입고 특이한 죔쇠가
달린 신발을 신고 있었다고 했다. 그리고는 갑자기 캐서린의
왼손을 잡고 격렬한 고통을 느끼더니, 그 손에 날카로운 것이
박혀서 영원한 상처를 남겼다고 했다. 대규모 해전이 이어졌으
며, 장소는 영국 근해였다고 했다. 아이리스는 계속해서 캐서린
이 배를 탔던 이야기를 풀어나갔다.

아이리스는 이 밖에도 여러 전생의 단편들을 이야기했다. 그
가운데는 캐서린이 남자아이로 태어나 어린 나이에 가난으로
죽었던 프랑스 파리에서의 삶, 플로리다 남서부 해안에서 아메
리카 원주민 여자로 살았던 삶도 있었다. 또 어떤 삶에서 캐서
린은 피부가 검고 눈이 특이하게 생긴 치료사였는데, 마을을
맨발로 걸어다니며 사람들의 상처에 고약을 발라주고 약초로
처방을 해주었다고 한다. 매우 영적인 사람이었으며 푸른 보석
을 잘 걸치고 다녔고, 수많은 청금석青金石에 붉은 보석을 섞어
걸고 다녔다.

또 다른 생애에서는 스페인 여자가 되어 창녀의 삶을 살았다.
L자로 시작되는 이름을 가지고 있었고, 연상의 남자와 살았다.

직함을 여러 개 가진 부유한 남자의 서출 딸로 태어난 적도 있었다. 아이리스는 넓은 집안에서 컵에 새겨진 이 가문의 투구 장식 문장을 보았다. 아이리스는 캐서린이 매우 아름다웠으며 손가락이 길고 가늘었다고 했다. 캐서린은 하프를 연주할 줄 알았으며, 부모가 정해준 남자와 결혼을 했다. 동물을 사랑했는데, 특히 말을 좋아해서 사람보다도 더 가까이했다.

모로코 소년으로 태어났다가 어려서 병으로 죽은 적도 있었다. 아이티에 살았을 때에는 마법에 빠져 있었다.

고대 이집트에서는 장례식 일을 했는데, 이때는 여자였고 머리를 땋았었다.

캐서린은 프랑스와 이탈리아에서도 몇 차례 산 적이 있었다. 그 가운데 플로렌스에 살았을 때는 종교에 관계된 일을 했고, 뒤에는 스위스로 옮겨가 수도원 일을 했다. 이때도 여자였고 아들이 둘 있었다. 금이나 금 세공품을 좋아해서 항상 금으로 만든 십자가를 걸고 다녔다. 프랑스에서는 춥고 어두운 곳에 갇혀 있기도 했다.

또 다른 생애에서 캐서린은 붉은 제복을 입고 말 탄 군인과 관계된 일을 했다. 제복은 붉은 바탕에 금색이 섞여 있었고, 아이리스는 당시 캐서린이 러시아인이었을 것이라고 추정했다.

고대 이집트의 또 다른 삶에서는 누비아족 노예였다. 이 생에서는 한때 투옥된 적이 있었다. 일본 남자였을 때에는 책과 가르치는 일에 관여하는, 매우 학구적인 사람이었다. 학교에서 오랫동안 가르쳤으며, 오래 살았다.

그리고 마지막으로 독일 병사가 되어 전사한 최근의 삶도 있었다.

나는 아이리스가 설명해주었다는 이러한 전생의 이야기들이 세세한 부분까지 너무도 정확했다는 사실에 감탄이 나왔다. 캐서린이 최면 상태에서 들려주었던 이야기들과 놀라우리만큼 일치했다. 크리스천으로 살다가 손을 다쳤던 일이나 그 복장과 신발에 대한 묘사, 스페인의 창녀였던 루이사의 삶, 아론다와 이집트 장례의식, 공격에 참가했다가 불타버린 자신의 마을을 보고 분노한 스튜어트의 전신前身에 의해 목이 잘렸던 요한, 비운의 독일 비행사 에릭 등등.

그 가운데에는 캐서린의 현생과 호응하는 부분도 있었다. 예를 들어 캐서린은 푸른 보석, 그 가운데에서도 특히 청금석을 좋아했다. 캐서린은 아이리스를 만났을 때에는 아무 보석도 걸치지 않았다. 또 캐서린은 늘 동물을 사랑했는데, 특히 말과 고양이를 좋아해서 이런 동물들과 함께 있으면 사람과 있을 때보다도 더 편안한 느낌을 받았다. 그리고 또 하나, 캐서린이 세계에서 가장 가보고 싶어 하는 곳이 플로렌스였다.

그것은 결코 제대로 된 과학적 실험이라고 할 수 없었다. 그리고 나는 그 변수들을 다루는 방법을 전혀 몰랐다. 그러나 그것은 사실이었고, 나는 이 책에서 그 일을 밝히는 것이 중요하다고 생각한다.

그날 어떻게 그런 일이 일어날 수 있었는지 나는 알지 못한다. 캐서린의 잠재의식 속에 이미 전생의 기억들이 있었기 때문에, 아이리스가 자신도 모르게 텔레파시를 써서 캐서린의 정신을 '읽은' 것일지도 모른다. 아니면 아이리스가 실제로 자신의 영적인 능력을 써서 전생의 정보들을 알아낼 수 있었는지도 모른다. 어쨌든 그 일은 일어났고, 두 사람은 각기 다른 방법으로 똑같은 정보를 얻어낼 수 있었다. 캐서린이 최면 상태의 기억을 통해 이르렀던 곳을, 아이리스는 영적인 통로를 거쳐 다다른 것이었다.

아이리스와 같은 능력을 지닌 사람은 매우 드물다. 자신이 영매라고 주장하는 많은 사람들이 단순히 미지의 세계에 대한 사람들의 호기심과 공포심을 이용해 돈을 번다. 싸구려 영매와 협잡꾼들이 우후죽순 나타나고 있다. 셜리 매클레인Shirley

MacLaine의 《위험한 상황 *Out on a Limb*》(1986)과 같은 책들이 널리 읽히면서 새로운 '영적 매개자'들이 폭발적으로 등장했다. 이들은 각지를 돌아다니며 자신의 존재를 선전하고, '영적' 상태에서 좌정한 채 '너희가 자연과 조화하지 않으면 자연이 너희와 조화하지 않을 것이다' 하는 따위의 상투적인 말을, 두려움에 떨며 도취한 청중들을 향해 내뱉는다. 이러한 발언들은 대개 영매들의 고유한 음성과는 판이한 음성으로 노래하듯이 이루어지며, 종종 외국어의 억양 같은 것이 가미되기도 한다. 이런 메시지들은 그 내용이 모호해서 어떤 사람에게나 적용이 가능하게 되어 있다. 또한 이러한 메시지들은 대체로 영적인 차원을 다루기 때문에 그 진위를 가리기가 쉽지 않다. 이 분야가 불신을 받지 않기 위해서는 이러한 잡초들을 뽑아내는 것이 중요하다. 진지한 행동주의 과학자들이 이 과업을 감당해야 한다. 정신과 의사들은 분석적인 평가를 통해 정신질환이나 꾀병(협잡), 반사회적인 행태(신용 사기)에 해당하는 경우를 가려내야 한다. 통계학자, 심리학자, 물리학자 들도 이러한 평가와 심도 있는 검사에 필수적이다. 이 분야에 과학적인 방법론이 도입된다면 중대한 진전이 이루어질 수 있을 것이다. 과학에서는 한 가지 현상을 설명하기 위해 먼저 가설을 설정한다. 그리고 통제된 조건 아래 실험을 행한다. 한 이론이 성립하려면 반복된 실험의 결과가 동일해야 한다. 일단 한 과학자가 자신이 옳다고 믿는 이론을 얻게 되면, 다른 연구자들이 실험하고 또 실험해서 그 결과들이 모두 똑같아야 하는 것이다.

듀크대학교의 조지프 라인Joseph B.Rhine 박사, 버지니아대학교 정신과의 이안 스티븐슨Ian Stevenson 박사, 뉴욕시립대학교의 거트루드 슈마이들러Gertrude Schmeidler 박사 등이 행한 정밀하고도 과학적으로 수용 가능한 연구들, 그리고 그 밖의 많은 진지한 연구자들은 그러한 작업이 가능하다는 것을 증명해 보였다.

16

신비체험이 시작되다

캐서린은 이제 자신의 인생을 한껏 즐기는
자유로운 존재가 되었고, 더는 정신적인
장애로 비틀거리지 않는다. 질병이나 죽음도
두려워하지 않는다. 인생은 의미와 목적이 있는
것임을 알기에 자신과 조화하고 균형을 이룬다.
수많은 사람들이 원하지만 소수만이 갖고 있는
내면의 평화를 발산하고 있다. 또한 자신이
더욱 영적인 존재가 되어가고 있음을 느끼며
자신에게 일어났던 일들을 지극히 실제적인
것으로 받아들이고 있다.

캐서린과 내가 놀라운 경험을 공유한 뒤로 4년 가까운 세월이 흘렀다. 우리가 함께 했던 그 경험은 두 사람 모두에게 깊은 변화를 가져다주었다.

캐서린은 지금도 가끔 진찰실을 찾아와 안부를 묻거나 신변 문제를 상의하곤 한다. 캐서린은 증상을 치료하기 위해, 혹은 새로 만나는 사람들이 전생에서 자신과 어떤 관계였는지를 알아보기 위해 최면으로 전생의 기억을 되살려 봐야겠다는 욕구나 필요성을 전혀 느끼지 않는다. 우리의 작업은 끝났다. 캐서린은 이제 자신의 인생을 한껏 즐기는 자유로운 존재가 되었고, 더는 정신적인 장애로 비틀거리지 않는다. 캐서린은 이전에는 꿈도 꾸지 못했던 행복감과 만족을 누리고 있다. 질병이나 죽음을 두려워하지도 않는다. 인생은 의미와 목적이 있는 것임을 알기에 자신과 조화하고 균형을 이룰 수 있게 되었다. 캐서린은 수많은 사람들이 원하지만 소수만이 갖고 있는 내면의 평화를 발산하고 있다. 또한 자신이 더욱 영적인 존재가 되어가고 있음을 느끼며 자신에게 일어났던 일들을 지극히 실제적인 것으로 받아들이고 있다. 어떤 부분도 그 진실성을 의심하지 않고 모든 것을 자신의 일부로 자연스럽게 받아들인다. 심령현상에 대해 더 깊이 공부할 생각은 없는 것 같다. 그런 건 책이나 강의를 통하지 않은 모종의 방식으로 그냥 '알게 되는 것'이라고 느꼈기 때문이다. 죽음을 앞둔 사람이나 그러한 가족구성원을 둔 사람들이 종종 캐서린을 찾아온다. 이렇게 찾아온 사람들은 저도 모르게 캐서린에게 끌려 들어간다. 캐서린이 앉아서 이야기를 해주면 사람들은 마음의 안정을 되찾는다.

내 삶도 캐서린만큼이나 커다란 변화를 겪었다. 나는 좀더 직관적이 되어, 환자나 동료, 친구들의 내밀한 부분을 더욱 잘 감지할 수 있게 되었다. 전혀 그럴 필요가 없는 경우에도 그 사람에 대해 꽤 많이 알고 있다는 느낌이 들었다. 내 가치관과 인생 목표는 좀더 인도주의적이고 돈을 중시하지 않는 쪽으로 바뀌었다. 영매, 무당, 심령치료사 같은 사람들이 주변에 자주 나타나기 시작했고, 나는 그들의 능력을 체계적으로 평가하는 작업을 시작했다.

캐롤도 나와 함께 발전했다. 캐롤은 죽음에 대한 상담에 특히 뛰어난 능력을 지니게 되었고, 지금은 에이즈 환자들을 돕고 있다.

나는 인도인이나 캘리포니아 주민들이나 하는 것이라고 생각했던 명상을 시작했다(캘리포니아에는 명상 인구가 많다). 캐서린을 통해 전해진 교훈들은 내 일상의 일부가 되었다. 삶의 의미를, 그리고 삶의 자연스러운 일부인 죽음의 깊은 의미를 생각하면서, 나는 더욱 참을성 있고 남의 감정을 이해할 줄 알며 좀더 따뜻한 마음을 지니게 되었다. 나의 행동에 더욱 책임을 느끼게 되었고, 남에 대한 멸시나 부정에 극히 신중한 태도를 지니게 되었다. 나는 그런 행동에는 지불해야 할 대가가 따른다는 것을 안다. 주는 대로 받는 법이다.

나는 여전히 논문을 쓰고 전문가 모임에서 강연을 하며 정신과 병동 책임자로 일하고 있다. 하지만 이제 두 세계에 양다리를 걸치고 있다. 하나는 우리의 육체와 신체적 욕구로 대표되는 오감五感의 현상적 세계이고, 또 하나는 정신과 영혼으로 대표되는 비물질의 세계이다. 나의 임무는 두 세계를 연결하고 그 단일성을 신중하게, 또 과학적으로 규명하는 일이다.

우리 집안은 활기에 차 있다. 캐롤과 에이미는 평균을 넘는 영적 능력을 지니게 되었고, 우리는 기쁜 마음으로 서로 이러한 능력을 더욱 계발하도록 격려해주고 있다. 조던은 강하고 카리스마적인 10대가 되어 지도자의 자질을 보여주고 있다.

캐서린을 마지막으로 치료하고 난 뒤 몇 달 사이에, 나의 수면에는 특이한 경향이 나타나기 시작했다. 가끔 생생한 꿈을 꾸었는데, 꿈속에서 나는 어떤 가르침에 귀를 기울이기도 하고 그 가르침에 대해 질문을 하기도 했다. 꿈속에서 가르침을 준 마스터의 이름은 필로Philo였다. 깨고 나서도 꿈속에서 나누었던 대화 내용이 기억났던 적이 있었는데, 그럴 때면 재빨리 적어두곤 했다. 그 가운데 몇 가지 내용을 소개하려고 한다. 처음 것은 일방적인 가르침이었는데, 그 내용에서 마스터들의 영향을 감지할 수 있었다.

"…지혜는 매우 천천히 얻어집니다. 쉽게 얻어진 이성적 지식은 '감성적' 또는 잠재의식적인 지식으로 변형되어야 하기 때문입니다. 일단 변형되고 나면, 그 지식은 영원히 각인됩니다. 행동을 통한 실천은 이러한 반응에 필수적인 촉매입니다. 실천이 없으면 개념은 바래고 희미해집니다. 실제의 적용이 없는 이론적 지식은 충분하지 못합니다.

오늘날 균형과 조화가 무시되고 있지만, 이런 가치들은 지혜의 기반입니다. 모든 것이 과도하게 행해지고 있습니다. 과식으로 몸이 불어납니다. 앞만 보고 달려가느라 자신의 뒤를 돌아보거나 남의 모습을 둘러볼 여유가 없습니다. 사람들은 지나치게 천박합니다. 지나치게 마시고, 지나치게 흡연하고, 지나치게 흥청대고(또는 지나치게 폐쇄적이고), 지나치게 속빈 말을 하고, 지나치게 걱정을 합니다. 흑백논리가 판을 칩니다. 전부 아니면 전무입니다. 이것은 자연의 방식이 아닙니다.

자연에는 균형이 있습니다. 동물들의 파괴는 지극히 소규모입니다. 생태계에는 대량 살상이란 없습니다. 식물은 소비되고 다시 자라납니다. 자양분의 샘은 마르기 전에 보충됩니다. 꽃이 구경거리가 되고 열매는 먹히지만, 뿌리는 남아 있습니다.

인류는 균형을 실천하기는커녕 배우지도 못했습니다. 탐욕과 야심이 인류의 안내자였고, 공포가 조타수였습니다. 계속 이렇게 나아가면 인류는 마침내 스스로를 파괴하게 될 것입니다. 그러나 자연은 살아남습니다. 적어도 식물은 살아남을 것입니다.

행복은 진실로 절제에 뿌리를 두고 있습니다. 생각과 행동에서 지나친 모든 것은 행복을 갉아먹습니다. 과도함은 기본적인 가치를 가리는 먹구름입니다. 경건한 사람들은 행복이 가슴속에 사랑을 채움으로써 오고 신뢰와 희망으로부터 오며 자애를 실천하고 따뜻한 마음을 베푸는 데서 온다고 말합니다. 그들은 진실로 옳습니다. 그러한 태도를 지닌다면 균형과 조화가 따를 것입니다. 이러한 것들은 모두 존재의 본원적인 상태입니다. 그러나 오늘날에는 변성된 의식 상태altered state of consciousness(줄여서 ASC라고도 함)로 불리게 되었습니다. 이것은 인류가 지구상에 존재해오는 동안 자연스러운 본연의 상태에 있지 않았다는 말과도 같습니다. 인류가 자신을 사랑과 자애와 절제로 채우고 스스로 순결함을 느끼며 고질적인 공포를 제거하기 위해서는 변성된 상태에 이르러야 합니다.

그러면 우리는 어떻게 하면 그 변성된 상태, 다른 가치체계에 이를 수 있을까요? 그리고 어떻게 하면 그 상태를 유지할 수 있을까요? 대답은 쉽게 얻을 수 있습니다. 모든 종교 안에 공통분모로 존재하기 때문입니다. 인간은 죽지 않으며, 우리는 지금 교훈을 배우고 있습니다. 우리는 모두 학생입니다. 불멸을 믿기만 하면 됩니다.

인간이 영원한 존재이고 또 그렇게 믿을 만한 수많은 증거와 역사가 있는데도 우리는 왜 자신에게 이렇게 나쁜 짓을 저지르고 있습니까? 왜 개인적인 '이득'을 위해 남을 밟고 올라서서 배움을 내팽개치고 있습니까? 우리는 비록 속도는 다르지만 궁극적으로는 모두 같은 곳을 향해 나아가고 있습니다. 어느 누구도 다른 사람보다 위대하지 않습니다.

교훈을 생각하십시오. 지성적인 해답은 언제나 존재해왔지만, 경험으로 현실화시키고 그 개념을 '가슴에 새기고' 실천함으로써 잠재의식 속의 각인을 영원한 것으로 만드는 것, 이것이 열쇠입니다. 주일학교에 나가 달달 외우는 식으로는 되지 않습니다. 행동이 따르지 않는 구두선口頭禪은 아무런 가치가 없습니다. 사랑과 자애와 신뢰에 대해 읽고 말하기는 쉽습니다. 그러나 그것을 행하고 느끼려면, 변성된 의식 상태가 필요합니다. 그것은 마약이나 알코올, 갑작스러운 감정 따위에 기댄 일시적인 상태가 아닙니다. 항구적인 상태는 앎과 이해를 통해 유지될 수 있습니다. 그것은 신비로운 어떤 것을 가까이 가져와 실천을 통해 친숙한 일상으로, 하나의 습관으로 만드는 일입니다.

특별히 더 위대한 사람은 아무도 없다는 것을 아십시오. 느끼십시오. 남을 도우십시오. 우리는 모두 한 배를 젓고 있습니다. 서로 협력하지 않으면, 우리는 풀잎처럼 외로운 존재가 될 것입니다."

다른 날 밤 또 다른 꿈에서 나는 다음과 같은 질문을 했다.

"모두가 평등하다고 하셨지만, 명백한 모순들이 우리의 얼굴을 치고 있는 것은 어찌된 일입니까? 품성과 기질이 다르고, 부와 권리가 다르고, 무수한 것이 다르지 않습니까?"

대답의 수사법은 은유였다.

"그것은 마치 모든 사람 안에 들어 있는 커다란 다이아몬드를 찾아내야 하는 것과 같습니다. 지름이 한 자쯤 되는 다이아몬드가 있다고 합시다. 이 다이아몬드에는 천 개의 면이 있는데, 이 면들에 먼지가 앉고 때가 끼어 있습니다. 그 면 하나하나를 깨끗이 닦아서 표면이 반짝이고 무지갯빛을 반사할 수 있도록 하는 것이 영혼의 임무입니다.

어떤 사람들은 많은 면을 닦아서 밝게 빛나고 있습니다. 어떤 이들은 몇 개밖에 닦지 않아 초라한 빛을 내고 있습니다. 그러나 그 먼지와 때를 벗기고 나면, 모두가 가슴속에 천 개의 면으로 찬란히 빛나는 다이아몬드를 소유하게 됩니다. 그 다이아몬드는 완벽해서, 단 하나의 흠도 없습니다. 사람들 사이의 유일한 차이는, 깨끗이 닦인 면의 수입니다. 모든 다이아몬드는 똑같으며, 모두 완벽합니다.

모든 면이 깨끗이 닦여 빛의 스펙트럼을 발하게 되면, 다이아몬드는 본래의 상태였던 순수한 에너지로 돌아갑니다. 빛은 남습니다. 그것은 마치 모든 압력이 풀려버린 상태에서 다이아몬드를 만드는 과정이 거꾸로 진행되는 것과 같습니다. 순수한 에너지는 빛의 무지개 속에 존재하며, 그 빛은 의식과 지식을 소유합니다. 모든 다이아몬드는 완벽합니다."

질문이 복잡하고 대답이 간단했던 적도 있었다.

"제가 할 일은 무엇입니까? 저는 제가 고통 속에 있는 환자들을 치유해줄 수 있다는 것을 압니다. 제가 감당할 수 없을 만큼 많은 사람이 저를 찾아옵니다. 저는 고단합니다. 그 사람들이 저를 필요로 하고 제가 그 사람들을 도울 수 있는데도 제가 거절할 수 있습니까? '아냐, 이제 충분해' 하고 말하는 것이 옳습니까?"

"선생의 역할은 구조원이 아닙니다."

대답은 이것이 다였다.

내가 마지막으로 인용하게 될 이야기는 다른 정신과 의사들에게 주는 메시지였다. 새벽 여섯시에 꿈에서 깨어났는데, 꿈속에서 나는 수많은 정신과 의사들을 청중으로 앉혀놓고 연설하고 있었다.

"정신치료의 의료화라는 추세 속에서, 우리는 개중에 내용이
모호한 것이 있다 하더라도 우리 직업의 전통적인 가르침들을
포기하지 않는 것이 중요합니다. 우리는 여전히 인내와 연민을
가지고 환자들과 이야기하는 존재입니다. 우리는 여전히 환자
들과 그런 일을 하는 데 시간을 쏟고 있습니다. 우리는 레이저
광선에 의지하기보다는 이해심을 갖고 환자들의 자각을 유도
함으로써 질환에 대한 개념적 이해와 치료를 진전시키고 있습
니다. 우리는 여전히 희망을 치료 도구로 사용하고 있습니다.

오늘날 다른 의학 분야에서는 이러한 전통적인 접근 방식을
비효율적이고 시간만 잡아먹는 것으로, 또 확증되지도 않은 것
으로 치부하고 있습니다. 그들은 대화보다는 기술을 선호하고,
환자에게 치유를 주고 의사에게 만족을 주는 의사와 환자 간
의 개인적인 결합보다는 컴퓨터가 만들어낸 살벌한 화학을 선
호합니다. 이상적이고 윤리적이고 인간적 만족을 주는 의료는
경제적이고 능률적이고 분리적이고 만족파괴적인 의료에 땅
을 내주고 있습니다. 그 결과 우리 동료들은 갈수록 고립되고
짓눌린 느낌을 받게 되었습니다. 환자들은 무관심 속에 버려져
당혹감과 공허감을 느끼고 있습니다.

우리는 첨단 과학기술에 현혹되지 말아야 합니다. 우리는 동료들을 위해 모범이 되어야 합니다. 우리는 인내와 이해와 연민이 어떻게 환자와 의사를 도울 수 있는지 보여주어야 합니다. 대화하고 가르치고 완쾌를 향한 기대와 희망을 일깨우는 데 시간을 더 쏟는 일, 의사로서 반쯤은 잃어버렸던 이러한 자세를 회복하고 견지함으로써 우리는 동료 의사들에게 본보기가 되어야 합니다.

첨단 과학기술은 의학이 인간의 질병에 대한 이해를 넓히고 연구를 해나가는 데 큰 역할을 해왔습니다. 그러나 그것은 귀중한 치료 도구는 될 수 있지만 인간의 고유한 특성과 참 의료인의 치료 방식을 대신할 수는 없습니다. 정신과 의사는 의료 전문가 중에서도 가장 영예로운 자리라고 할 수 있습니다. 우리는 모두 교사입니다. 우리가 이 역할을 버리고 남에게 동화되어서는 안 됩니다. 특히 지금은 그래서는 안 됩니다."

드물기는 하지만, 나는 지금도 비슷한 꿈을 꾼다. 이따금 명상을 하다가, 또 가끔은 고속도로를 달리다가, 혹은 공상을 하다가 어구語句나 생각, 영상 들이 마음속에 떠오르곤 한다. 대개 그런 것은 내 의식이나 통상적인 사고, 또 개념화 방식과는 현저하게 다른 것들이다. 그것들은 매우 시의적절한 때에 떠올라서 내가 고민하고 있던 문제를 해결해주는 경우가 많았다. 나는 그것들을 치료와 내 일상생활에 이용하고 있다. 나는 이런 현상이 내 직관 능력의 확장이라고 생각하고 있으며, 그런 사실에 힘을 얻고 있다. 나는 이런 현상들을 내가 올바른 방향으로 가고 있다는 징표로 받아들인다. 비록 갈 길이 멀다고는 해도.

나는 내 꿈과 직관에 귀를 기울인다. 그러면 모든 일이 잘 풀려나간다. 그러지 않을 때면, 반드시 어딘가가 어그러진다.

나는 여전히 주위에서 마스터들의 존재를 느낀다. 내 꿈과 직관이 그들의 영향인지는 확실히 모르지만, 나는 그렇게 추측하고 있다.

| 에필로그 |

책은 이제 끝났지만, 이야기는 이어진다. 캐서린은 어떤 증상의 재발도 없는 완치 상태를 유지하고 있다. 나는 다른 환자들에게 최면치료를 시행하는 데 극히 신중을 기하고 있다. 증상이 특수한 형태를 띠고, 다른 치료 방법이 통하지 않으며, 환자가 최면에 쉽게 걸릴 수 있는 유형이면서 이러한 접근 방식에 마음을 열어주고, 내가 생각하기에 이것이 옳은 길이라는 직관적 느낌이 있을 때에만 최면을 시행했다. 캐서린 이후로 나는 10여 명에 이르는 환자들의 여러 전생을 상세히 살펴보았다. 그 가운데 정신질환이나 환각, 다상성인격을 경험한 사람은 하나도 없었다. 모두가 극적으로 호전되었다.

그 환자들은 배경과 성격이 매우 다양했다. 마이애미비치에서 온 한 유태인 주부는 예수가 처형당한 직후 팔레스타인에서 로마 병사들에게 윤간당한 사실을 생생하게 기억해냈다. 이 여인은 19세기에 뉴올리언스에서 포주였던 적이 있었고 중세에는 프랑스의 한 수도원에서 살았으며, 일본인이 되어 고된 인생을 살기도 했다. 이 여인은 캐서린 이후로 중간 상태에서 들려오는 메시지를 전할 수 있는 유일한 환자였다. 그 메시지는 지극히 영적인 것이었다. 이 여인 역시 나의 과거를 알아내는 능력을 보였다. 또한 미래의 일들을 정확하게 예언하는 능력까지 지니고 있었다. 이 여인이 전해준 메시지들은 특정한 한 영혼으로부터 나온 것이었는데, 나는 지금 이 주부의 치료 과정을 꼼꼼히 정리하는 중이다. 나는 여전히 과학자다. 그 여인이 전한 모든 내용은 세세히 검토되고 평가되고 검증되어야 한다.

나머지 환자들은 죽음 이후나 육체로부터의 분리, 밝은 빛을 향한 이끌림 따위에 대해 별다른 기억을 갖고 있지 못했다. 아무도 나에게 메시지나 생각을 전해주지 못했다. 그러나 전생의 기억만은 한결같이 생생했다. 한 주식중개인은 빅토리아 시대의 영국에서 안락하지만 지루한 생애를 살았다. 한 화가는 스페인의 이단 심문Spanish Inquisition(1480년부터 1834년까지 스페인이 국가적으로 관리한, 특히 16세기에 엄격하고 잔혹했던 종교재판)

기간 중에 고문을 받은 일이 있었다. 공포감 때문에 다리나 터널을 지나가지 못했던 한 식당 주인은 고대 근동 지방에서 생매장당했던 기억을 되살려냈다. 한 젊은 물리학자는 자신이 바이킹이었을 때 바다에서 겪었던 끔찍한 사건을 기억해냈다. 한 텔레비전 방송국의 이사는 약 600년 전에 플로렌스에서 고난의 삶을 산 적이 있었다. 그 밖에도 여러 경우의 환자들이 있었다.

이들 역시 여러 전생의 기억을 가지고 있었고, 전생의 이야기가 펼쳐지면서 증상이 사라져갔다. 이제 이들은 모두 자신이 이전에도 생을 살았으며 앞으로도 살 것이라고 굳게 믿고 있다. 죽음에 대한 공포는 사라졌다.

모든 사람이 최면치료를 받거나 무당이나 영매를 찾아갈 필요는 없다. 자신을 무력하게 만들거나 성가시게 하는 증상이 있는 사람만 그렇게 하면 된다. 나머지 사람들에게는, 열린 마음을 가지는 것이 가장 중요한 임무이다. 삶은 눈에 보이는 것 이상이라는 사실을 기억해야 한다. 삶은 우리의 오감을 뛰어넘는다. 새로운 지식과 경험에 대해 언제나 수용적이어야 한다. '우리의 임무는 앎을 통해 신과 같이 되는 법을 배우는 것이다.'

이제 나는 이 책이 나의 경력이나 출세에 미치는 영향에 관심을 두지 않는다. 내가 나누고자 한 지식은 그보다 훨씬 중요한 것이며, 사람들이 귀를 기울여주기만 한다면, 내가 진찰실에서 개인적으로 수행할 수 있는 그 어떤 일보다도 세상에 유익한 일이 될 수 있으리라 믿는다.

이 책을 쓰면서 오랫동안 함께하지 못한 것을 용서해준 조던과 에이미에게 사랑과 감사를 보낸다. 치료 과정을 녹음한 오디오 테이프를 글로 옮겨준 니콜 파스코에게도 감사한다. 줄리 러빈이 초고를 읽고 들려준 편집상의 제언들은 정말 큰 도움이 되었다. 사이먼 앤드 슈스터Simon & Schuster사의 편집자 바바라게스가 보여준 전문성과 용기에 깊은 감사를 보낸다. 그 밖에 이 책이 나올 수 있도록 도와준 모든 이들에게 마음 깊이 감사를 보낸다.

이 책이 여러분에게 도움이 될 수 있기를 바라며, 죽음에 대한 공포가 누그러지고 여러분에게 전해진 인생의 참의미에 관한 메시지들이 여러분을 자유롭게 해서 자신의 삶을 최대한으로 살아내고 조화와 마음의 평화를 찾으며 주위 사람들에 대한 사랑을 이루는 일이 시작될 수 있기를 진심으로 바란다.

나의 이야기

1994년 초겨울, 이 책의 번역에 매달려 있던 한 달 남짓 동안 나를 사로잡았던 충격과 감동은 지금도 잊을 수가 없다. 저자가 자신의 경험을 회고하면서 '경악으로 입을 다물 수 없었다'고 했던 말은 그대로 나의 것이었다. 이 책은 정신을 차리지 못할 정도로 나를 압도했고, 살아오는 동안 읽었던 그 어떤 소설보다도 더한 흥미진진함으로 내 안 깊숙이 파고 들어왔다. 이 책을 접하고 나서 한참 동안, 웬만한 책은 눈에 들어오지 않았다.

25년이 지난 지금, 재출간을 위해 예전의 원고를 다시 들여다보면서 느끼는 감정은 예전과 크게 다르지 않다. 돌이켜보면이 책은 내 정신의 방향을 결정해준 '인생의 책'이었다. 고백하건대, 나의 삶은 이 책을 기점으로 근본적으로 변화했다.

컬럼비아대학교를 우등으로 졸업하고 예일대학교 의학부에서 학위를 받은 필자는 뉴욕대학교 부설 의료센터에서 인턴 과정을 마치고 예일대학교로 돌아와 정신과 레지던트 과정을 이수한 뒤 피츠버그대학교 교수를 거쳐 마이애미대학교의 교수가 되었다. 생물학적 정신의학과 약물 남용에 대한 연구로 전국적인 명성을 얻고, 종신교수가 되면서는 마이애미대학교 부속병원의 정신과 과장을 맡았다. 이때까지 서른일곱 편의 논문과 책자를 펴낸 저자는 비판정신으로 무장한 냉철한 과학자가 되어 있었다. 그랬던 저자가 캐서린이라는 환자를 치료하는 과정에서 맞닥뜨린 '너무나도 강렬하고 압도적인' 증거 앞에서 힘없이 무너지고 말았다.

어둡고 조용한 나의 진찰실에서, 숨겨져 왔던 내밀한 사실들이 엄청난 폭포수가 되어 내 머리 위로 쏟아지고 있었다. 나는 영혼의 바다를 헤엄치고 있었고, 그 물을 사랑했다.

'폭포수'는 내 머리 위에도 쏟아지고 있었다. 이어지는 저자의 회상 또한 그대로 나의 고백이 되었다.

이제 나의 삶은 결코 이전과 같지 않을 것이다. 어떤 손길이 내려와 내 인생의 방향을 돌이킬 수 없도록 바꾸어놓았다. 내가 지금까지 읽어온 것들, 그토록 조심스럽게 따지고 끊임없이 회의하며 읽어온 모든 책이 휴지 조각이 되어 버렸다.

저자와 캐서린의 이야기

전혀 예상치 못했던 신비로운 사건들을 겪으면서 저자는 자신의 내면에서 일어난 변화에 대해 이야기했다.

나는 온화해지고 참을성이 많아졌다. 만나는 사람마다 내가 참으로 온화해 보인다느니, 훨씬 편안하고 행복해 보인다느니 하는 말들을 했다. 삶에서 더 많은 희망과 기쁨, 더 많은 목적, 더 많은 만족을 찾을 수 있었다. 죽음에 대한 두려움이 사라졌다. 집착도 버려가고 있었다. '존재에 대한 확신'과 함께 '내가 천지와 연결되어 있다는 강한 연대감'을 느꼈다.

나는 아내와 자식들을 보면서 우리가 이전에도 함께 생을 살았을까 하고 자문하곤 했다. 우리가 스스로 선택해서 이 인생의 시련과 슬픔, 기쁨을 함께 나누기로 했다는 말인가? 우리가 영원한 존재란 말인가? 나는 가족에 대한 사랑과 연민이 샘솟는 것을 느꼈다. 결점이나 잘못은 사소해 보였다. 그런 것은 그리 중요한 것이 아니었다. 정말 중요한 것은 사랑이었다.
똑같은 이유로 나 자신의 결점에 대해서도 관대해졌다. 완벽해지려고 노력할 필요도 없었고, 항상 자신을 제어하려고 애쓸 필요도 없었다. 남에게 무엇을 강권할 필요도 전혀 없었다.

책의 말미에서 저자는 이 모든 경험을 통해 얻게 된 깨달음을 몇 마디로 압축했다.

우리는 죽지 않는다. 우리는 영원히 함께한다. 우리는 삶과 죽음을 초월한 존재이며, 공간과 시간을 넘어선 존재이다. 우리는 신이고, 신은 우리다.

한편, 최면 상태에서 '마스터'들의 메시지를 전해주기만 하던 캐서린이 어느덧 영적인 성장과 함께 자신의 목소리를 들려주기 시작하는 대목도 우리의 가슴을 파고든다.

사람은 누구나 자신을 완전하게 만드는 일에 관심을 가져야 해요. 우리 모두에게는 배워야 할 가르침이 있어요. 순서에 따라 한 번에 하나씩 배워나가야 해요. 그러고 나서야 옆 사람한테 뭐가 필요한지, 그 사람한테 뭐가 부족한지, 아니면 자신에게 무엇이 부족한지 알 수 있어요. 그게 우리가 완전해지는 길이에요.

'마스터'들의 이야기

저자와 캐서린을 동시에 감화시킨 힘이면서 이 책의 알맹이라

할 수 있는 것은 무엇보다도 '마스터'들의 메시지다. 본문에 산재한 내용을 한 군데에 모아놓는 일이 필요하다는 판단이 들어 아래에 요약 정리해 본다. 우선 태어남과 죽음, 그리고 재탄생에 관한 내용이다.

우리의 육체는 세상에 머무는 동안 이용하는 수레일 뿐입니다. 영원한 것은 우리의 넋과 영혼입니다.

우리는 육체 상태로 들어올 때와 떠날 때를 선택할 수 있습니다. 우리는 우리가 내려와서 성취하려고 했던 것들이 다 이루어지는 때를 알 수 있습니다. 그때에 이르렀다는 것을 스스로 알 수 있고, 그러면 죽음을 받아들일 수 있게 됩니다. 이 생애에서 더 얻을 것이 없다는 것을 알기 때문입니다.

우리에게는 갚아야 할 빚이 있습니다. 그 빚을 갚지 못하면, 그것을 또 다른 생애로 짊어지고 가서 갚아야 합니다. 빚을 갚음으로써 우리는 진화합니다. 육체 상태에서 빚을 갚을 때, 인생의 목적을 이루게 됩니다.

지배적인 성향을 극복할 수 있어야 합니다. 욕망을 극복하는 법을 배워야 합니다. 그러지 못할 경우에는 다음 생애로 넘어갈 때 그것을 또 다른 성향과 함께 짊어지고 가야 합니다. 짐은 갈수록 무거워집니다. 한 생애에서 이러한 빚을 갚지 못하면, 더욱 고된 생애가 이어집니다. 빚을 갚으면, 더욱 편안한 생애가 주어집니다. 우리는 자신의 삶에 책임이 있습니다. 우리는 자신의 삶을 선택합니다.

우리는 결코 죽지 않습니다. 우리는 태어난 것이 아닙니다. 그저 변화의 여러 국면 속을 지나가는 것입니다.

이렇게 끝없이 이어지는 삶의 목적은 무엇인가? '마스터'들은 말한다.

우리가 이 땅에 온 것은 배우기 위해서입니다.
육체 상태에서만 배울 수 있는 것이 있습니다.
우리의 임무는 앎을 통해 신과 같이 되는 법을 배워가는 것입니다.

모든 인간의 동등함, 모든 영혼의 본원적 평등을 강조한다.

전생에 대한 보상으로 다른 사람보다 월등한 능력을 가지고 태어나는 사람들도 있습니다. 사람은 평등하게 태어나지 않습니다. 그러나 결국 모두가 평등해지는 때가 올 것입니다.

삶을 살아가는 방식과 태도에 대해서도 조언한다.

직관을 따라야 합니다.

모든 것은 때가 되어야 이루어집니다. 인생이란 서둘러 꾸려나갈 수 없고, 계획한 대로 진행되지도 않습니다. 정해진 시간에 우리에게 다가오는 것을 받아들여야 하며, 그 이상을 바라서는 안 됩니다.

대가는 행위 속에, 아무것도 바라지 않는 행위 속에, 이기심 없는 행위 속에 이미 들어 있습니다.

자신과 파동이 똑같은 사람들만 찾아가려고 해서는 안 됩니다. 자신과 수준이 똑같은 사람에게 끌리는 것은 당연하지만, 그것은 잘못된 것입니다. 자신과 다른 파동을 가진 사람들에게도 찾아가야 합니다. 이런 사람들을 도와주는 일이 중요합니다.

잘못을 저지른 인간을 벌하는 것은 신의 영역입니다. 인간이 인간을 벌할 수 없습니다. 누구나 자신의 잘못에 대해서는 결국 벌을 받게 됩니다.

책의 마지막 부분에 등장하는 '필로'는 저자가 꿈속에서 만난 또 다른 마스터다. 그가 인간 영혼을 '천 개의 면을 지닌 다이아몬드'에 비유한 이야기는 한 편의 시라 할 만큼 아름답다.

먼지가 앉고 때가 끼어 있는 면 하나하나를 깨끗이 닦아서 표면이 반짝이고 무지갯빛을 반사할 수 있도록 하는 것이 영혼의 임무입니다. 그 먼지와 때를 벗기고 나면, 모든 사람들이 가슴속에 천 개의 면으로 찬란히 빛나는 다이아몬드를 소유하게 됩니다. 그 다이아몬드는 완벽해서,

단 하나의 흠도 없습니다. 사람들 사이의 유일한 차이는, 깨끗이 닦인 면의 수입니다. 모든 다이아몬드는 똑같으며, 모두 완벽합니다.

필로가 들려준 '앎과 실천의 관계'에 대한 메시지는 동양의 지행합일 知行合一 정신을 떠올리게 한다.

지혜는 매우 천천히 얻어집니다. 쉽게 얻어진 이성적 지식은 감성적 또는 잠재의식적인 지식으로 변형되어야 하기 때문입니다. 일단 변형되고 나면, 그 지식은 영원히 각인됩니다. 행동을 통한 실천은 이러한 반응에 필수적인 촉매입니다. 실천이 없으면 개념은 바래고 희미해집니다. 실제의 적용이 없는 이론적 지식은 충분하지 못합니다.

특히 필로가 '조화와 균형'에 관한 메시지를 전하면서 인류를 향해 던진 경고는 한 구절 한 구절이 의미심장하게 다가온다. 조금 길기는 하지만 거의 그대로 인용해본다.

균형과 조화는 지혜의 기반입니다. 모든 것이 과도하게 행해지고 있습니다. 과식으로 몸이 불어납니다. 앞만 보고 달려가느라 자신의 뒤를 돌아보거나 남의 모습을 둘러볼 여유가 없습니다. 사람들은 지나치게 천박합니다. 지나치게 마시고, 지나치게 흡연하고, 지나치게 흥청대고(또는 지나치게 폐쇄적이고), 지나치게 속빈 말을 하고, 지나치게 걱정을 합니다. 흑백논리가 판을 칩니다. 전부 아니면 전무입니다. 이것은 자연의 방식이 아닙니다.

자연에는 균형이 있습니다. 동물들의 파괴는 지극히 소규모입니다. 생태계에는 대량 살상이란 없습니다. 식물은 소비되고 다시 자라납니다. 자양분의 샘은 마르기 전에 보충됩니다. 꽃이 구경거리가 되고 열매는 먹히지만, 뿌리는 남아 있습니다.

인류는 균형을 실천하기는커녕 배우지도 못했습니다. 탐욕과 야심이 인류의 안내자였고, 공포가 조타수였습니다. 계속 이렇게 나아가면 인류는 마침내 스스로를 파괴하게 될 것입니다.

행복은 진실로 절제에 뿌리를 두고 있습니다. 생각과 행동에서 지나친 모든 것은 행복을 갉아먹습니다. 과도함은 기본적인 가치를 가리는 먹구름입니다. 행복은 가슴속에 사랑을 채움으로써 오고, 신뢰와 희망으로부터 오며, 자애를 실천하고 따뜻한 마음을 베풂으로써 찾아옵니다.

인류는 지구상에 존재해오는 동안 자연스러운 본연의 상태에 있지 않았습니다. 인류가 자신을 사랑과 자애와 절제로 채우고 스스로 순결함을 느끼며 고질적인 공포를 제거하기 위해서는 변성된 상태에 이르러야 합니다. 어떻게 변성된 상태에 이를 수 있을까요? 해답은 모든 종교 안에 공통분모로 존재합니다. 인간은 죽지 않으며, 우리는 지금 교훈을 배우고 있습니다. 우리는 모두 학생입니다. 불멸을 믿기만 하면 됩니다.

인간이 영원한 존재이고 또 그렇게 믿을 만한 수많은 증거와 역사가 있는데도 우리는 왜 자신에게 이렇게 나쁜 짓을 저지르고 있습니까? 왜 개인적인 이득을 위해 남을 밟고 올라서서 배움을 내팽개치고 있습니까? 우리는 비록 속도는 다르지만 궁극적으로는 모두 같은 곳을 향해 나아가고 있습니다. 어느 누구도 다른 사람보다 위대하지 않습니다. 교훈을 생각하십시오. 지성적인 해답은 언제나 존재해왔지만, 경험으로 현실화시키고 그 개념을 '가슴에 새기고'

실천함으로써 잠재의식 속의 각인을 영원한 것으로 만드는 것, 이것이 열쇠입니다. 주일학교에 나가 달달 외우는 식으로는 되지 않습니다. 행동이 따르지 않는 구두선은 아무런 가치가 없습니다. 사랑과 자애와 신뢰에 대해 읽고 말하기는 쉽습니다. 그러나 그것을 행하고 느끼려면 변성된 의식 상태가 필요합니다. 그것은 마약이나 알코올, 갑작스러운 감정 따위에 기댄 일시적인 상태가 아닙니다. 항구적인 상태는 앎과 이해를 통해 유지될 수 있습니다. 그것은 신비로운 어떤 것을 가까이 가져와 실천을 통해 친숙한 일상으로, 하나의 습관으로 만드는 일입니다.

특별히 더 위대한 사람은 아무도 없다는 것을 아십시오. 느끼십시오. 남을 도우십시오. 우리는 모두 한 배를 젓고 있습니다. 서로 협력하지 않으면, 우리는 풀잎처럼 외로운 존재가 될 것입니다.

글을 마치며

서두에서 저자가 서술하는 내용은 이 책이 지닌 학술적 의의를 명료하게 요약하고 있다.

정신의 신비, 영혼, 윤회, 전생의 경험이 현재의 행동에 미
치는 영향 등을 규명해낼 수만 있다면 인류는 많은 것을
얻게 될 것이다. 그 부산물은 엄청날 것이며, 특히 의학,
심리학, 신학, 철학 분야는 더욱 그러할 것이다.

마치 자신의 책과는 관련이 없는 듯이 이야기하지만, 사실 저
자가 말한 학술적 과업을 이 책만큼 충실히 수행하고 있는 저
술도 드물 것이다. 저자는 책을 마무리하면서 자신의 임무를
"인간의 육체와 신체적 욕구로 대표되는 현상적 세계와, 정신
과 영혼으로 대표되는 비물질의 세계를 연결하고 그 단일성을
과학적으로 규명하는 일"이라 규정했는데, 이 '임무'와 관련해
서도 앞으로 이 책에 필적할 만한 것은 나오기 어려울 것이다.
저자는 이 책을 시작으로 지금까지 모두 네 권에 이르는 저서
를 출간했고 하나같이 처녀작과 마찬가지로 찬사와 호평을 받
았지만, 아무래도 이 첫 책의 드라마틱함과 감동의 무게에는
비견할 수 있는 없다는 것이 옮긴이의 생각이다(네 권 모두 국
내에 소개되었고, 옮긴이는 마지막 작품을 제외한 세 권을 번

역했다).

우둔한 옮긴이의 직관으로, 이 책에 담긴 메시지들은 궁극의 심연에서 온 것이다. 과문한 나의 판단으로, 그 메시지들의 파동은 과거와 현재를 아울러 동서양의 모든 현자와 스승들의 가르침과 공명한다. 저자의 말마따나, 이 책이 증언하고 있는 사건들을 과학적으로 설명할 수는 없다. '그곳은 우리의 이해를 벗어난, 저 먼 인간 정신의 세계'이기 때문이다.

이 책은 우리의 가슴과 영혼에 대한 이야기다. 이 책은 오그라들었던 우리들의 가슴을 적셔 오는 생명의 단비다. 이 책은 웅크리고 있던 우리의 영혼을 향해 내리쬐는 자애로운 햇살이다. 이 책은 '우리 자신'에 대한 이야기다.

본문 중에서 저자는 이 책이 증언하는 사건과 교훈이 독자들에게 일으킬 변화를 정확히 예측하고 있다(이 변화의 대상에는 물론 옮긴이도 포함된다).

만약 사람들이 자신이 헤아릴 수도 없이 많은 생애를 살아왔으며 앞으로도 셀 수 없이 많은 삶을 살게 될 것이라는 사실을 알게 된다면, 그들이 느끼게 될 생에 대한 확신은 얼마나 클 것인가. 만약 사람들이 자신이 육체에 머물러 있을 때나 죽은 뒤의 영적 상태에서나 영혼들이 주위에 머물며 자신을 돕고 있으며, 사랑했던 사람들의 영혼을 포함한 그 영혼의 무리에 자신도 함께하게 된다는 사실을 알게 된다면, 그들이 받게 될 위로는 얼마나 클 것인가. 만약 사람들이 폭력과 불의가 결코 묵과되지 않으며 결국 또 다른 생애에서 응분의 대가를 받는다는 사실을 알게 된다면, 얼마나 많은 분노와 복수심이 사그라지게 될 것인가. 또한 만일 '우리가 앎을 통해 신에게 다가간다'는 것이 진실이라면, 물질적인 소유나 권력이 더 무슨 쓸모가 있단 말인가. 욕망이나 권력욕은 그야말로 허섭스레기에 지나지 않을 것이다.

의학자이자 임상의사로서 저자는 의료인들을 향해서도 중요한 메시지를 던진다. 오늘날 의학계가 대화보다는 기술을 선호하고 의사와 환자 간의 개인적인 결합보다는 컴퓨터가 만들어낸 살벌한 화학을 선호하고 있다고 진단한 그는 이상적이고 윤리적이고 인간적 만족을 주는 의료가 경제적이고 능률적이고 분리적이고 만족파괴적인 의료에 밀려나고 있는 현실을 개탄한다. 의료인이라면 인내와 이해와 연민이 어떻게 환자와 의사를 도울 수 있는지 보여주어야 하고, 대화하고 가르치고 완쾌를 향한 기대와 희망을 일깨우는 데 시간을 더 쏟아야 한다고 역설하면서, 첨단 과학기술이 인간의 고유한 특성과 참 의료인의 치료방식을 대신할 수는 없다고 선언한다.

마지막으로 저자는 '열린 마음'의 중요성을 강조한다. 삶은 눈에 보이는 것 이상이고 우리의 오감을 뛰어넘는 것이기에, 새로운 지식과 경험에 대해 언제나 수용적이어야 한다는 것이 그의 충고다.

본문에서 밝혔듯이, 이 책은 미국 의학계에서 '꽤 잘 나가던' 저자가 자신의 경력이나 출세에 미치게 될 영향이 두려워 4년 동안이나 망설인 끝에 내놓은 것이다. 이 책의 마지막 문단에는 어렵게 출판을 결심하게 된 그의 진심이 드러나 있는데, 20여 년 만에 재출간을 추진하게 된 나의 마음도 다를 바 없기에 다시 인용하는 것으로 옮긴이의 말을 마치려 한다.

이 책이 여러분에게 도움이 될 수 있기를 바라며, 죽음에

대한 공포가 누그러지고 여러분에게 전해진 인생의 참의
미에 관한 메시지들이 여러분을 자유롭게 해서 자신의 삶
을 최대한으로 살아내고 조화와 마음의 평화를 찾으며 주
위 사람들에 대한 사랑을 이루는 일이 시작될 수 있기를
진심으로 바란다.